相信阅读，敢于想象

幻想家

营地

CAMP

唐袁 著

北京理工大学出版社
BEIJING INSTITUTE OF TECHNOLOGY PRESS

图书在版编目（CIP）数据

营地 / 唐袁著. — 北京 : 北京理工大学出版社，2022.9
ISBN 978-7-5763-1576-9

Ⅰ. ①营… Ⅱ. ①唐… Ⅲ. ①幻想小说—中国—当代
Ⅳ. ①I247.5

中国版本图书馆 CIP 数据核字（2022）第 139976 号

出版发行 / 北京理工大学出版社有限责任公司
社　　址 / 北京市海淀区中关村南大街 5 号
邮　　编 / 100081
电　　话 / （010）68914775（总编室）
（010）82562903（教材售后服务热线）
（010）68944723（其他图书服务热线）
网　　址 / http://www.bitpress.com.cn
经　　销 / 全国各地新华书店
印　　刷 / 三河市华骏印务包装有限公司
开　　本 / 880 毫米 × 1230 毫米　1/32
印　　张 / 12
字　　数 / 265 千字
版　　次 / 2022 年 9 月第 1 版　2022 年 9 月第 1 次印刷
定　　价 / 48.80 元

责任编辑 / 徐艳君
文案编辑 / 徐艳君
责任校对 / 刘亚男
责任印制 / 施胜娟

献给光与希望

序 言

——阿缺

首先必须要承认，这篇序言写得很艰难。并非我在偷懒，而是再三阅读过《营地》后，确认由一个在努力追求及格线的作者，去给一篇远超自己水平的优秀佳作写序言，是一件略显荒唐的事情。所以在此谨以读者的身份，向您——我的朋友，推荐《营地》这篇阅读感极强的科幻长篇小说。

在细数《营地》的优点前，我想先确认，何谓一篇优秀的长篇科幻小说。

设定、思想性、故事、人物、文笔……我们有一长串词条来为“优秀”二字筑基，许多作者（比如我）在构思阶段时，都想兼具每一点，结果反而处处受到桎梏。但如果换一个思路，归根结底，我们期待的优秀科幻长篇，其实无需方方面面都做到，只要好看即可。

《营地》无疑是一部好看的小说。它有一个颇具悬念的开头，在展示悬念的同时一步步揭开 RealX 的设定。当初在审核光年奖的参赛作品时，看到《营地》第一章，就觉得十分惊艳。科幻作者大多是设定狂魔，许多人会在一开头，迫不及待要把设定一股脑丢给读者，而《营地》里，作者克制了这种分享欲，用成熟的笔触穿针引线，真正做到了娓娓道来。从这种层面上来说，作家跟厨师其实一样，遇到了好的食材，并不着急立刻端上来，而是搭配佐料，小火烹饪，等盖子揭开的那一刻，第一缕香味就勾动客人的食欲。

在这篇简短的序言里，我当然不能剧透太多。但可以说的是，接下来故事的发展一直保持了高水准。这很不容易。我见过许多有才华的人——我一度误以为自己也是，但很少见到才华与耐心兼具的人。而朋友们，你现在手中拿着的书，作者显然就是其中一个。才华很容易在字里行间被发现，而耐心，体现在不疾不徐地勾画人物，编织情节等方方面面。如果作者心急，会很容易导致情节失衡和人物失控，但在《营地》里，这种情况几乎没有出现。

所以您手中拿着的，就是一本好看的科幻长篇小说，它值得您花上一整天的时间来阅读它。

除开好看，在您阅读之前，我还是想聊一下本作品里有关RealX的设定。RealX是一个虚拟世界，这一点想必不怕被剧透。许多科幻作品也有过类似概念，但在《营地》中，人们在这个世界里生活、享乐，直到出现死亡。死亡是这篇作品的独特气质之源。虚拟与真实，数字永生与肉体消亡，这些矛盾而并存的概念在爽快的阅读感之余，也给了读者思考余地。我也曾怀疑世界的真实性，担心自己不过是一个缸中之脑，您对生活敏感的话，也这样想过吧？这种担忧是没有结果的，只增烦恼，但《营地》或许是一种答案。世界的真实与否，跟我前面说的优秀小说的要素很类似，因为都不重要。重要的是，自己是否在这个世界体验到幸福。这是我在阅读完之后最大的收获，希望您也能感受到。

另外，RealX是名副其实、细节完善的元宇宙构思，《营地》在2019年获得光年奖首奖——创作时间肯定更早。而从2021年开始，元宇宙的概念影响全球，这无疑又是一个科幻文学与现实世界相映照的趣事。而且我认为这并非偶然：作者在对世界进行长期的观察和思考，世界便也会回馈于她。现在，您捧着的，便是思考和观察的果实，希望您能跟我一样喜欢它。

目录

CONTENTS

楔子

很多很多年以后，人们会遗忘元世界最初的模样，更不会有人记得那个叫营地的地方和元世界曾拥有过的名字——虚拟世界、虚拟现实、RealX、metaworld、metaverse……

不论人类愿意或者不愿意，元世界从一开始就和万事万物紧密相连：它是吹过大地的风，是头顶闪耀的恒星，是地球上空无所不在的大气；它是世界的一部分，是世界的另一种样子，是世界本身。

很多很多年以前人们会说，这取决于人类相信什么。而你又相信什么。

诺兰将正在还原的魔方放入口袋中，沿着营地光洁的环形走廊朝警报发出的方向走去。

警报！ RealX-3781 世界开始关闭。

警报！ RealX-2871 世界开始关闭。

警报！ RealX-081 世界开始关闭。

这已经是最近一个月以来第四次出现警报，诺兰一直努力保持乐观，他不希望因为紧张而陷入周而复始的噩梦之中。

梦里的雪崩从没有一刻停止过，只要他闭上眼睛就会想起那段遥远的过去。

他越走越快，并通过通信器连接到训练区，那里正在进行“真理测试”，这是营地的一项基础考核测试，测试成绩将决定每个捕捉者的工作分配和在营地的地位。

诺兰告诉正在负责真理测试的乔纳亚：“测试继续，通知捕捉者们，不必理会警报。”

不必理会警报？

诺兰的语气听起来很轻松，乔纳亚却皱了皱眉头，这已经是当月发生的第四次警报，怎么可能不让人担心。

结束通话之后，诺兰开始小跑，耳边的警报声连连不断，当他终于跑到指示器前按下静止开关后，他的耳朵才终于放松下来，好像从滚烫的烤炉里逃出来的兔子。

此时，营地的另一位负责人费德南德也已经赶到，他看起来就像一个圆球，正气喘吁吁地双手叉腰，两边的眉毛紧紧皱在一起，目光从指示器缓缓移到诺兰脸上，刚要开口，机器又一次发出尖锐的报警声。

“警报！ RealX–073 世界已经关闭。”

“真好，连‘开始关闭’都省了，直接就告诉我们‘已经关闭’，我跟你说，要不是你拦着我，我恨不得立刻把它拆下来做一个机械解剖，好好看看这东西到底是不是缺心眼。”费德南德用粗壮的手指指着银灰色墙面上挂着的指示装置。营地建成之时这台机器就已经投入运行，负责监管所有现存的 RealX 世界，这些虚拟世界全部以 RealX 开头，后面用数字加以编号，具体分类方式经过很多次变化，身为工程师的费德南德远比诺兰更了解，尤其是诺兰和费德南德成为营地主管的这二十年间，RealX 的变化远远超过了之前的五十年。

“那就拆了它，等着理事会的人来撤销你的职务，这样一来，营地就归我一人管了，捕捉者计划可以顺利进行，没有你在一旁碍手碍脚，我培养新的捕捉者也不用像现在这么辛苦，连带着每个月一次的真理测试。”诺兰也不是抱怨，但费德南德的抱怨也没半点错，事实就是如此，费德南德从来不在乎什么真实和虚假，他的原则是：对于一个工程师来说，可以用双手控制的一切都是真实，无法通过自己编写的代码控制的世界他根本不需要理解。

费德南德找了一张椅子坐了下来，裹着一件深灰色薄毛衣的肚子海浪一般晃动了几下，随后便开始一如既往地大声核对已经消失的 RealX 数量并且毫无表情地预测接下来的一个月内还会关闭多少 RealX。

“我打赌，接下来的十天时间，至少会关闭一个 RealX 世界。”

诺兰低着头，不假思索地回应：“那就继续用老办法，让你的工程师再创造一个替代世界，替代它。”

“我不觉得这是个好办法，这台机器说什么你没听到吗？它说‘已经关闭’，这一次我们根本没有时间做新的替代世界，或者你愿意把你的捕捉者都借给我，我把他们全都变成工程师，好应对接下来随时可能出现的大问题。”

“大问题。”诺兰冷静地咀嚼这三个字。一直以来他都很清楚，虽然自己和费德南德认识了大半辈子，也都已经过了五十岁这样不老不年轻的年纪，但盘桓在二人之间的意见分歧因为二人都是极度自信之人始终都没能达成过一致，这也是为什么虽然营地只有上下两层，但是楼上的工程师和楼下的捕捉者却很少私下来往的原因。

要不是警报声响，费德南德也绝对不会离开二楼来到捕捉者工作的区域，但是现在，他不得不非常不乐观地提醒诺兰，他们面临的大问题可能已经乘坐高速火车来到他们面前。

一直以来只有两种情况发生时警报声会在营地响起，一种情况是提示某个 RealX 人数过多或有人在其中活动时间超过《营地手册》规定的时长，这类警报以危机等级表示，分别为一级、二级、三级、四级和五级；另一种情况正如刚才所发生的，“某个 RealX 世界开始关闭”，自动关闭的原因只有一个——费德南德和诺兰在这一点上毫无分歧——因为那个虚拟世界里的人们抛弃了它，所以这个世界也就没有存在的必要。

我思故我在，意识不复存在，这个世界也就不被需要了。但是营地不一样，费德南德的工程师们必须在某个世界关闭之前创造一个新的 RealX，以保证 RealX 的总量不变。这是诺兰和费德南德共同提出的理论，RealX 的总量不能改变，同时也不能多，这符合宇宙物质守恒原理，也能尽可能保护人类现有总人口数。

费德南德不反对建造替代世界，虽然它并非最好，但绝对是他和诺兰能实践的为数不多的几个方法中最保险的一种，只是替代世界让问题变得简单却遮掩了其由来的真相，谁也不知道那是什么，即使理事会似乎也被蒙在鼓里。

这个问题费德南德已经懒得思考，越是思考越是偏离真相，这也是事实，相比诺兰信任的捕捉者计划，费德南德的工程师们所做的看起来简单粗鲁却不知道给诺兰解决了多少问题。但这一次，费德南德有些慌了，这问题绝不简单，RealX 关闭时间通常需要二十四小时，这二十四小时内，工程师有机会复核和备份所有数据最终交由费德南德，费德南德会凭借他对每一个虚拟世界的了解和建造经验，建立一个与即将关闭的世界完全相同的世界，在诺兰和费德南德口中，这个新建造出来的世界就是“替代世界”。

二楼的工程师们六神无主地看着彼此，最后有人带头进入电梯，工程师们一窝蜂跟了过去，以最快的速度冲到费德南德面前。

刚完成第一轮真理测试的捕捉者们还不知道发生了什么，在全是镜子的真理室内，他们听不到警报声，更没有听到在那之后连续出现的三十一次警报提示。乔纳亚让捕捉者们原地休息，告知大家在第二轮测试开始之前可以休息二十分钟，说完便转身离开真理室，他能感觉到自己的心脏就要裂开，能感觉到脑子里一片混乱，同时也知道营地里所有人即将面临的危险是什么。

“查！”乔纳亚赶到时，费德南德正大声喊着，站成一条直线的工程师们频频点头，想要问些什么又不知道怎么问。绕过工程师之后，乔纳亚方才看见诺兰倚靠在墙边，双手抱在胸前，手指关节托着下巴，他没有看着费德南德，但两人的脸色都好不到哪里去。

“发生什么事了？”乔纳亚轻声问道。

回答他的不是诺兰，而是费德南德，他的声音很有力，还有一种老旧金属摩擦时出现的那种沙沙声，他的语速很快，所有在场的人都跟着神经紧绷。

“捕捉者解决不了的事。在我们以为已经掌握了世界关闭规律的时候，我们立刻被重重扇了一记耳光，我早说过，捕捉者计划太柔软，我们根本没有必要用那么多时间尝试这种柔软策略，人类世界最终还是要依靠全面的可控制技术才能保持安定发展。”

乔纳亚在营地已经十多年，他对费德南德和诺兰之间的矛盾早有耳闻，但这还是他第一次看到两人如此这般面红耳赤地责备彼此，很显然一定是出了什么大问题。

“工程师都在，你少说几句。”诺兰嘀咕了一声。费德南德稍稍犹豫了一会儿，要求工程师们立刻将所有已经关闭的虚拟世界全部备份并且彻查所有数据。他也不知道这样做有没有意义，他每天都在备份，每天都在修补，每天都在做这些工作，该发生的还是会发生，有时候费德南德觉得自己还不如喝喝营养剂找几个好玩的世界虚度年华就好，大部分人不都是这样生活的吗？在虚拟的世界过真实的生活，这就是人类的现状。

“老师，有什么我们能做的事吗？”乔纳亚又问。

费德南德气呼呼地看着乔纳亚，说道：“我来回答你吧，你有没有听过一个故事叫盲人摸象？”

“我看到过这个故事，一个很短的故事，说的是一群没有见过大象的盲人，用自己的双手触摸大象之后，有人说大象是一面墙，有人说大象是一根柱子……是不是这个故事？”

“没错，我们现在也是如此，别以为营地无所不知、掌握一切，我们也不过是盲人而已，知道的越多，不知道的就越多，我们还不如盲人。”

“所以，您的意思是？”

“我的意思很清楚了，你帮不上什么忙，因为不论是捕捉者的柔性干预计划还是工程师提倡的全面控制计划，全都不是最好的办法，一旦 RealX 奇点来临，谁都没有办法。”

乔纳亚虽然已经有此猜想，但是当费德南德从口中说出这个词的时候，他还是感觉到脑袋一震嗡嗡直响。

诺兰拍了拍乔纳亚的后背，这令他稍稍放松一些。随后诺兰以惯有的乐观语气说道：“先调查再紧张吧，要说 RealX 奇点还为时过早，也许只是出了什么问题，我们可没少解决问题。”

“先于调查就理解事物的能力，是科学思想的核心，诺兰教授也正是因为具备这种能力才会在这里管理营地和所有 RealX 世界。正因为这种预见力，人类才能在恶劣的环境下继续生存，但是

RealX 奇点危机永远存在，营地就是为了避免它的出现才存在的，这就是你毕生的工作不是吗？”费德南德激动地挥了挥手，又瘫坐在座椅上继续说道，“我的视角看到的世界正在崩塌，而且我们最终无能为力。”

话音未落，新的警报声再次响起：“警报！RealX-09 人口数突破十五亿！”

乔纳亚从诺兰和费德南德间剑拔弩张的对视中穿过，肩膀和后背好像被蒸汽烫了一遍，他忍住呼吸，按下静止键，警报声才停了下来。诺兰摊了摊手，说了一句：“问题找到了，暂时将刚才出现的三十四个世界集中关闭的原因算在 RealX-09 的人口数里，应该没有人反对吧。”

“当然，这说得通。”费德南德先是肯定了诺兰的说法。它看起来没什么逻辑错误，小世界自动关闭遵循的规律是没有人进入这个世界，也就是世界空了，现在保持最多人口数的 RealX-09，人数超过十五亿，这意味着已经拥有全人类人口数的 75%，一个大世界不断扩大，小世界随之人去城空，这也是预料之中，相比之下，RealX-09 的人数越来越多才是更需要注意的事。

这如果是自然现象，费德南德也就不会如此忧心忡忡，反观诺兰的泰然自若的确似乎过度乐观。

三十年前 RealX-09 全面向用户开放，当时人类刚从大气污染造成的长达七年的痛苦中稳定下来，这七年间人类不仅要竭尽全力在地球上争得存活的空间，同时还要面临自身不同文化冲突带来的种种战争。看得见的硝烟和看不见的污染，使地球早已是满目疮痍。原本就已经沉溺于不同虚拟世界的人类除非迫不得已的原因，根本不愿意离开虚拟世界回归残酷无趣的真实世界，当然，这也是人类文明维持计划最好的一种状态，保证人口总数以及控制出生率，合理规划残存的资源，等待地球喘息之后，人类文明总有重整旗鼓的一天。

RealX-09 问世之时，人们很快喜欢上了它与真实世界的相似度以及比真实世界更自由的空气，不到五年时间，RealX-09 已经成为拥有最多在线人数的虚拟世界。

因为大世界人数越来越多，小世界人数渐渐减少直到关闭，这个道理乔纳亚也确信毫无争议；但今天的关闭速度有些异常，从来也没有发生过如此密集的连续关闭，在以前这种频率通常是一周到十天时间，一个小世界彻底失去存在的意义。

捕捉者的工作重心很早就移到 RealX-09，也就是大家经常说的大世界，维护 RealX-09 稳定，让它像一个真实的人类世界继续自然发展下去是捕捉者计划的核心，他们既像是警察又像是医生，用诺兰的话来说，他们是战略艺术家，悄无声息地维护稳定。

诺兰和费德南德的矛盾总算暂时平息下来，费德南德继续调查导致各个世界突然关闭的原因，诺兰则分析这一现象对其他世界尤其是对 RealX-09 的影响，调查之后，两个部门继续下一阶段工作，不论世界观有何不同，两个部门的工作目的是一样的：珍惜每一个人口，保护每一个幸存的人类。

两天后，一起发生在 RealX-09 的死亡事件引起了营地的注意，一位名为劳伦的男子突然死亡，这条新闻在 RealX-09 的传播速度非常快，好在大部分人都当作一个笑话，因为谁都知道 RealX-09 可没有死亡。

“我不认为这是单独事件，这件事和两天前的事脱不了关系，我觉得我们被人摆了一道。”

“开玩笑，谁有这个能力操控世界，除了营地。”诺兰冷静地说出自己的想法。

费德南德轻哼一声，说出了一个诺兰根本不愿意提起的名字，“斯泰因，他既懂得捕捉者的那些手段也精通工程师的技术，如果有人故意在那些世界里捣鬼，斯泰因能帮上很多忙！”

“他已经消失很久了，你的工程师也没能追查到他的下落不是吗？根本没有踪迹，在很多年前执行营地外任务之后就消失了。”诺兰的语气很坚定。

“那你这一次就派一个不会背叛营地的人去调查这个劳伦的死因吧，这是所有与他相关的信息，别找一个连基本的真实和虚拟都分不清的人去执行任务，再出一个斯泰因，我们俩都没有好日子过。

“对了，忘记提醒你，我看到最新一期的真理测试成绩，不容乐观，看来你的捕捉者们最近状态不佳。哎，要说天赋异禀，这么多年来没人能比得了斯泰因，希望你这次能找到合适的人，而且一定要通过真理测试，这样才能服众。”

费德南德说完瞪了诺兰一眼，大步流星地离开阅读区，诺兰好不容易看了几页书，这下又被打断了。乔纳亚抱歉地说：“老师，莉娅最近状态欠佳，里维斯和莱尔又经验不足，调查劳伦死因的事还是交给我来完成吧。”

“不，费德南德没有把话说完整，大概是顾及你在这里，其实没必要藏着掖着，我不认为你比不过斯泰因。”

听到诺兰的鼓励，乔纳亚心头一热。一直以来他都将斯泰因视为榜样，渴望自己的能力有朝一日可以比得上斯泰因，但是越这样想乔纳亚越是自卑，他觉得自己只是一个平平无奇的捕捉者，不可能和斯泰因这样的传奇天才相提并论，这回听到老师的认可，虽然知道自己还远远不及，却也备受鼓励。

“既然老师相信我的能力，我更应该多为营地做点什么。”乔纳亚诚恳地说。

“我们需要找一个与劳伦有关的人前往大世界调查这件事，费德南德那里已经把所有相关人员的资料全都传送给我，我会选一个最合适的人选。”

“是要新选一名捕捉者吗？”乔纳亚有些困惑。

诺兰点了点头：“如果能找到合适的人，捕捉者团队会多一名成员。”

“这未免……”乔纳亚的话没有说完，他说服自己应当信任老师。新的捕捉者从进入营地到能够执行虚拟世界干预任务之前，需要保持十次以上真理测试成绩 A 级，还要经过三次辅助任务，任务等级从 C 到 A，这些事情全都完成至少需要两年时间，可是听老师的意思是要选一个人立刻加入捕捉者队伍，这未免也太冒险了。

一 面无表情的人

世界上大部分人都是用做些什么来打发时光，

雷迪不同，

他喜欢咀嚼等待的味道。

大自然在人类减少活动后会很快恢复，杂草和灌木紧贴着钢筋水泥略带侵略性地生长，藤蔓缠绕在高架立柱上，沿着残破的空中轨道蜿蜒爬行，攀援植物很快就在无人活动的城市中繁茂起来。

不论是回到农耕还是发展工业，人类都需要历经几十甚至上百年的时间让地球缓一缓，大自然的生机和人类文化卷土重来之前，合理分配所剩不多的资源和避免为生存发生的非恶意抢夺行为是这一时期全人类的重要课题。

减少外出，保护自己的生命并且在生育中心认为合适的情况下生养后代，是节省资源又保证人口增长率的最好方式。

人类想要重整旗鼓有两个前提，即最少人口数和最低资源总量，至于其他，可以任由地球缓慢恢复。

将生活完全转移到各种虚拟世界成为度过这漫长时代的最好选择，减少消耗就是为人类文明所做的最大贡献，这一点每个人都清清楚楚，雷迪自然也不例外。黄昏披着狭窄又高傲的青灰色照在他的脸上，炎热从未从这个城市消失，即使在往年恼人的雨季，现在看来也成了最值得期待的事。

雷迪倚靠在扶椅上，望着半空中渐渐厚重的云层。他知道不会下雨，环境局虽然尽力让一座城市保持季节鲜明，但气候仍然无法令人满意，当然，雨总会在必要的时候降临，不是现在，不是焦急等待的时刻，而要等到人们忘记等待，沉浸在自己喜欢的世界中不再想起时，它才会拖着悠长的裙摆姗姗来迟。

时间需要一分一秒打发干净。

雷迪对打发闲暇自有一套与周围人不同的方式，他把每一件事都做得很慢，像一幅幅定格动画，甚至静止不动的油画。

此时，他正半举着右手，将瓶装营养剂捏在手指中间，半固体食物缓缓流入口中，吃到最后一点时，它们攀附在瓶子内壁一动不动，雷迪也一动不动，他知道引力终将让这团东西掉入他口中，他有大把时间可以等，反正做完一件事还要费心想另一件，不如什么都不想。

用等待熬过时间，大部分人都做不到。世界上大部分人都是用做些什么来打发时光，雷迪不同，他喜欢咀嚼等待的味道。

雷塔德看着儿子这样无所事事也只能摇头，再想想自己已经过去的大半生也不过是碌碌无为，随波逐流。唯一值得高兴的事情是即使完全不工作，政府也会保障他们这样的人安享一生，因为每一个人对存活下来的人类而言都很重要，伤害他人的行为早就消失很多年，犯罪率几乎为零，他忽然觉得和自己刚出生的时候相比，现在的日子和善得无可厚非。

雷迪依旧一幅慵懒的模样，听到有人接近阳台，也不好奇来者是谁，直到那团快被湿热的阳光烤热的营养剂滑过唇齿之间，已经抬起半天的脑袋才稍稍低下。

这时，客人已经走到他身边并且开口说话。

“完全，像个物体。”客人说。

雷迪像没听见客人的话一样，事实上他真的没听见。

“雷迪·埃雷斯，我们诚意邀请你为政府工作，待遇丰厚，还能打发每天十二小时的无聊时光。”客人说道。

“十二小时？”雷迪微微动了动嘴唇，除此之外连转过身看看声音出自哪里的打算都没有。

“是的，十二小时。除此之外，政府将为你提供丰富多样的营养剂以及无限次使用的睡眠系统。”

雷迪没有回答，仿佛又变作一个静止不动的物体。

客人本该感到被轻视或者羞辱，他的身份虽比不上营地的一些人，但也绝对不算是一个新手。

他首先想到梅德里·乔纳亚，这位注定的继承者，拥有无人能及的工作经验和坚韧的控制力，他甚至可以不需要睡眠系统和营养剂；还有豪列森·里维斯，虽然里维斯的等级只高出自己一点点，但站在里维斯面前时这点等级之别已足够令自己感到羞愧，想到他专修的学科之多，连乔纳亚都无法相比，客人愈发感到浑身不安。

刚离开 RealX-09 的雷塔德还有些眩晕，等不适的感觉渐渐消失，他才发现阳台上站着一个陌生人。透过厨房窗口，他看见陌生人面容整洁，神情端庄严肃，身穿黄色衬衣和剪裁平整的短裤，身形并不高大，却挺拔有力。

雷塔德揉了揉眼睛，确定自己已经退出 RealX-09 回到家中，才悄悄向阳台走去。

有人拜访他的儿子？真让人不敢相信。

现如今登门拜访另一个人已经几乎没有必要，还使用活生生的身体而非全息影像，更是叫雷塔德匪夷所思。他很快想到几个类似的词来形容眼前的景象，没有一个叫他满意。

现实生活里的各种细节早已渐渐变得模糊和不真实，他不知道问题在哪儿，是不是其他人也有类似的困惑。

围绕城市四周的巨型机器日以继夜地工作以保证人们呼吸到健康的空气，机器过滤病毒、细菌，也过滤了大自然的丰饶，人们从一开始在意到渐渐无法辨析机器的响声，它成了一段交响乐，这应该要归功于环境局的低调作风，他们从不夸大自身的存在，安于变得透明，有如空气一般隐秘。

这也许算得上安慰，当人类能够活动的环境失去它昔日的光辉后，机器未顾及之处的黄昏再也不会有洒满金色的云层，有的只是一块块浑浊的青灰色。

雷塔德还是有些担心自己的儿子，他说不清楚究竟对儿子有什么担忧，也许仅仅是两人截然不同的打发时间方式，让两人失去了交流的机会。想到这，他感觉再思考下去就要变成自己讨厌的哲学家，雷塔德自嘲着摇了摇头，他有一个新的问题要考虑——是不是该喝上一口睡眠替代剂，这样他的脑袋里就不会有这些杂芜的念头。

“也没什么大不了的嘛，”客人心想，“还不是要靠营养剂打发时间，还以为老师这次发现了多么了不起的天才。眼前这位少年看起来不到二十岁，除非这个和自己年龄相仿的人有什么特别之处，只是因为我还是个‘新手’，不能理解老师的智慧。”

他应该多一点耐心，顺利完成邀请任务。

等雷迪站起身来，客人看到一个体型修长，容貌清秀无比的少年站在自己面前。

“我答应。”少年吐字清晰。

客人想伸手触摸雷迪鲜活的皮肤，它看上去光鲜得让人害怕，“怎么会有这样的人？”客人在心里嘀咕。

胜任营地 A 级任务的人绝不可能平平无奇，眼前这个少年能在现实世界浑浊的环境中拥有如此鲜活的容貌，已经很不容易，也许他真的有什么过人之处。

“这么说来，我们达成一致了？”等雷迪点头后，客人从口袋中取出一个方形盒子递到对方手中。

等雷迪打开盒子并将纽扣大小的白色圆球拿在手上时，客人的任务就算顺利完成了。

这项由营地主管诺兰亲自任命的任务能够顺利完成，多少会让人人尊敬的诺兰对他的办事能力多一份信心。客人想象着老师能看到他出色的行动力，也许还会有一点赞许。

“对待雷迪最好客气一些，让他留下个好印象，这么做总不会错。”于是客人面带拘谨的笑容说道，“我的任务完成了。”

雷迪摆出和先前一样百般无聊的姿势时客人又一次感到被轻视，“算了，”他想，“也许这个人真的很特别。”

“我的名字是卢佩斯·费尔波·阿瓦莱尔。”客人主动介绍全名，莱尔满怀期待自己会得到同样热情的回应，可雷迪的反应又一次令他失望。

“你答应了什么？”站在一旁的雷塔德忍不住开口。

莱尔和雷塔德同时感受到的烦躁来自雷迪不动声色的沉默。在雷塔德看来，儿子可能再也不愿意和他交流，他将彻底失去做父亲的荣耀，在失去妻子安娜后，如今又要失去雷迪。雷塔德不禁想起第一次抱着雷迪的情景。

妻子离开一年后，有一天，雷塔德见到一位客人，客人的模样很奇怪，无数次回忆却始终不能描绘出来，他就好像一个透明人，却真真实实是一个人。

场景和今天有些类似，不同的是，今天的客人眸色清澈，整齐的棕色短发，连发梢都像精心打理过，他是一个容貌清晰的少年，也许比雷迪年长几岁。

二十年前的那一天，那位客人的容貌却模糊而遥远，但是雷塔德第一眼看到雷迪时就相信那是他和安娜的孩子，尽管因为没有正式婚姻手续，生育中心不会同意二人的生育请求，但是雷塔德却相信妻子说的不错，也许没有生育中心的帮助，他们也可以拥有一个孩子。

当雷塔德从客人手上接过雷迪，一个皮肤晶莹剔透的婴儿在他手中微笑，他愈发坚信自己的猜测。

“安娜发生了什么事？”雷塔德问客人。

客人摇摇头，好像根本不知道他在说些什么，只是一再鞠躬表示感激，并且承诺孩子的抚养费每年都会准时汇入他的账户。

雷塔德虽然没有做过父亲，但在他的悉心照料之下，雷迪和其他孩子一样长大。但他又不像任何一个寻常孩子，在雷塔德的印象中，从婴儿到少年，雷迪很少哭泣，他是个表情淡漠且安静的好孩子，从不离开家，从不去任何地方，也从不进入 RealX 世界；他没有朋友，似乎他的生命里不需要朋友，也不需要与人交流。

他坐在房间里读书，读安娜留下的每一本书。但是这几年来，雷塔德越来越无法忍受他的安静，雷迪的安静让他充满自疚，觉得自己从没有真正做好过父亲的角色。“一份工作而已。”雷迪有气无力地回答。

“你不需要工作，现在没什么人会随便答应一份工作。”

“我已经答应了。”

“你没有问问我的意见你就答应了？”雷塔德没有掩饰生气，提高了嗓音又说道，“你根本从来没有出过门，怎么可能工作？”

“你的意见？”雷迪好不容易把头转向雷塔德的方向，缓慢地注视着眼前的男人，他不老，还不到五十岁的年纪，看上去却像是个活了几辈子的人。

莱尔看着雷塔德，也产生了类似的感觉，这种人他见得多了，在世界里，这些人就像沙漠里的虫子一样缺乏新鲜感，他们在不同的 RealX 里经历着不一样的人生，看似生活很丰富，却毫无乐趣。

最终，父亲也没能阻止儿子，雷迪反问时，他发现自己根本没有任何值得一提的意见。他只是本能地不希望雷迪离开这个家，想到他真的会离开，雷塔德无法不伤心，无法不重新忍受一遍安娜离开后给他留下的痛苦和折磨。

那一晚，雷塔德在 RealX 里入睡，和很多人一样，他也经常这么做。

原本在 RealX 的睡眠总是能帮助体能快速恢复，但最近状况有些改变，雷塔德开始做梦，即使在 RealX 的睡眠中，他也惊奇地发现自己居然在做梦。

有时候他醒来，发现脑袋又沉又重，还会想不起来自己在哪一个世界。

有的时候他甚至无法依靠回忆想起他是什么时候进入 RealX 的。

这算不上什么大不了的麻烦，RealX 应有尽有，相比让他头疼的真实世界，RealX 无疑是更好的选择。

莱尔走后，雷迪依旧没有起身的意思。他看了看盒子里的圆形小球，又把它放在左手手心上。圆球在手心中快速旋转，随后，一条指示便弹出来：

植入配对已完成，捕捉者，请即刻动身前往营地。

但雷迪似乎看不到这条指示。

“他，他没有使用视系增强。”鲍菲斯惊叫道。

“幼稚。”莱尔低声嘀咕，他正坐在观测室东边的角落，面前堆满了一摞厚厚的书，足有二十多本。莱尔聚精会神地阅读着其中一本，阅读可以提高专注力，这是莱尔好不容易从豪列森·里维斯那里获得的经验。

“想摆脱新手的称呼？”里维斯的语气算不上客气，却还算和善。他像个浪漫主义诗人，研修了不同时期的文学和音乐，虽然这些东西看起来对工作没什么直接作用，但他不到一年时间就从新手晋级为全职捕捉者。莱尔还记得自己是多么渴望能从这样优秀的人那里获得些行之有效的经验。

“是的，你一定知道方法，我是说捷径那类东西。”

莱尔回忆起里维斯听到这些话的表情，他皱起眉头，浓密的黑发紧贴着头皮，脸色有些苍白，消瘦的线条透着古典而神秘的气息，让莱尔想到教堂里管风琴的声音。

“藏书馆，尽可能读书吧。”里维斯说。

“读些什么？历史？天文学？物理学？”莱尔想要知道一切。

里维斯没有回答，转身离开。一阵急切的躁动在莱尔心中摇晃，和平日那些焦躁不同，他相信里维斯的话，也相信藏书馆对于营地的重要性，如若不然，营地何必用如此巨大的空间保存那些不易保存的纸质书籍？

当鲍菲斯惊慌地喊叫时，莱尔清了清喉咙，才慢慢开口，如果不是出于礼貌和涵养，他可以不回答这种非正式汇报。

“注意你的言行，鲍菲斯，你太大惊小怪了。”

“对不起，莱尔大人，我只是……这太少见了，从我担任观察员至今，没有见过这样的人。”鲍菲斯的声音依旧没能恢复平静。

“少见多怪。”

“即使是您也会使用视系增强不是吗？”

“鲍菲斯。”火气突如其来，莱尔意识到无法控制的躁动正在爬出他的身体，“简直蠢极了，”他在心里咒骂。

“给他指令文字。”

“莱尔大人，如果他不使用视系增强，我无法给他文字。”

“那你不是可以观测到他吗？”

“可我不能和他交流啊。”

真是没完没了。

整日和这样的观测员在一起，永远也不可能成为里维斯和乔纳亚那样优秀的捕捉者。

莱尔知道即使这些人等级比他低，也不能对他们太过严苛，否则不知道会带来什么麻烦，虽然这样的麻烦从来没出现过——只要给这些观测员足够的营养剂，让他们能随时沉浸在快乐中，给别人找麻烦这种事，这些人想都不会想起。

这就是营地为数不多的规则之一，而营地这个由理事会秘密管理的幽灵般的组织，其任务只有一个，维持 RealX 稳定发展。

能在这里工作是一种荣誉，在这样一个几乎没有什么人能够拥有真正工作的时代，能成为一名捕捉者说明他智力超凡，绝不是一个只依靠 RealX 生活的普通人。

“找到他获取信息的方式。”莱尔命令道，他可不想再去见一次雷迪。

“可以由他父亲代为转告吗？”鲍菲斯胆怯地问。

莱尔快速挥了挥手表示同意，随后重新拿起了书。

莱尔无法集中注意力阅读手上的书，他无法不去思考雷迪不用视系增强意味着什么，更不愿承认这个新手有什么过人之处。

据莱尔所知，导师诺兰从来不使用视系增强，乔纳亚几年前开始也不再使用，也许只有里维斯和他还在用这种增强技术。

见鬼，他们怎么做到的，所有信息处理难道都依赖大脑吗?

“不可思议。”莱尔几乎发出声来。

他看了一眼鲍菲斯的位置，确定自己的声音不会被听到后，才把注意力再次集中在阅读上。几日来，莱尔一直在阅读《魔鬼出没的世界》，读了三天还没有读完，他发现要将注意力长时间集中在阅读上比想象中困难得多。

视系增强系统不断提示各种信息和更便捷的记忆方式，像一只只滚向莱尔的巧克力仙人掌，好吃但是带刺。

“不，”莱尔用力摇摇头，“我不是要保存这些知识，视系增强系统记住书里的内容并没有用，我要的是……更有用的。”

莱尔试图寻找合适的词，却未能如愿，尽管非常痛苦，但他相信里维斯的话——朴素地阅读一定是有效的方法，它能帮助你在真理测试中获得高分。

然而，要达到什么样的分数才能摆脱新手阶段呢?

“冷静下来，莱尔。”他提醒自己。

营地规则很简单，却从不真正透明，要说它没有规则也没什么错，这些事和往常一样伴随莱尔的呼吸起起伏伏，这一次又多出了一个人影——雷迪。

他看上去何止平静，简直静止不动。莱尔稍稍平息的情绪又自瞳孔中掀起黑夜的狂风。他的未来会怎样？难道会比自己更快成为真正的捕捉者？独立执行任务？他不愿这样猜测。

“见鬼，别想了。”莱尔暗自训斥自己，“这对情绪稳定没有半点好处。”

虽然没有人告诉他不处在执行任务时的情绪状态是否会被记录分数，可莱尔仍是不敢怠慢。

莱尔偷偷望了一眼鲍菲斯，他圆圆的身体半躺在椅子上，这些依赖关系进入营地的人，营地的工作对他们究竟有什么意义？难道就是为了享用无限制的营养剂和睡眠替代剂吗？这样的人生和虫子有什么区别？

也许这才是大部分人的正确的生活方式：一切都交给理事会，每个人都能一生无忧。

莱尔知道，自己必须努力做好该做的一切，必须对得起诺兰把年幼的他带到营地，培养和照顾，让他觉得自己的人生特别而有意义。

诺兰曾表扬过他，莱尔对此记忆犹新。他在完成一些真理测试任务时表现得很不错，尤其是绘制成像图和情境重置，莱尔对这两项测试任务颇有心得，它们好像为他量身定制，他能轻而易举地分辨人脸和动物的不同表情，并且快速从几百张相似的人像中找到测试目标，准确率达到98%。

那是莱尔最快乐的四个月，自那以后只有越来越深的自卑，到现在连面对比他等级低的观测员，他也骄傲不起来，他甚至觉得自己不过就是一台能处理图像的机器，而这些事……营地二层的那台机器远比他效率更高，而且从不出错。

最近一次真理测试时发生的事莱尔也有所耳闻，乔纳亚急急忙忙离开真理室，里维斯推测一定是大世界出了问题，但是营地一直保守秘密，莱尔也无从知晓更多详情。

雷迪终于站了起来，走到窗边。夜色已完全降临这座城市，阿索特地区三条空中轨道还没有停止运行，最晚的一班车会运行到凌晨两点，可惜，已经很少有人使用，它们在这个地区服务了八十年，比父亲雷塔德的年龄还大。

要不是敲门声响起，他几乎快要允许自己把那件事暂时忘却一下，把它流放到夜晚的思虑之海，藏入一片狭窄的珊瑚礁，即使深度连接设备也无法探测到的深渊。

“把视系增强系统打开。”雷塔德无精打采地倚靠在门框上，看上去像被人从睡眠中强行叫醒一般。

“什么？”雷迪没有转身。

“你的……雇主……好吧，有人需要和你联系。”

“为什么不来这里找我？”

雷塔德努力抓住自己仅有的清醒，好像稍有怠慢它们就会溜走。

从 RealX 被强行唤醒的感觉真是糟糕，可是理事会如果要这么做谁又能阻拦？这就是权力。他在心里咒骂。

“我的上帝，你就不能少给别人添麻烦吗？现在还有什么人像你一样连视系增强系统都不使用？”

“好了，我知道了，爸爸。”雷迪的回应毫无感情。

“嗯。”雷塔德跌跌撞撞返回自己的房间。

经过厨房时，智能管家伊特的声音响了起来：“雷塔德先生，您需要补充睡眠替代果汁，您目前的状态不适合移动身体，这会对您的健康产生很大危险。”

“好了，伊特，我这就回去躺着。”

“请尽快，先生。”

伊特的声音渐渐模糊，雷塔德很快回到睡眠中。

又是夜晚，真正的夜晚。

雷迪站在窗边，正对着纤长的月牙，仿佛断裂的戒指躺在远处的天空上。他拿起一本历史书，讲述的是中世纪教皇的权力，这些书都是同一个人留下的。几个残缺不全的画面是雷迪脑海中仅存的印象，雷塔德说这些书都是母亲留下的。

“母亲。”他在心里小声呼唤，“她的名字是什么？又有怎样的容貌？”

雷迪什么都不知道。父亲不愿提起，只是说二十年前她离开这个房子，之后再也没有回来。

“可怜的雷塔德。”雷迪心想。母亲留下一房间的书，除此之外什么也没有，这个男人整日沉浸在忧伤中，整整二十年，却对这些书一点兴趣都没有，他从来没有见到雷塔德打开其中任何一本。

视系增强系统开启后，雷迪接收到营地发来的几条信息：第一条要求雷迪十小时后前往营地报到；第二条则要求雷迪在正式报到前保持视系增强系统处于开启状态；第三条看起来有些人情味——剩余时间请好好与亲人道别。

“道别？还有十个小时。如果雷塔德没能在明天九点前醒来，那么连再见也不用当面说了。”想到这里雷迪感到一阵轻松。

二 执行人与原镜

每次前往 RealX 执行任务时，

营地会选择两名捕捉者一同前往。

一名捕捉者负责所有工作，

另一人可以什么都不做，

仅仅为了保护，这就是“原镜”。

等鲍菲斯吞下一袋睡眠剂，在幸福中进入睡眠后，莱尔像往常一样将观测工作切换成机器监控，确定一切运转正常后，往卧室走去。

一种时常出现的不真实感又一次袭上他的心头，两年前这种感觉可以用新鲜和兴奋加以解释，如今，不真实感愈发强烈，在遇到那个迎面走来的女孩时几乎达到不可忍受的顶峰。

蒙托卡尔·利娅经过身旁时，莱尔看见一张天使般动人的脸，如果这个世界，任何世界再能找到第二张如此生动美丽的容颜，莱尔都愿意为此付出一切。

有这样念头的绝不仅仅是他一人，见过利娅的人都会这么决定，没人不被她的美貌和优雅吸引。当利娅缓缓走过莱尔身旁，他注意到紧挨着她身后站着的男人。

“雷迪。”他不禁叫出声来，于是立刻转过头去，真恨不得自己用了影像而不是真实的身体。

男人像根本没有听到他的声音，这让莱尔安心不少，可接下来的疑问更让他思绪大乱，利娅为什么和他在一起？难道……雷迪不需要经过基础课程和真理测试就能直接成为捕捉者？这不可能。

“雷迪·埃雷斯，蒙托卡尔·利娅，请两位稍作等候，并确认没有使用影像。”利娅看了一眼前方流动的蓝色光带，这样的光带，营地四处可见，刚才的指示音就从那里发出。

雷迪抬头看了一眼，一声不吭地继续前进。

“它让我们稍等一下。”利娅惊讶地拦住雷迪，“你连基本的礼仪都不知道？”

“不知道。”雷迪停下脚步，这一次他又保持了一贯的静止状态。

利娅要是知道身边这个男人平日的乐趣就是像海鬣蜥朝向太阳的仪式一般静止不动，一定会后悔想要阻拦他。

“看来新手做得不错，我以为他要跑几次阿索特才能把你带来。”说话的人正是莱尔最感激的人，捕捉者的导师——诺兰。

诺兰的身材并不高，看上去却比走廊上所有人都要高大，年龄至少在五十五岁以上，皮肤的光泽度却和年轻人一样饱满。

“老师，你知道我最不喜欢用真人出门了，除了执行任务。”利娅慵懒地说。

“别摆出这种表情。”诺兰回应。

利娅这话虽然是撒娇，但莱尔听来却觉得又生气又喜欢，生气的是营地里怎么有人可以这样和老师说话，喜欢的是如此天使般的容颜说出这样的话来也是让人立刻心如飘浮的云彩。

雷迪却好像站在另一个时空里，什么也没听到，他毫无表情的模样叫莱尔愈发生气，更不用说他和利娅之间的距离不足一个拳头。

“我是应邀而来的。”雷迪看了一眼诺兰。

“是的，虽然不符合程序，但凡事总有例外。”老师似乎在向其他人解释。

“我希望……” 说到一半雷迪停顿下来，“我希望不会是拯救世界。”他接着说。

“哈哈哈。”利娅颜如玫瑰，玫瑰忍不住大笑起来。

诺兰紧皱眉头：“是的，你这么说并不错，不过不必紧张，世界还在控制之中。”

“老师，难道他说的是真的？”利娅自小善识人心，很快发现老师比平日更为严肃。

如果此时利娅再多想一步便有可能发现，不仅仅对老师当下的反应她缺乏理解，对于身旁的新人，她也同样束手无策，只是这个新人尚未引起利娅的注意而已。

“看这里。”诺兰指向一处墙面，很快那上面浮现出一幅流动的画面，像夜晚的城市图，它缓慢变大又逐渐缩小，灯光星辰，时而明亮时而隐匿，最后聚集成一片密集的星团。

“每个世界的人口数都在增加或减少。”诺兰说。

“最后那张图是……”利娅找到诺兰的眼神，后者轻微点了点头。

“这是理事会管辖的城市？”雷迪问道。

“从边界定义，这么说没错。它们是拥有理事会提供的食物、循环空气设施、生育和治疗中心的城市。这幅不停变化、明暗交织的图像不仅仅是物理边界上的不同城市，同时也是不同的世界。人们不仅实现了在一个城市生活，并且实现了同一时刻在不同的世界生活。”

“RealX？”

诺兰点了点头：“是的，这就是 RealX 城市人口即时图。”

“这和我有什么关系，我从来没有使用过 RealX，对它一无所知。”雷迪百无聊赖地说。

利娅被雷迪的话弄糊涂了，无知尚可原谅，但是身边这个人傲慢无礼的态度简直叫她讨厌。

营地的职责是保护 RealX 的安全，保护 RealX 的安全在如今的时代等同于保护现实世界安全，这是理事会至关重要的责任之一。

而这个叫雷迪的新人好像什么都不明白。

德高望重的诺兰如此耐心地和一个什么都不懂的人站在工作区的入口处解释那么久，也不怕一旁经过的人看到。利娅的不安愈发强烈，她想回到房间，喝一杯营养剂果汁，保持清醒和轻度愉悦的心情。

诺兰告诫她那东西不能再喝，喝多了会影响她在真理测试时的判断力，如果她还想着继续进步，最好还是忍一忍。

利娅很听话也做得很好，几乎忘记它们的存在，可今晚这两个人之间的对话重新点燃了她对营养剂的渴望，一袋袋诱人的果汁占据着利娅的大脑，“营养剂真是可爱极了！”利娅在心中呼喊。

“接下来的任务，利娅，我要你带雷迪一起去。”诺兰收起墙上显示的图像转身走入房间，利娅和雷迪缓步跟随。

隔离屏障刚打开，利娅问道：“为什么不是乔纳亚？我们一直合作得很好。”

“这个任务雷迪和你最适合。”诺兰语气严厉，不带多余的情绪，利娅愈加捉摸不透。

诺兰继续说道：“我会给他捕捉者的权利，虽然未经训练，也没有通过真理测试……希望我们没有找错人。”

“一定找错了。”利娅小声抱怨。

这就是诺兰挑选的天才？利娅推测一定有可怕的事情发生，诺兰才会临时改变捕捉者选拔规则，使用一个完全陌生，甚至没有通过真理测试的新人。

实际上，对诺兰来说，营地面临的状况比利娅所担心的更为糟糕。

这起发生在 RealX 的死亡事件正在等待有人揭开面纱，不用多久，消息就会遍布每一位居民耳中，没人知道这会带来什么样的后果。

“两周前有人发现大世界里一个居民失踪了，两周后有人说他死了。”诺兰说道。

“也许他只是再也不进入大世界而已。”利娅说出自己的想法。

诺兰看向利娅，想要说事情绝没有那么简单，却听利娅又惊呼道：“B 级任务？”她惊讶地看着影像资料，等待诺兰确认。

“别在意级别，这是为了不让这个月的 A 级任务超过同期的平均数量，以免引起工程师们的注意。”

“可是他们一旦监测到这件事主动来找麻烦，我们岂不是更被动？”

“利娅，要不是没有更好的选择，我不想让你去。”

“你在担心我？老师，这个任务到底有多困难？”

诺兰沉默不语，肩膀微微颤动了一下，利娅敏感地捕捉到他的不安。

成为捕捉者，需要一定的天赋，超强的情绪感知力，正是利娅的天赋。

她深吸一口气，转身面向雷迪：“我是这项任务的执行人，你是原镜。”

“原镜？”雷迪不懂。

利娅知道雷迪不明白她的话，他还有很多东西要学。

“每项任务事实上仅由一名捕捉者完成，但每次前往 RealX 执行任务时，营地会选择两名捕捉者一同前往。一名捕捉者负责所有工作，另一人可以什么都不做，仅仅为了保护，这就是‘原镜’。

“原本并没有这项规定，毕竟工程师那里有最先进的神经数据分析系统。RealX 里的任何信息都能被统计和计算，可是几年前发生了一件事，自那以后就有了原镜，这一切都是为了保证捕捉者永远不会在真实和虚拟之间迷失方向。”

雷迪安静地听着利娅的解释，一言不发。

“几年前发生了一次脱离事件，一名捕捉者在任务规定时间结束时还没有返回营地，他留在了大世界。”诺兰补充道。

顺着利娅的解释，诺兰继续说道：“在众多 RealX 中，RealX-09 也就是我们常说的大世界，它的具象足以乱真，如今已经没有人能说出它和现实世界有什么不同。几年前的那起事件，没人知晓究竟发生了什么，也许是出现神经功能混乱，也许是他故意不回营地。”

“捕捉者不能长时间生活在 RealX 吗？”雷迪问道。

这是一个单纯且朴实的问题，利娅露出怪异的笑容，好像这个问题既愚蠢又可笑。

“当然，他有这个权利，营地的规则和一切行动同样受到最高法律监管，没人可以逾越。如果他不再回来，营地也要保护他的安全，人人享有最高法律保护的权利，捕捉者同样如此。”说到这里，诺兰停顿了一下。

“话虽如此，对营地来说，这毕竟是一种背叛。”利娅毫不客气地说。

“所以，捕捉者监控 RealX 发生的一切？”雷迪问。

“应该说视系增强系统帮助我们了解每一位 RealX 居民的信息，人们离不开视系增强系统，就像 21 世纪初的人类离不开因特网。如今，生育中心诞生的婴儿都植入了视系增强系统，断开和进入 RealX 就和眨一下眼睛一样简单。这些细节以后再和你慢慢说吧，有一点你需要记住，营地存在的目的是保护人们在 RealX

的生活，同时也保护真实世界。”

雷迪不解道：“这两者有什么关系吗？”

面对这么无知的问题，利娅按捺不住回道：“这算什么问题？”

诺兰沉默了一会儿，拍了拍雷迪的手臂，语重心长地说：“每一个生命都很重要，保护 RealX 就是保护真实世界，你记住这点就可以了。在营地，我们仍然将那里称为 RealX，将现实世界称为世界。一定要记住，如何称呼它们会改变你对本质的认识。”

“那个人，现在在哪里？”雷迪问道。

利娅有些惊讶：“谁？”

“留在 RealX-09 的捕捉者。”

“以后有时间我再慢慢告诉你吧，作为我的原镜……我想，我们彼此间最好有些基本的了解，这样多少能建立一些信任。信任是我们完成任务并且还能继续留在营地的基础，即使最危险的时候，明白吗？”

“好的，我明白。”雷迪实话实说，他确信他的确听懂了利娅的话。

“我没法安心，老师。”利娅忍不住说道，“为什么不是乔纳亚和我一起执行任务？我和里维斯的合作也从没出过问题。为什么一定要是一位新人？”

“利娅，你不必担心，这次任务的执行人是雷迪，我需要你做他的原镜。”

“什么？”话音刚落，利娅就知道自己失态了，捏了捏手指，调整情绪后，利娅的语气变得温柔懂事，“我明白了，老师自有道理。”

一个没有使用过 RealX 的人要做任务的执行人？利娅越想越觉得不可思议。

三 营地：新手

世界一旦沦为既定，

人们终将随波逐流。

“老师，那些流言已经……他们说……”

“流言是什么？你是一个编造故事的人，却轻信他人编造的故事吗？真理测试的内容看来你都忘了。”面对利娅的不安，诺兰似乎显得波澜不惊。

利娅摇了摇头，小心翼翼地说道：“大家怀疑的也许是老师的眼光或者主管营地的能力……”

利娅不知道自己为什么说出那些话来，她信赖诺兰，把他视为最尊敬的人，她根本不信那些观测员说的话，可是既然不信又为什么要说出来呢？

“别为我担心，孩子，别为单独的一个人担心，一群人在等着你呢。”

“知道了。”她只能应允，就算之前那些流言不过是幼稚的猜测，有一点却愈发明显：诺兰不喜欢乔纳亚，至少不完全相信他能在未来的某个时刻接替他成为营地的管理者。

也许另一个躲藏在营地背后的传说是真的，诺兰失去了他最喜欢的捕捉者——那个再也不回来的天才。所以想要培养一个和他一样的天才，但不论是自己、里维斯还是乔纳亚，都比不上那个抛弃营地的人。

想到这，利娅感受到一股难以克服的痛苦和虚弱，她明白自己必须坚强，不论诺兰如何看待他们，她都要保护他，如果诺兰失去对营地的掌控权，营地会四分五裂，乔纳亚的前途……

“不，我一定不能让任何人失望，不能让捕捉者再遇到危机。”

“先去自己房间休息一下，下一个傍晚前出发。利娅会带你去房间，营地环境很简单，但千万别惹麻烦。第一条营地规则：不管闲事。”诺兰发出和蔼的笑声，“这条规则对你恐怕是多余的，你最懒得管闲事了。”

诺兰拍了拍利娅的肩膀，仿佛知道她此刻心事重重：“去吧，保持专注。”

“用点心，年轻人，我们知道你是我们要找的人，很快也会弄清楚你想要的是什么。”利娅对着雷迪说完，迅速转身朝门外走去。

听到最后那句话，雷迪的脚步稍稍停下片刻，节奏变化微乎其微，却没能逃过诺兰和利娅的注意。

“你应该已经发现这些通道是单向的，我们必须沿着来这里时相同的路径返回。营地的通道两边都有这种蓝色光带，光带所在之处可以建立空间屏障。”

利娅说完朝向雷迪演示如何建立屏障，“很简单，使用你的视系增强系统，像翻书一样。”她举起右手在半空画出半圆的弧形，“你读过什么书？”她把手收回，屏障随即消失。

“说不清，历史、文学、物理……”

“多少数据量？”

“数据量？我不懂你的意思。”

“你读过多少书？”利娅皱起眉头。

“我的家里也许有两万册书。”

“两万册？”

“我没有数过。”

利娅感到自己完全被一种看似无辜的恶作剧作弄了，即使使用视系增强系统辅助，也没可能在他这个年纪读完那么多书。

“我不知道你说的数据量是什么，我猜想家里那些书不算多。”

“足够了，如果你真的用你的眼睛把它们都读完了。”

两人沿着光带一路前行，通道里没有遇到其他捕捉者，但利娅知道等他们经过图书区或者沉思区时一定会遇到莱尔、里维斯或者乔纳亚，除非他们都在执行任务了。

想到乔纳亚，利娅在心中默默对他诉说着不安：“一切都有些不同，所有我们熟悉的规则一再被改变……算了，也许只是我的表现不尽如人意吧，如果你在执行任务，一定要顺利，一定要。”

“世界一旦沦为既定，人们终将随波逐流。”她喃喃低语，重复念诵这条真理，它是营地所有工作的核心，因为这条真理的存在，营地对世界的照看才成为可能。

然而捕捉者绝不能随波逐流活在别人创造的故事里，这是他们工作的最大困难。

“营地在哪里？”雷迪的声音打断了她的思绪。

“在一座岛上，这一带岛屿众多，大概有三百多座大小不一的岛，你愿意的话就猜测是哪一座吧。”

雷迪面无表情，点了点头。

“接下来我要你记住的事都百分百正确，并且非常重要，一定要用心记住，书呆子。”利娅脱口而出，自觉不够礼貌，雷迪却毫不介意，继续跟在她身后。

“从我们休息的地方出发，经过一条蓝色光带走廊，沿着走廊进入通道。第一个区域是陈列区，陈列区里是营地迄今为止所有的历史，包括营地不同时期的重要事件和建立至今的全部记录，其中最重要的是荣耀——捕捉者创造的荣耀。

“这些荣耀在营地之外无人知晓，捕捉者是一项默默无闻的工作。如果你真的有才能，请一定像你的同伴和先驱者们一样，为这份人性的荣耀勇往直前。”利娅低下头一改之前鼓励的语气，“荣耀还代表着另一件事——与之相等的压力。来自过去、现在和未来，来自无处不在的 RealX 和再也回不去的朴素时代。先驱者们为我们指明方向，同时让我们无法放松。”

利娅想起诺兰第一次带她来陈列区时，她对自己将要从事的工作还懵懵懂懂，只是感到自己单调无趣的人生竟会得到赏识……这种感觉在她心里埋下了奇妙的种子。

再也不用活在别人创造的游戏中，从此以后她将在更接近上帝和真理的世界，实现自身存在的价值。

小女孩在那一刻开始成长。

“关于营地创建以来的所有历史，最早可以追溯到 1989 年的一位科学家，伯纳斯·李，你可以将他看作营地的奠基人。这里所有的文字、影像和数据，我都不会解释，即将为这项工作奉献一生的你，一定会在这里找到自己的意义。”小女孩永远记得第一次到陈列区时诺兰告诉她的那些话。

对那时的利娅而言，第一个意义是被人需要。一个孤儿，从生育中心明亮的产房诞生后，父母将其视为最可爱的“玩具”。等她长大一些，不再像洋娃娃一样可爱，他们就千方百计地讨厌她，是的，千方百计地讨厌她，他们要的只是一个玩具。

生育中心给这些孩子提供保护，因为那样的事情在那个年代时有发生。他们需要食物，生育中心就提供食物；他们需要地方睡觉，生育中心就给他们温暖的床；他们需要上帝的仁慈厚爱，生育中心就让这些孩子和其他孩子一样成长。出生率是人类未来的保障，生育中心确保每一个孩子活下来，至于他们更多的需求，等到能进入 RealX 的年纪，生育中心相信他们自然会被各种满足。

每次经过陈列区，利娅都感到有什么人、什么事正等待着她，随着能力提高，她愈发感到自己被需要，这种感觉让她充满力量，逐渐忘记了儿童时期被冷落和讨厌的经历，沉浸在努力和快乐之中。

随着任务越来越多，她对世界的认识不断加深，不再有刚开始时的快乐，取而代之的是越来越多的压力，仿佛身处随时会被淹没的池塘。

雷迪静静地站在一段影像前，影像放映着“朴素时代”的结束。伴随陨石撞击造成的森林大火和大气层恶化，引起呼吸困难的尘埃和太阳辐射终于将人类限制在一些尚能生存的城市之内，RealX 正是从那个时期开始全面繁荣。

从陈列区一块晶体墙上刻着的营地诞生时间来看，朴素时代结束之前，营地已经诞生，那时是 1997 年。

晶体墙的下方放置了一排不同的装备，帽子一样的头戴式连接装置、侵入性的传导耳部连接器、鼻神经连接环、初级视系增强佩戴式眼镜、植入式视系增强镜片以及最新的视网膜视系增强晶体。

“曾经的 RealX 只是人类生活的一部分，现在 RealX 就是人类生活的全部，孩子刚一出生，生育中心就将这种晶体植入了他们的视网膜，等到允许使用 RealX 的年纪，进出世界就只要眨眨眼。”

介绍完陈列区，利娅引导雷迪重回通道。

“陈列区之后是沉思区，沉思区用于思辨和沉思。是不是有点古希腊的味道？据说德怀恩先生、这个建筑最初的设计师，他原本希望用这个建筑来实现一种可怕的理想——身处建筑中的人可以达到深度思想繁荣状态。”

雷迪紧紧盯着利娅的眼睛，陷入沉思。

“看来我只需要给你解释思辨就行了。”话音刚落，利娅看着思辨机，想起和乔纳亚通过连接组交换任务信息时心灵相通的场景，不禁感到忧伤。

“还是下次再解释吧。你如果有兴趣可以自己研究。”

“好。”雷迪很快答应，没有让利娅为难，两人都感到轻松了些。

“最后一个区域就是准备区，我们刚才和诺兰老师说话的地方就是准备区。通常老师会在准备区和捕捉者一起讨论任务，等捕捉者明确任务细节，经过休息和准备后再次回到准备区，任务就算正式开始。

“那里什么也没有，也可以说什么都有。最重要的是相信自己，但不要只相信自己。”

这句突如其来前后矛盾的话拉住了雷迪的思绪，他又一次傻傻地盯着利娅，想从她脸上读到这句话更多的含义。

“这话听起来很奇怪是不是？”利娅的眼中带着一丝微弱的光。

雷迪点了点头。

“这是我第一次到准备区时老师说的话，我到现在也没有真正弄明白，只能说老师是个哲学家吧，RealX 时代不需要哲学家，你要自己琢磨老师说的话，别指望别人能帮你，大家都不敢说真正了解他。”

利娅有些羞愧，她向眼前这位新人隐瞒了一些事实，随即又想到新人也不需要对营地了解太多，也许他并不会一直在这里工作，老师很快会发现这样盲目挑选一名捕捉者不会给营地带来任何帮助。

“有一个地方也许你会喜欢，营地图书区几乎拥有世界上所有书籍的电子存档。如果你只喜欢书本阅读，那里也能满足你的需求。除了书籍，图书区还是你工作时查阅资料的地方，能查到所有 RealX 的用户信息，但这需要权限，管理员会告诉你，她叫萨娜。”

“有多少个 RealX 世界？”

“你可以自己去调查一下，但要等这次任务回来后。”利娅微微一笑，雷迪没有再说话。

利娅轻叹一口气，肩膀微微下沉。她提议雷迪去房间休息一会儿，傍晚时候两人一起前往准备区，利用这段休息时间她需要独自思考一些问题。

经过利娅的认真介绍，雷迪已经对营地有了初步了解，他知道接下来自己会了解更多，这地方看起来并不神秘，这里的人也算得上友善。稍稍往前走了几步，雷迪并不想回房间休息，他不觉得疲劳，甚至还有一些从未有过的兴奋，虽然很轻微，他觉得，有些东西在等待着他，正如一个他从未踏足过的 RealX 在等待着他。

诺兰离开准备区向图书区走去，他脚步轻盈，从不需要使用影像来节省体能。

“真的没问题吗？听说最近很多小型 RealX 都关闭了，而且大世界里还死了一个人？”看见诺兰走进图书区，萨娜急忙问道。

“我也不是每一步都不会出错，这个选择并非最好，却是最适合的，费德南德那里也建议我们在死者的社交关系内找到一个边缘人物。”诺兰温柔且冷静地回应。

两人相视而坐，诺兰一手拿过书，一手建起一道与周围空间相隔的屏障。

“这本书你已经读了一周时间。”萨娜微微皱眉。

“是的，《以自由之名》。”诺兰翻到自己标记的那一页，这本书的作者是 20 世纪末一位热衷政治的语言学家。

“也许我该退休了。”萨娜不想打扰诺兰看书，又觉得有些话非说不可。

她是图书区的管理员，图书区由营地系统自主控制，事实上，她根本没有什么要负责的事，也没有人要她管理。

“我不该在这里继续无所事事，不能分担营地的任何工作……让我感到一无是处。”萨娜犹豫着该用什么词来表达自己的真实想法，她想说自己无法分担诺兰的压力，却不知如何开口。

诺兰没有抬头，视线也没有离开书页，他说：“还早呢，退休这种事还早呢。”

“年轻人都习惯沉思区的深度放松，也许你也可以试试。”萨娜建议。

“你试过？”诺兰抬头看着她。

“没有。”

“你看上去和二十多年前没有变化，还是一样年轻。”诺兰看着萨娜深褐色的瞳孔，泛着淡淡粉色的皮肤，他不能看清这张美丽的脸，好像有一层雾，二十多年来一直围绕在她周围。

“回忆过去的朴素时代是禁止的，诺兰。”

“禁止？”诺兰右侧肩膀微微颤动了一下，笑着说，“政府和理事会只是不建议人们这么做，不建议并非禁止。”

“我有些担心，营地的事。”萨娜不想和诺兰争执，于是试着说出近日来的担忧。

“营地的事早就不在你心上。”

“没有，没有那样。”

两人之间始终保持的距离和欲言又止的隔阂令萨娜为难，她不能装作什么谣言都没有听到，她了解自己的心。

“选用一个已经成年的人不会有问题吗？没有一名捕捉者是成年后才接受训练的。”她问到了诺兰最不想解释的问题。

“没问题，我做捕捉者的时候也已成年很久。”诺兰漫不经心地回答。

“不，那不一样，我只能理解为你正面对着困境，比过去任何时候都要艰难，所以才不得不冒这样的风险。”

“萨娜，我一开始就说过，我未必每次都对。这些年来，我犯过不少错，理事会有一万种理由把我监禁在某个 RealX 囚牢中永远不能进出其他世界或者将我送到城市之外，让我在无法生存的大自然里自生自灭。”

“别说这样的蠢话，没人能比你做得更好，理事会信任你。”萨娜停顿下来，见诺兰没有回应，又一次自言自语，“没人，没人比你更好。”

“要是真如你所说的，那才是我们该担心的事。”诺兰将书翻到新的一页，低下头去，不再打算交谈。

雷迪没有沿着通道走回他的房间，等利娅离开后，他朝着相反方向来到图书区，这是他唯一感兴趣的地方。

萨娜看着新来的少年，面色苍白，神情闲淡，不禁皱了皱眉。

“需要检索吗？”一个女声亲切地问。

“不，暂时不用。”雷迪猜测说话的声音来自利娅所说的管理系统。

“好的，随时为您服务，雷迪大人。”

缓慢地从一排排书架旁经过，雷迪既没有取出一本书，也没有在某一本书前停留片刻。

萨娜低声问道：“就是他？”

“是。”

尽管二人都很清楚隔着屏障雷迪不可能听见他们的对话，萨娜还是降低了说话的音量。

“看上去真安静。”她说。

“好像时间不知不觉流过。”诺兰没有抬头，目光依旧在展开的书本上。

“是，看上去很不错。”

“希望吧。”诺兰回应。

“我不喜欢你那么没有自信，诺兰。”

“实话实说。”

“要不要我去帮个忙，这个少年看上去不怎么适应特瑞塔。”

“他对科技完全不适应，来营地前他甚至没有进入过 RealX。”

“一次也没有？”萨娜惊奇地问。

“一次也没有。”诺兰点点头。

萨娜不打算再询问诺兰的建议，她起身向雷迪所在的方向走去，屏障随着她的移动缓慢延展，直到临近预设距离，特瑞塔发出温暖的提醒：“屏障必须关闭，需要为您这样做吗，萨娜？”

萨娜没有回答，右脚向后退去，视线仍紧盯着屏障外面色苍白的少年。

“特瑞塔，他刚才是不是想要检索记录？”

“看上去是这样。”

“给他最高权限。”萨娜的瞳孔里闪耀着浅紫色的光，少年的身影在光芒中时而闪烁时而隐没。

“好的，立刻生效。”特瑞塔回答道。

“不，等一等。”

“好的，萨娜小姐。”

诺兰放下书看着萨娜的背影，心想她在犹豫什么。

“特瑞塔，先给他捕捉者权限，禁止访问特殊事件记录。”

“即刻生效，萨娜小姐。”

“谢谢，特瑞塔。”

“会不会过于谨慎？”诺兰的语气非常平缓，毫无责怪之意，但在萨娜听来，其中的责备显而易见。

“我有点担心。”萨娜说。

“你从没有在一天之内说过两次担心。”诺兰严肃道。

“那是我们沟通得太少。”萨娜脱口而出。

“图书区不适合思辨，营地有专门的地方用于思辨。”诺兰的语气透着冰冷，“你在担心他会像那个人。”

萨娜金色的发梢伴随肩膀的轻微颤动如一朵寒风中盛开的蜡梅。她哀伤地说：“你既然知道又何必说出来？诺兰，你瞒不了我，为那个人你背负得太多，他简直把你变得……”

“变得什么？”诺兰的声音愈加冷酷。

“没什么。我只是想你明白，那件事你不该责怪自己，至少不该全部由你承担，何况，理事会最终还是相信你的。”

诺兰完全没有再交谈的意愿，他依旧坐在书桌旁，萨娜知道他今天不会再开口和自己说一句话。

雷迪沿着蓝色光带向着与之前相反的方向行走，一直走到一片开阔的区域，他感觉营地的结构像一个长颈烧瓶，此刻他正站在瓶子底部。

利娅告诉雷迪，沿着蓝色光带前行会看见两条平行走廊，他的房间在左边走廊的尽头。

这条走廊里没有新手，他的邻居们都是营地最可靠的捕捉者。

缓慢经过第一扇门，又路过第二扇门。房门看起来没有任何不同，既没有数字也没有名字，雷迪这才想起利娅没有说明哪间房间才是属于他的。

“她说过些什么呢？”雷迪回忆着。

“房间里会有管家向你解释生活方面的疑问。没事的时候就好好休息，不要随意走动，别看营地结构简单，但是据说……很多人在这里迷路过，那些人的影像有时还会在通道里若隐若现，像残留在数字世界里的幽灵。在你能一眼分辨哪些是真人哪些是影子之前，小心说话。”

这个小小的忠告雷迪没有放在心上，却对利娅接下来的话有些在意。“通常一名接受过训练的捕捉者也要三个星期才能掌握不动声色地分辨影像和真人的能力。老师这么看重你，想必你不需要那么多的时间吧，记住，千万别出状况。”

左手边的门轻轻开启。

“您好，雷迪大人。”声音从光带后传来，这大概就是管家的声音，一个亲切却没有温度的女声。正对着房门的墙上映出一个人影，雷迪看见那是他自己。

环顾四周，他很快找到床的位置，倒下。

从莱尔出现到身处营地，雷迪不记得他是如何到了这里，似乎是一场梦。

利娅说营地建在一座岛上。他想到海洋和岩石，想到落日的余晖照在海岛周围的沙石上，穿过密布的厚藤、紫蓝色鸢尾和遍地的月见草。也许那旁边还停靠着一艘船，营地并不在岛上，而是在那艘船上。

躺在床上的雷迪仿若陷入某种梦幻之中，思绪渐渐变得模糊。

他知道自己必须清醒，来这里的目的不是打发时间和沉迷享用不尽的营养剂，他要找到有用的信息，目前，他还一无所获。

利娅称为老师的人似乎地位很高，备受尊敬。这里有明确等级之分吗？显然等级制度有利于理事会管理营地。可是，利娅和诺兰说话的样子又有些奇怪，她异常活泼的态度很难与尊敬联系起来。

利娅在担心什么？担心自己要和一个新人合作？

诺兰又在担心什么？担心他这个新人会让大家失望？

他看上去忧心忡忡，好像埋藏着无数的秘密。

雷迪知道这些事他早晚要一清二楚。

他想睡一会儿，但刚才的交谈却久久不愿从他思维中离去。还有一个更奇怪的问题，利娅和莱尔都想知道他为什么会被选为捕捉者，雷迪笑了笑，他自己也想弄清楚其中的原因。

“我们会知道你想要什么。”这句出自利娅口中的话又一次在雷迪心中响起。他们怎么可能知道？雷迪清楚自己的谨慎与生俱来，也知道如何隐藏心事，没有理由他们会知道，就连他自己都不知道那些东西是什么。

思考至此，雷迪恢复平日的安静，渐渐睡去。

温柔的女声再次响起时，他已醒来。

“雷迪大人，不得不打扰您。利娅小姐在门外等候多时。”

声音消失，他起身走向房门，打开，见到利娅正站在门外，蓝色光带发出的微弱光芒将她的轮廓勾勒得神秘而清冷。

“你来了。”他说。

“你连和人打招呼都不会？”利娅径直走进房间，在书桌旁的椅子上坐了下来。

“你也不见得懂礼貌。”雷迪回应道。

“打招呼有几种常用方法。”利娅举起右手。

她的手指纤细挺拔，手腕处却强劲有力，雷迪心想，自己未必能招架住这只手，哪怕只是一次不友好的握手。

“比如，你可以先说，早上好，或者晚上好。”利娅对教授礼仪好像很感兴趣，“也可以让你的管家播放一段合适的音乐，并且提醒你保持微笑和清醒。哦，对你来说恐怕尤其要保持清醒，我可不想和一个睡眼惺忪的人一起执行任务。”

“我对你说的任何一种都不感兴趣。”雷迪实话实说。他既没有想过要讨好一个人，也没有想过面对一个漂亮的女人该用什么特别的说话方式。

“我没有教训你的意思，这可是为了你好。”

“谢谢。”突如其来的感谢，虽然语气冰冷，但利娅也懂得顺势而下。

两人毕竟还要合作，让对方难堪并不是好的开始。

“离黄昏不远了。”她压低嗓音，房间内的气氛顿时严肃。利娅起身说道：“半小时后，我们出发。记得补足睡眠，如果休息不够充分，体力恢复不足，可以让管家给你准备营养剂。”

“好。”雷迪轻轻点了点头。

“你没有问题要问我了吗？”

“没有。”

简单说了道别后，利娅转身离开了房间。

半小时后，利娅已经换好一件白色连衣裙，这身衣服她非常满意，紧贴皮肤的设计愈发显得她身型纤瘦，五官精致，坚韧且柔软的面料也能保证她在任何时候都活动自如。

到达准备区时，她看见雷迪已经一动不动站在那里，他在等她，也在等待自己的第一次任务。

利娅一言不发地向着准备区深处走去，越走越深，雷迪发现站在之前和诺兰说话的位置根本看不到准备区里面还有这样的地方。

她在两把不知道什么时候出现的椅子前停下脚步，一把白色，一把绿色。利娅走到和她衣服一样的椅子右边，把左边的绿色椅子留给雷迪，抬头示意雷迪坐到椅子上。

“也许我要教你如何进入 RealX。老师说，你没有进入过 RealX，今天我们要去的就是当下人口最多的世界 RealX-09。”利娅缓慢地说，“营地为你准备了身份，看这里。”

两人的前方出现一张身份图：塞拉维，二十三岁，利娅在维罗纳的弟弟。

“姐姐。”

“闭嘴。”

利娅低下头，不知道自己刚才的失态是因为紧张还是别的什么原因。今天的两次失态让她愈发不安，为了缓解情绪她尝试着在出发前寻找乔纳亚，可乔纳亚的房门始终没有为她打开。

他还是没有更改管家系统，只要将利娅设置为自动拜访模式就可以，不需要十秒钟时间。

“真烦。”她在心里抱怨，“为什么我总是有那么多情绪问题。”

利娅不知从何处取出一个白色小球，雷迪猜测小球藏在她高高束起的长发里。

“陈列区的那些连接设备你都看到了，当下使用最多的是镜片视系增强系统和植入式视网膜，它们非常好用，只需要眨一眨眼睛，就能在不同的 RealX 里拥有不同的人生。

“小球一定要随身带着，把它藏在别人无法发现的地方是捕捉者的基本技能，你可以随意发挥想象，不要告诉我。”

利娅的白色小球上方出现两条浅紫色光带，她将光带握在手中，递到雷迪眼前。

“光带用来检测生理状态，必须一直佩戴在手上，等它检测到你之后，会自动隐藏，除了捕捉者，别人不会发现。心脏和血压提示危险时它会发出警报，小球的安全系统会自动打开，作用只有一个——把你带回营地，但我从来没有遇到过这类事。由于理事会始终不同意在任何一个 RealX 世界开放死亡设定，所以，没有人会担忧这些事，人们只是纯粹延展自己生命的可能，体会更多不同的人生。”

“所以，不论我们在 RealX 做什么，都不会死亡？”

“RealX-09 这类高度真实世界是有犯罪监督系统的，犯罪会遭到惩罚。你知道人们最怕什么惩罚吗？”

雷迪摇摇头。

“禁止随意进入 RealX。”利娅坏坏地笑着。雷迪一开始不太明白，对他来说能不能自由进入 RealX 算不上什么事，但他想到父亲雷塔德，想到他的生活几乎全部是 RealX，雷迪点了点头，他明白了这种惩罚的确很可怕。

“你知道犯罪率有多低吗？”

“低于人口新增率吗？”雷迪以问代答。

利娅冷笑一声，心想雷迪这个回答不过是巧合，他就是什么都不明白才会说这样的话。人口新增率是一个十分敏感的词，雷迪如果一直留在营地，他自然无法避免要时刻记得这个词，不过要胜任捕捉者的工作可一点也不容易。

“诺兰叮嘱大家，永远保持谨慎。在他眼里，没有死亡的 RealX 比环境恶劣的真实世界更容易迷失。”

“知道了。”雷迪接过光带扣在左手腕上，它很轻盈，好像根本不存在。

“你的视系增强镜片还是要保持工作状态，如果不习惯，尽快克服吧。”

“为什么？捕捉者不是不使用镜片吗？”

“是的，但是理事会要求必须打开视系增强系统。”利娅回答道。

“知道了。”

“你不问原因吗？”

“不问。”

原本利娅对雷迪这样的说话方式异常反感，但是现在她觉得眼前这个男孩并不是那么让人讨厌，他的确不喜欢说话，但这何尝不是优点？

“还有什么问题吗？塞拉维。”利娅问。

“没有了，诺斯蒂尔。”

两人彼此称呼对方新的名字。

“很好，父亲让我带你去找叔叔，你比我更熟悉劳伦叔叔，等见到他，你可以和他好好聊聊，如果他还记得你的话。”

“我们聊天的时候你可以去购物中心逛逛橱窗，看看有什么最新优惠。”雷迪学着利娅的说话方式。

“当然，弟弟，我最喜欢那些设计师天马行空的设计了。”利娅微笑着回答。

四 RealX：疼痛的幻觉

叶子之下是另一片叶子，

阳光背后是同一片阳光。

这就是 RealX-09，如今的大世界。

就像叶子之下是另一片叶子，阳光背后是同一片阳光。

没有指引，没有过渡，没有想象中会出现的任何不适感；塞拉维只是感到一阵恍惚，仅仅走出一个街口之后，这种刚睡醒时的恍惚感便已消失不见。

诺斯蒂尔长发垂肩，散发着一股柠檬叶的香甜。裙子是孔雀羽毛般的绿色，下摆恰到好处的不对称显得比对称更符合数学审美。诺斯蒂尔比在营地看上去更漂亮，少了一分冷冰冰的高傲，整个人充满活力。

塞拉维从商店的珠宝反射中看见他自己，黑底灰色图案的上衣，头发和原来没有什么不同，但身型似乎比原来结实了一些。

周围的人从他们身边匆匆经过，像是赶一场演唱会，他们移动很快，但从不会擦碰到另一个人。

下一条街，第一家咖啡店门前拴着一只浅褐色与白色相间的柴犬，柜台处，一个穿着同样色系衣服的女孩正从店员手上接过一杯闪着金光的咖啡。

塞拉维用心记着每一个细节，直到他被一个迎面跑来的男孩狠狠撞了一下。

小男孩径直冲向他，他的腹部一阵麻木，紧接着疼痛如期而至。

塞拉维忍不住弯下腰。

“对不起，我不是故意的。”男孩抬头望着被自己撞到的人，很清楚眼下发生的事情错全在他，“真的，很对不起。”男孩连连道歉，眼泪几乎要从两颗浅蓝色玻璃状眼球中翻涌而出。

塞拉维不知不觉盯着那双眼睛，太真实了，真实得简直可怕。他心中闪过一阵慌乱，很快又被赞叹冲刷得无影无踪。

也许过去了整整十秒，他才想起男孩正在向他道歉，于是礼貌地回应：“没关系。”

“姐姐，带他去医院看看吧，他好像很疼。”

诺斯蒂尔挥了挥手，这动作塞拉维曾经见过，诺斯蒂尔习惯这样的手势，这代表着她根本不认为需要在意眼下的事。

“我真的没事。”塞拉维已经站直身体，疼痛也在慢慢消失。

他有些好奇，相比生活中的其他感觉，疼痛感竟然如此难以忽视。

“走路小心点。”诺斯蒂尔没有弯下腰，只是提高了一些说话的音量好让这个十岁出头的男孩听清楚她的声音。

男孩点点头，朝两人身后走去。

“还好吗？”

见塞拉维没有说话，诺斯蒂尔建议两人找个地方坐一会儿。

“不用了，我没事，我不会有事的对吧。”

“不完全是，你也听到男孩说的话了。要不要去医院？两年前理事会被迫在这个最大的世界建造了医院。”诺斯蒂尔压低了声音。

“医院？”

“嗯。”

诺斯蒂尔并没有急于在咖啡店门口向弟弟介绍这里为何会建

造医院。

RealX 本来不会有真正的伤害，更不会有死亡。建造医院只会加深躯体病痛的真实感，但是这样一个一开始就被理事会排除在外的设置，两年前却进入了大世界。

诺斯蒂尔轻轻叹了一口气。

人们要的究竟是什么？生活在美好与和平中的人们迫不及待想把痛苦抓入其中，不论虚假的生活有多美好，人类都在不知不觉把它们变成真实而复杂的样子，变得和曾经熟悉的一切越来越像，不论绕过多远的路。

“你不去看看他们吗？”萨娜想提醒诺兰，从下午到晚上他已经在书桌旁坐了好几个小时。

“不用。”

“要不要我替你去？”

“你怎么对这件事这么关心？”诺兰抬起头问。

“真的没问题吗？”萨娜希望对方了解她是出于关心诺兰，而不是关心这个任务。

“萨娜，最大的问题是你，你为什么那么忧心忡忡，这样下去你的头痛病又要发作了。”

“因为你。我没见过你那么紧张，虽然坐在书桌旁几个小时，可是这本《塞拉菲尼手抄本》仅仅翻过两页。”

“是吗？”

“要不是我知道你不用视系增强系统，一定会以为你在使用辅助学习。”

“别担心了，萨娜。也不要再说你要去那里。”

萨娜点了点头。她知道诺兰值得她信任，只是眼前这个从不把话说完整的男人，没人知道他真正想的是什么；她也不能确定自己真正想的是什么。记忆始终像一团着色的云，外表清晰却不知道这些颜色究竟来自何处又为何存在。

“希望利娅已经长大。”萨娜喃喃自语。

“长大太多，多到完全不把我这个老师放在眼里。”

“她是被你宠坏了。”

诺兰无声地合上书，准备离开图书区。萨娜忍住不安，没有再问起雷迪的事，她不想影响诺兰的决定，萨娜相信做出这个决定对他来说太不容易。

塞拉维看着桌子上的牛奶，诺斯蒂尔喝了一口咖啡。两人在咖啡店紧靠路边的窗户旁并排而坐。

“你该尝尝这家店的咖啡。”

“下次。”

“刚才那孩子撞的地方，现在没事了吧。”

两人都知道对方在说什么，这种对话在安全范围内，不会引起注意。两人的出现也不会对大世界的正常秩序造成影响，即使有也只在日常生活等级之下，不会引起工程师们特别注意。

“如果你和那孩子多说几句话，引来更多的人或者去了医院，麻烦就会比现在多得多。”诺斯蒂尔轻柔地举起咖啡杯又喝了一口，“我该带你去河对岸的街道上逛逛，靠近码头的地方聚集着很多艺术家。他们喜欢聚在一起，占领一个地方不久又抛弃它们。不过，恐怕你的叔叔等不了那么久，他病得很严重。”

“喝完我就去。”塞拉维认真地说。

“你不是和他约了明天下午午饭后去吗？”诺斯蒂尔明亮的眼睛在咖啡店的热气中闪烁，仿佛飘悬半空的星辰。

塞拉维转过头，盯着自己的牛奶，没有说话。

“今天先陪我逛街吧。”

逛街？诺斯蒂尔是在开玩笑吗？

塞拉维低下头，他有些不舒服，是刚才的撞击引起的吗？塞拉维难以分辨。但“一定有什么异样”的感觉在他心里萌生，他只是不习惯而已。可要不了多久自己一定会弄清楚。

“你在这还有朋友吗？我是说熟人什么的。”诺斯蒂尔忽然问道。

“没有，应该没有。”一开始塞拉维认为诺斯蒂尔这个问题是明知故问，她很清楚自己没有去过任何一个世界，没有到过世界里的任何一座城市。很快他又想到家里的父亲，他知道父亲在这里，但不能确定父亲在哪个城市，他想了一会儿认为“没有”算得上正确回答。即使知道父亲在哪个城市也不知道他叫什么名字，长成什么模样。

想到父亲后，他小心翼翼埋藏的记忆在脑海中浮起，他又想到那个没有见过面的女人——他的母亲。但很快他把女人连同记忆一起赶回角落，用时不足一秒。

塞拉维的身体抖动了一下，诺斯蒂尔没有注意，营地的观测员却发现了。观测员像看到一只跳到监视器上的蟑螂一样大叫起来。

“莱尔大人，出了点问题。莱尔大人！”

“别大呼小叫的。”

“监测到……一个捕捉者……短时间…… 脱离。”

五 脱离事件

是世界，非类世界。

“脱离？”莱尔跳下台阶。

“你看。”鲍菲斯指着模拟图中一块白色的部分。

莱尔顺着他指的方向看了一眼，紧皱眉头问：“你见过脱离吗？”

“我……”鲍菲斯圆滚滚的身体微微晃动，显得有些局促不安，“莱尔，我没有见过脱离。”

“你通过日常监测发现的还是什么特殊的模式？”

“应该是捕捉者专用通道。”观测员回答。

用光带进入 RealX，一定是捕捉者无疑。莱尔认为有必要在观测员面前表现出从容淡定，他在心里想着，嘴上却一个字也没说。

“可以肯定这是一个捕捉者的成像图，就在刚才这块白色区域，出现了一次异常抖动。”

“这就让你大惊小怪成这样？把大脑成像图调出来。”莱尔简洁地下达命令后并没有离开监测区。他在观测员身后，紧紧盯着他每一个动作。

“禁止访问。”鲍菲斯重复调取三遍后小声说道。

“那就不要管了。”莱尔的语气很轻松，眼睛却还死死盯着模拟图。

鲍非斯的声音变得更微弱，来自莱尔的压迫使他呼吸困难。“还有，还有什么要做的吗？”

“没有了。”说完，莱尔离开监测区回到自己的座位。

他打开视系增强系统，分析结果很快出现。

果然是他。我怎么可能看不出来，雷迪到这里才第三天，就已经去执行任务，这也太不寻常了。

莱尔又重新确认雷迪现在所处的世界，正是 RealX-09。

RealX-09 的人口数远远高于其他世界，人们在其中的活动时间也超过每天十小时。这几年来，营地日常工作 99% 都围绕着 RealX-09，与它相比其他世界不过是星系里暗淡无光的碎片。

莱尔想起诺兰说过的话，人们依赖 RealX 的原因很简单，由于人类无法对抗死亡、痛苦和孤独。所以只要这些事不被想起，甚至某种意义上变得不再存在，那么活着就只剩下快乐和幸福。RealX 的人们似乎都抱着这样一种高尚的情感，他们温柔谦让，热爱艺术，谁都不想成为一个糟糕的人，在这个死亡和痛苦不被想起的巨大城市，一切美好都有可能永远芳香馥郁。

营地细心守护 RealX-09，而现在一个从没有进入过世界的少年，一个从没有接受过训练的少年，就这样走了进去，而且以一名捕捉者的身份走了进去。

莱尔双手冰凉，他关闭视系增强系统，坐在椅子上，大脑却一刻不停地嗡嗡作响。

诺斯蒂尔转了一圈瓷白色的咖啡杯，说道：“RealX 是世界，非类世界。这是老师要我们记住的。对我们的大脑来说，不论身体处在哪个空间，大脑无时无刻不在到处穿梭，不受身体的限制。它每一分每一秒发疯般同化周围的一切事物，使它们以一种合乎逻辑的方式存在着，伴随生命自身不断流动的情感，真实感应运而生。一旦模拟生命所唤起的原始情感被释放出来，大脑便会毫无保留地接纳它们；一旦失去那些身体，就仿佛失去爱的对象，失去自我，让人产生无法忍受的孤独。”

塞拉维认真聆听诺斯蒂尔说的每一个字。

“大脑经历的生活即使没有物理身体，依然真实动人，爱的幸福是真实的，孤独的脆弱感也是真实的。人们热恋时，是大脑而不是心，将气味、触摸、声音和味道融为一体；而当感受无处不在时，痛苦也变得不可回避。这就是关键。没人预想到人类会把痛苦带进世界，随之而来的是疾病，从意识到躯体的连锁反应。我们把曾有的一切都慢慢带进这里。”

诺斯蒂尔眨了眨眼睛继续说道：“无论身处怎样的时空，人类在一起生活就会慢慢生活成原先的样子，正如那句不断被引用的话……”

塞拉维想了想接上了诺斯蒂尔的话：“不论时间过去多久，人类的大脑和几千年前没有什么变化。”

诺斯蒂尔喝下最后一口咖啡，略显疲惫地靠在沙发上，“你第一次上课就已经能想到这些。”她喃喃自语，但也不在意塞拉维听到。

“我告诉你这些，是希望你明白，对于任何朴素时代以后的人来说，丰富的生活眨眼可得，但都不容易。人类自己也不能确定是否能适应这种意识和身体多样性的时代，它究竟意味着什么？对人类的将来有什么影响？谁也说不清楚，但有一点可以肯定，我们需要这种生活，我们在很长一段时间里都无法离开 RealX 的保护，因为大自然所剩无多的资源不允许我们继续以原来的方式生存下去，我们造成的破坏，需要几代人能够修复。谁也说不清楚，与其说现在是 RealX 的虚拟时代，不如说是漫长的等待期，所以我们必须小心翼翼，因为早已没有退路。

“老师经常说：‘如今的一切无法改变，同样也无法不变。’你能明白这句看似矛盾的话是在说什么吗？”

“是的，我想我明白，谢谢你告诉我这些。”塞拉维是真诚的。

“我亲爱的弟弟，你知道我最讨厌你什么吗？”

塞拉维摇了摇头。

“我讨厌你的沉默。我可以多说一些。如果你……”

“我不会告诉你该怎么样，你也不用听我的任何建议。到了明天，一切都由你做主。”

这话让他感到一阵痛苦，这种感觉既陌生又无从应对。于是，塞拉维只能继续沉默，可在他的意识中，好像有一些东西悄悄发生着变化，像是一颗粮食的种子钻出皑皑白雪遇上了一道带着寒风的光。

诺兰看着眼前的数据和成像图，几秒后他把它们变成一片白色。

“你要相信他，也相信自己。”诺兰自言自语，仿佛是一种承诺，又像一种命令。

萨娜知道这种方式无异于自欺欺人，留给他的时间不会太多。

从十年前那个男孩出事开始，事情就变得不可预测，也许预测从来都没有意义。

只是一些显而易见且既成事实的事件让人们误以为它们如果消失或者做出改变，世界还会安然无恙地继续下去。

诺兰渐渐明白也许一直以来所有的努力不过是海水中下沉的明月，虽是月明，却光亮渐远。

当老去的事实每日一次，每日两次愈发频繁地提醒他，等待他做的选择又会是什么？

诺兰不愿承认的事也每日都在敲打着他。

他并非未曾想起，而是时常想起那样的世界，那不可知的未来和那个眼神清澈的男孩。

这是他的病，他的痛，他的希望，他想忘也忘不了又不能留在记忆中的烙痕。

望着镜子中年轻的脸，谁都能看出那张脸不过三十出头，保持着不受摧残的容颜；谁也都能看出，那不过是任何人只要愿意，都唾手可得的一种外在形象。没人在意它真实与否，当所有的一切都能以某种特定形式表现，就没人会去分别对待，自以为存在和自以为感知一切便是现实本身。

科学已经告诉人们，大脑通过高度适应、多模式的过程创造和保持拥有身体的感觉。这种过程能够通过对视觉反馈、触觉反馈以及体位感觉反馈的直接操纵，在几秒钟的时间里诱导我们接受另一个全新的身体，并以此作为我们意识存在的家园。

因此，谁也不必过于崇拜身体。

往前二十年呢?

诺兰把封存的记忆慢慢打开，往前二十年，那个被他带到营地的男孩还没有长大。他照顾男孩生活，如同照顾自己的孩子；他和雷迪有一种极为相似的特征——沉默、孤独；只是男孩沉默的眼神每时每刻都闪耀着星辰的光芒——那是一颗巨大的恒星。

如果他眼中的光芒来自太阳，谁也无法停止它的燃烧。

灾难常常源自违反规则。这一次他是不是错了？违反营地规则，绝对不是什么好事。

诺兰孤立无援却又无可奈何。

RealX 从未有过真正的规则，尽管它自无数条规则中诞生，就好像它是规则本身。

人们仅仅通过生活在其中就改造了它。

相比之下营地的存在究竟有没有意义？诺兰不敢思考这个问题。这些年来他总是劝自己不要去思考这个问题，这会把周围的一切变成黑暗潮湿的迷宫，他最终会找不到出口。

一种是等待大自然重新愈合，等到它再一次接受人类文明和物种进化的自然规律，另一种代表着干涉和控制，营地的存在如果不是为了干涉和控制又是为了什么？无论捕捉者多么巧妙地隐藏行踪，造成的影响也不会真正等于“零”。即便当时看来完美无缺，累积时间的变化最终也会被卷入无影无踪又无处不在的自然魔力之中。

或许费德南德是对的，他们应该做好控制一切的打算，放弃那些小世界，全面控制 RealX-09 的方方面面。那些在全面控制过程中消失的人也是为人类的未来做出了贡献，这样的牺牲未必不是一件正确的事。

面对二十亿人口数的人类延续计划和面对五亿人口数的人类延续计划显然是不同的。最终，只要人类的剩余人口数和新增率保持在最低水平之上，人类重新走出城市的时候，一样可以继续文明的火花，但这个过程无疑是一种闭着眼睛的屠杀。当前，营地仍然有能力保护所有人，无论如何都做不出选择全面减少人口、控制虚拟世界的打算。如果这个方法可行，为什么不冷冻所有人呢？让人类冬眠，等自然恢复时再苏醒有何不可？冬眠技术完全可以实现，为什么理事会没有选择冬眠技术而是让营地负责维护 RealX 和平稳定呢？背后到底有什么原因？

每次想到这里，诺兰的脑子就像被电锯割裂一般疼痛不已，他只能从口袋里拿出魔方，还原魔方的时候头疼也就渐渐消失了。

雨水伴着咖啡店关门的音乐，舒伯特的曲子使得夜晚浪漫而亲切，看着灯光和属于夜晚的蓝色街道，呼吸都变得不紧不慢。

塞拉维享受着这场雨，好像这场雨正是这个世界为和他相遇而献上的舞蹈。

“回家吧，弟弟。”诺斯蒂尔的一只紫色高跟鞋已踩在水中，犹如掉入鱼缸的玻璃球。

塞拉维看着她，不觉笑了起来。诺斯蒂尔在雨水中安静的姿态让他想到拜伦的诗——她走来，风姿优美。

虽然没有伞，但雨水让两人的距离靠近了些。诺斯蒂尔轻声说道：“我的习惯通常是第一天住在家里。如果你决定住酒店当然也可以，只是那会增加更多痕迹。好吧，希望你无论如何都有些基本的生活经验。好比乘坐飞机或出海旅行，总有些地方会审核你的信息，而我们在这里……对周围的影响越小越好。”

塞拉维点了点头。雨水的声音轻轻的，落在地上的声音并没有让诺斯蒂尔说话的声音变得不可分辨，越是轻声说话，塞拉维反倒听得越清楚，而雨水正好阻挡了周围经过的人，仿佛一个个透明的泡泡隔开了人和人之间的距离。

他希望雨一直下，一直到达诺斯蒂尔的家，甚至下到半夜，下到第二天清晨。

塞拉维安静地坐在浅米色沙发上，整个身体被温暖的云层包围着，一扫沾满雨水的皮肤上渗出的寒意。温暖之后，困倦紧随而至，这样的舒适从未有过。这种感觉陌生却友善，难道这里的人时时刻刻都能如此舒适？他不禁思量。

这套公寓有一间宽敞的卧室和一个更为宽敞的客厅，卧室和客厅的落地窗连成一片，可以看见远处朦胧的天空，月亮无精打采地发着微弱的光。

塞拉维走到一扇向外微微开启的窗前。一条东西走向的河流在窗外安静得仿若一条被画家遗忘的黑线，一道黄色亮光从河流远处闪过，顿时照亮了河面。塞拉维顺着光的方向望去，街道上嘈杂的人群沿着河两岸快速移动，南面的人群按着顺序从几座相邻的桥上经过。他转头看了一眼浴室，水流声依旧。

在诺斯蒂尔出来之前回到沙发就行。遵守这位姐姐的规则对两人都有益处。

塞拉维将视线转回窗外。楼下的人群朝着同一个方向前行，手上拿着各种奇形怪状的棍子；一个巨大的稻草人随着人群向前移动，稻草人足足有六七层楼高，看上去像是用巨大的火柴制作而成的；它摇头晃脑地从一扇扇窗前经过，塞拉维猜测之前黄色的光就来自这奇怪的巨型人偶。

“看来今晚城市里有节日。”诺斯蒂尔的声音从他身后传来。她穿着一件单薄的绿色衬衣，发梢垂到胸前，上面还有未干的水珠。

看上去没有什么不高兴。塞拉维松了口气，问道：“什么节日？”

“比如演奏会、音乐剧或者画家们的集体创作表演。”诺斯蒂尔倚靠在窗边，脸上一半明亮一半幽暗。

“我觉得是一场游行，你看见那个巨型人偶了吗？像火柴拼接出来的。”

“看见了。”诺斯蒂尔回答，“也不知道这里的人最近是怎么了，居然喜欢这种奇怪的东西，艺术在虚拟世界的变化真是比过去的天气更无常。

前段时间最流行的服饰搭配是仙人掌，在那之前画家们把港口变成了沙漠，到处都是飞扬的沙粒和烧毁的飞机残骸，艺术真让人捉摸不透。这个人偶更奇怪，它就像一个傀儡。”

“巨大的稻草人傀儡。”塞拉维说。

“不堪一击。”诺斯蒂尔百无聊赖地离开窗户，自动窗帘降落，发出嘶嘶的微弱摩擦声。

“看完热闹就早点睡，浴室旁边有一道蓝色墙，按压下去会出来一扇门，向上推开里面有一些衣服，挑一件合适的，如果没有你喜欢的，可以在墙上订购一些新款。但最好不要这么做，你给周围带来的影响越小对你和世界来说就越安全。最好像影子一样，没有任何人注意到你，等你洗完澡，我再告诉你怎么睡觉。”

诺斯蒂尔不厌其烦地提醒塞拉维他所做的事越少越好，这让她疲惫不已。如此仓促地选择一个捕捉者执行正式任务，真的不会有问题吗？

这么巧今晚又有狂欢游行。捕捉者的敏感让她无法不注意这件事，虽然这次任务中她只是原镜，但她心知肚明任何细小的闪失都可能带来可怕的后果。人群集中的活动从来都是工程师们兴趣盎然的事件，他们从中发现危机并且找到改变的可能，甚至工程师们还会创造和使用游行。

和工程师们大张旗鼓的作为不同，捕捉者每一次进入 RealX 都务必小心翼翼，他们必须融入周围，不引起关注，同时还要以最小的行动完成任务。比如，通过增加一秒路口红灯的持续时间，叠加六个路口共计六秒延时，当事人根本不可能有所觉察，却让两个原本会相遇的人从此错过了。这就是捕捉者的工作，需要细致入微洞察力、冷静的全局观还有丰富的经验，一个新手怎么可能轻易做到？

诺斯蒂尔看起来还是很有耐心，她继续说道：“在 RealX 睡觉没有什么特别，如果你有使用营养剂的经验，会发现和使用营养剂后的睡眠很像。不同的是，RealX 里没有梦境，也许梦境算法早就准备就绪，只是还没有被使用。好好休息，及时补充睡眠很重要。在 RealX，有时候你会觉得精神奕奕，有时候疲劳又会比平时更强烈。你应该已经有一些体会，在一个生动、丰富、放松的环境中，人的情感体验总会更强烈些，这也正是人们热爱 RealX 的原因，因为更强烈的情感意味着更鲜活的生命力。”

塞拉维点点头，想起不久前强烈的睡意，而现在他比任何时候都更清醒。

“如果休息不好，明天你可能会非常累。”诺斯蒂尔将头发轻轻挽起，不知从哪里变出一个发夹，长发优雅地盘在脑后，露出光泽的锁骨。

“我睡沙发？”塞拉维并不想问这个问题，但眼下又不得不问，后背传来阵阵酸疼，疲劳瞬间降临。

“你睡卧室。”诺斯蒂尔回答。

“为什么？”

“我认为这样做有利于我们顺利完成任务返回营地。”诺斯蒂尔笑着躺倒在沙发上，背对着塞拉维，不再说话。

塞拉维看着她的背影，窗帘的缝隙间钻进几道古怪的灯光，多看几眼便感到头晕。

“晚安。”轻声说完，他走进卧室。

灯光渐暗，诺斯蒂尔没有回应，仿若已经进入无梦的睡眠。

诺斯蒂尔知道今晚谁都不会睡得太好，窗外人声鼎沸，好像有什么大事正在拉开它蓄谋已久的帷幕。正巧，这些人还从她的窗外经过，这也许根本不是什么巧合，而是一种挑衅。如果真的是这样，这么做的人是谁？目的又是什么？难道……劳伦的死也是这场挑衅的一部分？诺斯蒂尔已经睡意全无。

这一晚同样失眠的还有两个人，生怕自己再次犯错的诺兰和担心诺兰犯错的萨娜。

萨娜在房间里犹豫了足足两个小时，她打开书又把它合上，再打开，再合上，她感到自己从没有如此心神不安过。

她在挣扎，在营养剂带来的安稳睡眠和努力像自己尊敬的人那样生活之间挣扎。她清楚第二天需要保持最好的专注力，不能因为睡眠不足而昏昏沉沉，可是这样下去她一分钟都不可能睡着。

最终她放弃了。无法成为一个伟大的人并不重要，她不是诺兰，不需要百分之一百的伟大。她只想自己关心的人安全、快乐地度过一生。

独自一人时萨娜会嘲笑诺兰的一生，他的一生伟大却荒谬，受人尊敬却寂寞孤独，忙碌不休但从不快乐。

她不能说清楚这样的感觉从何而来，就像她不能回忆起过去的记忆；但她并不遗憾，如果非要遗忘就不该记住。她确定的是自己关心的人在身边，即使那个男人似乎相识了一辈子，又好像全然没有在她过去的时光里留下痕迹；她为他牵肠挂肚远胜过担忧自己，并时常怀疑这个男人从没有触摸过真正的幸福。

六 RealX：劳伦之死

塞拉维俯下身，

仔细端详这张脸，

紫红色细小颗粒浮在皮肤下方，

嘴角和眼角处聚集的更多，

它们像在某个瞬间一起决定不再移动。

第二天深夜，塞拉维独自思考着即将开始的工作。

“他的叔叔”究竟发生了什么？这是任务的核心，他必须弄明白。会不会只是一个误会？营地是不是过于紧张？是什么样的情况会让营地如此紧张？在第一次见到诺兰时塞拉维就从他身上感受到一种深沉的不安，现在他也能从诺斯蒂尔身上感受到同样的情绪，这些不安究竟意味着什么？

丝绸般的细雨不知何时起淌落在窗边，汇聚成一条小小的水渠，塞拉维拉开窗帘看着这座城市的晨曦，它们慢慢爬过窗户上的雨珠，迎接着新来的客人。

似有似无的鸟叫声吵闹了几分钟，他缓缓坐起身，原本以为在宁静的清晨可以听到一些特别的声响，但什么都没有，城市别无二致，除了视系增强系统的不同提示，身在哪里似乎无法区分。

他读到过一篇半个世纪以前的文章，题为《如果你热爱自然，就搬到城里来》，听起来很不符合逻辑的理论，热爱自然当然要到自然中去，但这恰恰使人类对自然造成极大破坏，如果人类真的热爱自然，最好的办法不是到其中去，而是离它越远越好。现在看来这篇文章简直如同预言，城市是人类文明最好的庇护所和最合理的生存法则，这二十多年来如果没有城市，人类的生活根本难以维系。

走出卧室时，塞拉维已经不再对醒来时的感受有任何留念，和平时一样身为塞拉维的雷迪再次对什么都不感兴趣，满脸写着“不要打扰”。当然，除了诺斯蒂尔，这里也不会有人打扰他。

“醒了？你看上去没睡够。”诺斯蒂尔已经换好衣服，黑色宽松上衣和浅蓝色连体长裤，头发从后挽起，精致脸庞神采奕奕。

“应该够了。”

“睡眠不足会影响判断。”诺斯蒂尔说出自己的担忧。

“是的。”塞拉维走向墙后，为自己挑选了一套同色系的衣服。

“请快一点，塞拉维先生。”说完，诺斯蒂尔将视线转向一排晶莹剔透的小瓶子，看了半天在一百多个选项中调配了一款深紫色指甲油。搭配雨后的早晨，她对这个选择算得上满意。

“这里的一夜竟然那么长。”塞拉维穿着整齐后坐到诺斯蒂尔对面，两人低头享用诺斯蒂尔选择的早餐，咖啡、麦片粥和低脂肪牛肉。

“原本不是这样，最开始的时候白天和晚上只是数字游戏，半小时就是一整夜，但是后来，时间慢慢变化，变得和地球运动越来越接近。”

“你的意思是……物理时间？”塞拉维问道。

“也会有事情让你觉得不可思议？”诺斯蒂尔抬头看了塞拉维一眼，又专心吃起麦片。

“我没有想过。”塞拉维实话实说。

“没有想过什么？恐怕回去以后你要好好补课，至少学习一下我们是如何感受时间和空间的。生物学、认知神经学，选一个学科先开始吧，即使免去基础训练，选修类课程也是必不可少的。”诺斯蒂尔放下餐具，继续说道，“我预约了车。这些事本来该由你决定，但是，恐怕你连这里的交通工具都不了解。”

“哪里的交通工具我都不了解。”

“小型移动车或者悬浮轨道都可以到叔叔家。如果想看看路上的景色，小型移动车是个不错的选择，虽然预订小型移动车会留下一些记录，但是悬浮轨道上会遇到更多人，权衡之下，我还是选了移动车。”

塞拉维点点头。

小型移动车长不到两米，高度却接近三米，看上去像圆锥形宝石，四周是透明的棱状结构。诺斯蒂尔上车后就把车窗设置成微微的浅蓝色，从里面看来没有太明显的变化。塞拉维看着车外缓缓移动的街道，路上行人很少，好像城市还没完全醒来。

“低速行驶不容易引人注意，外面的人也看不到车内。”诺斯蒂尔平静地说。

“嗯。”塞拉维轻声回应。他没有什么问题可以问，也想不出应该说些什么话。

二十分钟后，移动车在一幢玻璃混杂着岩石结构的二层建筑前停了下来。

“看样子我们到了。”诺斯蒂尔侧过身向车外望去。

“这个建筑的风格有点奇怪，像……”

“上个世纪的现代主义教堂。”塞拉维说。

“的确，但不完全是，前几年 RealX 流行过一些混杂的设计风格，一些设计师会把传统宗教建筑和科技类的时尚元素混合在一起，一部分年轻的教会成员非常追捧这类设计师。”诺斯蒂尔顺着塞拉维的话补充道。

“你看这扇门，应该要密码才能通过，叔叔告诉过你大门密码吗？”

塞拉维想了一想，几秒后，他抬头似乎笑了一下，说：“当然。”

诺斯蒂尔勉强挤出一个微笑，门从两边展开，两人来到大门前。

塞拉维盯着大门前数字和字母混乱排列的界面，将四个字母和五个数字输入其中，选出最后一个字母后，伴着岩石滚动的声音，大门缓缓打开。

两人默不作声地观察着房间里的装饰、家具和任何有用的东西。黄色墙壁，文艺复兴时期的画，屋内家具很少，三把椅子、一张圆形桌子都是铁制的，一张沙发和一把巨大的单人扶手椅。

扶手椅上是一个矮小的身体，站立起来也许还不到诺斯蒂尔的肩膀。

“不是所有人审美都一样，有些文化认为矮小的人更有智慧。”没等塞拉维开口，诺斯蒂尔就说出了他的疑惑。

“虽然大世界里的年轻人都喜欢把自己变得很漂亮，但也有人遵循着独特的审美标准，或者某种信仰，不改变自己的容貌，保持单身和清贫。近些年这样的人越来越多。”

塞拉维很感谢诺斯蒂尔的洞察力，也很感谢她总能在恰当的时候给予自己帮助，但是，完成任务尽快返回营地才是他最重要的事，他希望这里的一切快点结束，前提是他能完成任务。

于是他简短地说了声“谢谢”，又将注意力转移到房间的每一个角落。

“他死了？”

小个子男人圆滚滚的头倒向左侧，表情凝滞，眼角一道深黄色印迹一直延伸到椅子上。

塞拉维俯下身，仔细端详这张脸，紫红色细小颗粒浮在皮肤下方，嘴角和眼角处聚集的更多，它们像在某个瞬间一起决定不再移动。

“他死了？”没有等到诺斯蒂尔的回应，他又问道，眼神依旧留在男人的脸上，眉头微皱，好像在思考什么难题，又好像刚做出一个不情愿的决定。

“你打算怎么办？”这一次，换诺斯蒂尔悄悄在塞拉维耳边问。

他站在原地，一动不动，半秒后，他伸手迅速地抱住“叔叔”，果然和他想象的一样。

“他没有断开。”塞拉维说出自己的判断。

“看你怎么想了，我可不清楚叔叔的事。”诺斯蒂尔语气冰冷。但是她说得没错，任务中关于劳伦的部分，只有他才清楚，所以他会知道密码也在诺斯蒂尔的意料之中。

RealX 不该存在真实意义上的死亡，因为这种算法并没有被批准运用于任何一个世界，即使是惩罚罪犯的固定循环世界也不会出现死亡。诺兰说过，营地要确保每一个人的生命，不能轻易失去任何一个人，即使是固定循环世界，也只是一种囚禁。

眼前这个男人发生了什么？他没有及时断开连接，而是真实地躺在那里，是 RealX-09 第一个死亡的人吗？还是只是睡着了？

“我需要了解更多。”塞拉维转身走向坐在椅子上的诺斯蒂尔。

“听你的。”她回答。

“咱们先回去。”塞拉维说出自己的决定。

“现在？就这样回去？我想叔叔的情况，你还没有弄清楚吧。”

“还没有。”塞拉维实话实说。

“你确定要回去？”

“是的，我确定。”

诺斯蒂尔有些生气，又有些诧异。虽然是个新手，虽然她自认为能预想到新手可能出现的各种状况，但塞拉维的表现却在她的预料之外，他冷静而且……果断，但是提前结束任务让她感到生气，因为看起来他们什么也没做。

难道任务本身就很简单？是自己想得太多吗？如果真的很简单，老师怎么会那么忧心忡忡？她不能多问一句，也不会多问一句。这是原镜必须遵守的规则，任务细节知道得越多，原镜就越没有还原事件的价值。

“我们先回家。”诺斯蒂尔已经站到塞拉维身旁，随时准备离开。

“麻烦你了。”塞拉维突然像个孩子一样温顺。

太阳已经完全照耀城市的每一个角落，街道上的行人比他们出门时多了一些，沿河餐厅生意不错，女人们坐在一起聊天，装饰用的羽毛在阳光下摇曳着，像是跳舞的微型小人。

塞拉维闭上双眼，想要小憩一会儿。他感到自己似乎又被什么东西抓住了，那个东西向他温柔微笑，隔绝了周围的声音，有那么几秒钟竟然连对面的诺斯蒂尔仿佛也消失了。

“鲍菲斯，鲍菲斯，你在哪儿？”刺耳的声音传入鲍菲斯肥硕的耳朵。以前他在休息区享受营养剂时，莱尔只会装作没有看见，虽然年轻，但他还算平易近人，可是近来，莱尔的脾气变得越来越难以捉摸。

相比之下，乔纳亚又一次顺利完成任务，他的成绩已经无人质疑，接管营地不过是时间问题。营地的每一个人都喜欢乔纳亚，让所有人喜欢这一点就连诺兰都做不到，在诺兰这个位置上已经没办法让所有人都喜欢了。

几日来，营地处在谣言和忧心忡忡的气氛中，莱尔离观测员最近，有时他免不了怀疑这些谣言并非完全空穴来风。现在，正当他还在烦恼前一天的脱离成像图时，警报声又肆无忌惮地响了起来。

诺兰告诉大家不用惊慌，只不过是又有一个小世界忽然关闭。这些事最近发生得非常频繁，莱尔回答了一声“明白了”之后，转身又对鲍菲斯喊了起来。

“我听说乔纳亚回来了，比任务期限还提前一天。”萨娜关切地问。

“是的。”

“可你看上去还是有些紧张，乔纳亚回到营地了，你还害怕什么，如果雷迪不能胜任工作，让乔纳亚代替他就好。”

“萨娜，有时候人会感到害怕不是坏事。没了害怕，人类会更危险。”

“那是和野兽打交道的后遗症。”萨娜回应。

“不仅如此，你知道那种感觉的确不好受，紧张、忧虑，甚至恐惧，可这些不易回避的感觉却能保护我们。提高警觉，注意更多容易忽略的细节，人类正因如此才存活下来并且成为最高级的物种。”

“谁知道是不是最高级的物种，我不想争执这些问题，我只知道乔纳亚回来了，二楼那些人就不敢大言不惭。”萨娜笑了笑，坐到诺兰对面。

“你是说工程师吗？”诺兰非常平静。

“当然，就是二楼那些工程师，他们和捕捉者之间的恩怨由来已久，费德南德更是断言斯泰因只是第一个，当初你要是没有把他训练成捕捉者，也许出事的会是老费那家伙。”

“谁也没出事，萨娜。”诺兰放下书抬起头看着萨娜，语气严肃而平和，好像在陈述一件显而易见的小事，“营地和 RealX 都很稳定，二十多年来二楼的工程师和捕捉者之间合作融洽，只要继续保持小心谨慎，一切都会顺利。”

“斯泰因就该去二楼学习，成为一名工程师而不是捕捉者。如果当初你把他让给费德南德，捕捉者就不用承受那么大压力，大家也不会……我是说人们就不会在背后窃窃私语。”

“所有人都对自己的工作尽心尽责，我从来没听到过背后的窃窃私语。”

“费德南德他们就等着看你笑话，现在工程师那边都说最近频繁出现 RealX 关闭都是来自斯泰因的挑衅，他想要证明什么？”

“不要这样想，萨娜。”诺兰合上书。

“有些事就是他们针对捕捉者，工程师那里一个小小的遗漏，一个新的算法融合进原有的环境，诸如此类都够你忙的，你还要避免不出任何错，但有些错就不是你能避免的。”

“他们很重要，萨娜，技术不是邪恶的，工程师更不是，如果没有虚拟世界人类的命运不会比现在更好。”

萨娜不想再说话，她已经说得太多，类似的争论每发生一次，都会增加她的痛苦。

诺兰的固执与生俱来，也许与他过往的经历有关，而他的过去，她知道自己可能永远都无法真正清楚。

七 营地：两种极端

他只是想知道真相是什么，
而你想的却是控制所有 RealX，
把人类控制在虚拟世界，
这会让人类陷入危险。

房间里没有半点声音，除了均匀而缓慢的呼吸。

乔纳亚静静地坐着，拒绝一切访问请求。他想起第一天来到营地时，他刚满十二岁，这间房间里曾经有两张床和一幅巨大的城市地图。斯泰因带他熟悉有关 RealX 的一切，从黄昏的河流到金盏花上的露珠，从码头边的巷子到装饰用的巨大烟囱，斯泰因总是面带微笑地称 RealX-09 为——世界。

两人曾偷偷跑到“世界边境”，站在空气循环机的下方遥望远处水墨画般的浓绿和浅黄色迷雾。乔纳亚因眩晕反应，差点引起工程师的注意，斯泰因背着他步行五公里路，直到进入城区清甜稳定的空气中。

不论营地的人怎么看待斯泰因，乔纳亚都无法将这位带着他长大的男孩视作背叛者。

从最优秀的捕捉者到营地的背叛者，再到彻底失踪，斯泰因身上究竟发生了什么？乔纳亚曾经问过诺兰很多次，诺兰从不回应。

唯一的一次，诺兰摇了摇头，眼神落寞，神似忏悔，其余的时间里诺兰很少提起斯泰因，也不喜欢任何人谈论他。

营地的主要工作就是稳定 RealX，稳定 RealX 的一切。捕捉者的主要工作则是修正 RealX，修正 RealX 需要修正的一切。

“为什么一定要稳定呢？”乔纳亚想起斯泰因曾经提出过这样的问题，他答不上来。斯泰因说：“一定是有什么原因的，比如RealX的世界才是真实的。”

乔纳亚当场大笑，这怎么可能？RealX就算还原度再高也肯定不会是真实世界。斯泰因真理测试的分数特别高，他对真实和虚假的判断从不出错，怎么可能从他的嘴里说出这样天马行空的猜测？

斯泰因毫不掩饰对这种猜测的兴趣，他拿出两个打乱的魔方放在乔纳亚面前，说道：“比一场，看看谁的速度更快。”

三阶魔方在二人手中飞快旋转，一如既往，二人所花费的时间相差不到三秒，斯泰因总是更快一些。他将还原后的魔方推到乔纳亚眼前，明亮的双眸凝视着乔纳亚，“三秒足够一个人周游八十个世界，这个道理费德南德比诺兰更明白。”乔纳亚还记得那一天斯泰因用魔方作了一个比喻，他说每一个方块都是一个虚拟世界，魔方每旋转一次，每个世界都在变化，彼此间的联系和改变有时候是清楚的，有时候是看不清的，当它们处在背面的时候其实眼睛看不到它的变化，转动魔方的时候总有几个位置你看不到，但是你以为对一切了如指掌，其中的原因是三阶魔方拥有中心块。

斯泰因将中心块比作营地所在的真实世界，他说，黄色中心块是理事会、蓝色是营养剂、白色是生育中心、红色是捕捉者、绿色是环境局、橘色是工程师，在真理测试中，捕捉者需要在一个满是镜子的房间里完成一系列情景测试，这些测试只有两个选项——真实和虚假，斯泰因认为通过测试的秘诀始终只有一个，即找到真理之锚，用魔方来比喻就是确认中心块的位置，不论如何翻转，中心块代表的始终都是稳定的真实，相应的，RealX就是围绕中心块的方块，它可以是每层九块也可以是一百层魔方，一千层魔方。

乔纳亚同意这个比喻，可是这不正说明维持真实世界和虚拟RealX之间的平衡至关重要，捕捉者的工作任重道远吗？斯泰因却说，他们应该怀疑真理测试也未必是真实的，也许一切不过是一场游戏，而诺兰老师可能是唯一知道真相的人。乔纳亚不知道斯泰因为什么会有这么奇怪的想法，也许他真的是个疯子。

在RealX，很多事都可以由一颗芸豆大小的点慢慢生芽、开花，某一时刻瞬间出现指数级爆发，营地一刻也不敢懈怠。这些由算法、系统和设计构成的虚拟世界按照规模大小分为十八个等级，RealX等级越高，规模越大，与真实世界的相似度也越高，凡事都必须小心谨慎。

选择一个不被人注意的造型，从头发到最新配饰，完成任务的合理计划中，乔纳亚总能为自己留出一些时间探寻斯泰因的下落，可惜多年来一无所获。

他相信只要持之以恒一定能找到线索，如果他放弃，背叛者的烙印就如咽喉处电击的伤口，外表虽看不见，但伤口永远无法抹平，时刻处于灼烧中。

究竟为了什么要背负这样的屈辱？究竟是什么让斯泰因离开营地，离开他曾经一同守护的责任？难道如谣言所说他真的是一个无法满足的野心家？或者他还想着那个古怪的毫无根据的念头？这个人在真理测试中表现卓越却对真相有着深深的怀疑，这是多么不可理解的事。

乔纳亚越来越清晰地认识到如果不能解开这些疑问，他所有的努力都可能是徒劳的，围绕在捕捉者之间迷雾般的不安也会越来越浓，唯一能解释这一切的只有斯泰因本人。

善良的信念支撑着艰苦的探寻，有时候乔纳亚猜测一切不过是费德南德对诺兰的报复，因为得不到斯泰因的效忠，转而陷害于他，将斯泰因困在 RealX 的某个神秘区域，用他天才工程师的魔术，把斯泰因藏了起来，斯泰因并非在 RealX-09 执行任务时失踪的，而是成了被工程师监禁的囚徒。

营地的空气循环系统十分出色，虽然是一个封闭的建筑，却不会让人产生密闭的疲劳感，得益于精准的日光和空气计算，营地里的人都能保持良好的生长状态。

雷迪起身，关闭视系增强系统。另一张椅子上的利娅还未发出声响。

雷迪的视线从利娅身上移开，不愿让这张脸在他脑海中留下更多印记。

“回去休息一会儿吧。”他的身后传来悦耳的声音，“如果你需要，我们现在就可以去沉思区交换任务信息。”

“沉思区？”雷迪问。

“是的，如果你觉得有必要，我们可以立即使用思辨系统交换信息，思维兴奋度高的时候，视网膜系统会投射出更准确的视觉画面。”利娅解释道。

“思辨系统？”

“是的，思辨。”她重复，“不是你想的那种各自发表观点，极力说服对方，好像老派政治家的演说。”

“我没有这样想。”雷迪不知如何回答。

“思辨并不是让对方接受自己的观点，而是更真实、更直接地将脑中的记忆和想法投射成可以看到的画面，帮助他人厘清线索。”

“你是说意识连接？”

“可以这么说，但不完全是，技术上更接近成像技术，将脑子里的画面画出来。这里不是闲谈的地方，我们先去沉思区吧。”利娅提议。

“我想先去图书区。”雷迪说出自己的想法。

“雷迪。”利娅提高了声音，似乎在命令眼前的新人。

新人全无反应，利娅无奈之下补充道：“虽然我不清楚任务的全部内容，但以我的经验，你搞砸了，中途逃回营地绝不是什么好事。”

“既然你不知道任务内容，又如何知道我搞砸了？”

“自命不凡的捕捉者是危险的。”利娅这句话说得很轻，好像说给她自己听。

好不容易对雷迪产生的一些好感也随着这句无情的质疑烟消云散。

她沉浸在失落和担忧的矛盾中，独自离开，通道里的人向她打招呼，她一个也不想理睬。

和自己时常出现的情绪变化相比，乔纳亚就好像从没有心烦意乱的时候，好像从来都很平静，知道如何应对所有的事情。

这种感觉利娅不喜欢，她希望可以更了解自己所爱之人，至少比其他人多一点点，可是他太完美，完美到让利娅觉得对他的担心都是多余的。

有时候利娅仅仅只能从出色的外表找到一些自信，她又审查了一眼自己的容貌，默默在心里打了一个较高的分数，又告诉自己她一直以来都能很好地执行任务，利娅是个优秀的捕捉者。一番自我暗示之后，她向乔纳亚的房间走去。

到达门口时，她迟疑着是否输入拜访请求，渴望见到男友的心情是急切的，可身体却仿佛麻醉般不愿动弹。等房门从内打开时，她只能不好意思地匆忙垂下头，不知如何解释自己的怪异举动。

乔纳亚十分体贴地扶利娅坐到座椅上，倒了一杯果汁，没有主动问起任何事。

和乔纳亚在一起，罪犯的心都会变得柔软。这样的人，即使让人感到不愉快，问题也一定不在于他。

等到喝完果汁，乔纳亚方才开始说话：“一切都顺利吗？”

“算……顺利吧。”利娅不知如何评价刚刚逃离的任务。

“那就好。”

“事实上，我不清楚。”

“你不清楚？”这样的话对一个捕捉者而言是不合适的，乔纳亚微微皱了一下眉头。

“我，我想没什么问题。”

“是诺兰老师吗？”

“为什么这么问？”

乔纳亚突如其来的问题让利娅感到紧张，难道他也觉得老师最近很不对劲？

“我们去沉思区吧。”利娅提议。

“现在？”

“是的，现在。”

“发生了什么，利娅，你从来都不会这样说话，你的能力很强，从来都能妥善处理各种问题，可是今天你说话的神情令人不安。”

乔纳亚将爱人拥入怀中，他清楚地感受到利娅柔软的皮肤正在紧张地颤动，她蜷缩在乔纳亚身边，似有好多话想说却欲言又止，利娅也意识到自己远比想象的更慌张。

一定发生了什么事，乔纳亚不得不这么认为。他用力抱紧女友，直到她渐渐平静，随后轻扶着她的肩膀，将她慢慢放在浅蓝色羽毛枕上。

“不，我不要休息，我很好，我们去沉思区好不好？”利娅跳下床，匆匆忙忙重复着相同的话。

“听我说，亲爱的。我不知道发生了什么，但绝不是小事。从小到大，我没有见你如此慌乱不安，一个成熟的捕捉者身上不该有这种惊慌失措的神情。”

“不是什么大不了的状况，我只是有些累，睡眠不足。”

“那你更要休息一会儿。”乔纳亚依旧温柔，他看着利娅的神色，一个念头突然闪现，“你用了睡眠替代剂？”

“没有，我没有。”利娅的眼神望向另一面墙，她在躲避什么。

乔纳亚不愿与她争论，俯下身再次将她抱住，希望这样做能让她平静下来。

这个动作起了作用，利娅紧绷的神经慢慢恢复弹性，乔纳亚稍稍松了一口气。如果她确实服用了药物，那刚才的紧张可能是药效结束后的轻微副作用，服用者的确会出现疲惫或意志缺乏。

“可能真的有什么可怕的事正在发生。”

多年前，他也有过同样的担忧，那一天，费德南德庞大的身体突然出现在准备区，诺兰只是看着他，对他所说的话和指控的罪责既不承认也不反驳。

乔纳亚回想起那天的情景，画面依旧生动。每一次与思辨机连接时，他都要小心控制这部分记忆，不能让它们进入大脑主舞台，投射成栩栩如生的画面。

如果他无法隐藏这些记忆，后果难以想象。控制情绪比控制思考更为艰难，此刻，乔纳亚的心情和那时一样，恐慌、紧张、疑惑共同交织成一块难以下咽的饼。

这一次，等待捕捉者的会是什么？工程师又会试图让理事会取消捕捉者行动吗？

利娅太反常了，她急于前往沉思区，一定是有重要的想法需要倾诉。她正在犯糊涂，任务尚未结束之前捕捉者不能和任务之外的人交换思想，即使最亲密的人也不例外。

利娅怎么可能忘记这项规定？这只能再次说明她的任务显然进展得很不顺利。

简单猜想一下，眼下什么任务会让利娅如此心神不宁？一定是与前几天发生的世界频繁关闭和 RealX-09 用户死亡事件有关。营地的确也还没有给出事件总结，利娅和新的捕捉者一起执行的任务显然就是为了找到真相。

没过几分钟利娅从短暂的昏睡中醒来，语气近乎哀求，她又说："我们去沉思区好不好？"

"好，我答应你，任务一结束我立刻陪你去，不论你想知道什么，只要我了解的我都愿意奉献给你，但是现在，请你继续休息一会儿，你看上去实在太疲劳了。"

乔纳亚亲吻女友的睫毛，想让它们轻轻合拢，好让她继续休息。

"你想让我知道什么，我也愿意认真聆听。快乐、痛苦、艰难、让你沮丧或一筹莫展的……任何事，亲爱的，我们都能想到办法，等你任务结束，一切都按规则来行吗？"

乔纳亚的语气一如既往的深情，而且多年卓越的成绩让他的话愈发叫人无法反对。

利娅转过身，闭紧双眼，好像这样做就能从混沌中看清方向，在迷雾氤氲的森林里寻得城市的灯光。

原本乔纳亚已经理所当然地成了她的灯，她相信他甚至崇拜他，为了乔纳亚在营地的地位，她可以允许自己偶尔犯一些不那么优雅的错误，只要自己永远不如他，那盏灯就会永远在她前方，为她照亮每一个世界。

可是，她从深爱着的人眼中看到的却是心烦意乱。利娅想到，也许可以用朴素时代的方法，一字一句向他倾诉，她相信自己能用准确的话语将心中的烦恼一一道明，并非一定要使用沉思区的思辨机。

这个念头太过可怕，朴素时代的一切已经不适合提起，利娅悄悄摇了摇头，“我先回自己房间，”她说。

“我送你。”乔纳亚伸手想要拉住利娅。

“不用了。”她轻巧闪过，不是不愿意，而是原因不明的惶恐，“我的意思是，我只是有点累，回去睡一觉就会没事，在这里我担心睡得太久。”她缓缓说着，眸中带泪。

“任务完成后，我在沉思区等你。”

“好。”

门在背后无声关闭，利娅长吁一口气，总算没丢了自信，好险。

诺兰曾半开玩笑地叮嘱过：“你最大的武器是美丽和自信，懦弱和关心需要藏起来。”

营地有过两名女性捕捉者，利娅只在陈列区看到过一些关于另一名女性捕捉者的资料，这么多年来，都只有她一个人，没有可以学习的同性导师，她变成今天这样正是因为没有像一个普通女孩一样长大。

利娅朝走廊另一端走去，困倦顿失。当不再试图依赖，不再被情绪牵动，呼吸也变得轻松起来。她来到陈列区，在荣誉展示区前停下脚步，几个鲍菲斯等级的观测员从她身旁经过，从他们的目光中，利娅重新获得骄傲。对经历了从 RealX 任务中逃离的她来说，这比睡上一觉有用得多。

莱尔望着成像图犹豫不决，鲍菲斯紧张得不敢吭声，恨不得把头埋进浑圆的肚子下面。

“工程师那边谁值班？”莱尔问。

“MINMI。”鲍菲斯回答。

“那个家伙。”莱尔有种好运不站在自己这边的糟糕感觉。

“是的，老费相信 MINMI，MINMI 至今没有出过错。”鲍菲斯小声补充。

房间里的机器发出微弱的声响，鲍菲斯纠结自己的呼吸声此刻竟远比三台机器发出的声音更大。

“我知道了。”莱尔说道，“鲍菲斯，你真该参加捕捉者测试。”

“莱尔大人，您在开玩笑吧，我的能力只够让我在这里混一个观测员的职位。捕捉者，我做梦都没想过！”

“你真该试试，这样我就不用和你一起在这儿工作了。”

“莱尔大人……”鲍菲斯露出两颗硕大的门牙，嘴角上下摇晃着，不知是哭还是笑，他喋喋不休地重复，“别开玩笑了，可不是谁都能成为捕捉者的，也不是谁都想做捕捉者的……”

莱尔瞪了鲍菲斯一眼，走出房间。背后回荡着似哭似笑的声音，声音凝结成一片片落着芝士粉的玉米片，一口咬下去，这些玉米片发出尖锐刺耳的叫声——MINMI、MINMI。

莱尔不停重复这个名字，如果是 MINMI，摆在他面前的就只剩一条路。

好在这是一条不论从哪个角度分析都是正确且合理的路。

“没什么好犹豫的，莱尔。”他暗自鼓励自己，“去做正确的事情，把图像交给诺兰。那个新人和你没有半点关系，他连名字都不愿与你分享，根本是个傲慢无聊的人，这样的人出什么问题都不奇怪，更何况他都没有经过真理测试就去 RealX 执行任务，分不清真实和虚拟，出现脱离现象并不奇怪。”

“而你别无选择。”莱尔近乎警告自己，“MINMI 不可能忽视鲍菲斯都能发现的异样。”

莱尔发现自己已经在准备区的蓝色光带中，透过光线，他看到诺兰就站在不远处，似乎知道他会来。莱尔有些不自在，他深吸一口气，告诉自己事已至此，总比等 MINMI 告诉老师要好得多。

“老师。”

“莱尔。”诺兰点点头，示意莱尔走近一些。莱尔迟疑片刻向前移动了几步，低声说道：“老师，我在一张成像图中看到……”

“直接说你看到了什么？”

“鲍菲斯认为，有捕捉者曾出现脱离状态。”

“脱离状态？”诺兰冷峻地重复。

“是的，鲍菲斯根据理事会的神经成像系统判断，这张图的变化完全符合脱离状态，虽然只有几秒。”

“新来的捕捉者吗？”

“是的，老师，您已经知道了吗？”莱尔疑惑地问。

“你觉得这算不算很可怕的事？”诺兰面无表情。

“我没有这样觉得，老师。”

“如果你没有感到可怕，就没有必要强调鲍菲斯发现了异样的图像，你知道它不是好事，虽然你并不理解脱离状态是什么。”

莱尔低下头，他承认老师一句话也没有说错，但这无法缓解他的沮丧。

脱离状态他的确只是听说过，和鲍菲斯一样，他并不了解这究竟是怎么一回事。从时间上来看，理事会几年前才研发了一项针对捕捉者的神经成像追踪系统，这个系统是为了提前预测最可怕的情况——捕捉者不再返回营地，原镜规则也是在那个时候诞生的。

诺兰的态度虽然平静，莱尔还是从平静中发现了不同。虽然没有期待自己第一时间将成像图交给老师会换来表扬，但也许多少会有些欣赏。但他仅有的一点点期待也完全落空，诺兰平静的态度里有一种他捕捉不到的东西。

重新回到鲍菲斯身边时，莱尔已经调整完情绪。

“没问题了吧，莱尔大人。”鲍菲斯的嘴角沾着一滴粉色果汁。

莱尔看了他一眼，淡淡地说：“没问题了。”

这天注定不会平静。

费德南德带着一位工程师出现在准备区，经过沉思区和陈列区时两人一秒也没有停留，好像那里什么都没有一样。

“诺兰老兄，近来可好？”费德南德扎着一股深麦芽色辫子，腰和臀部看起来比前几日又要多出几厘米，站在工程师身后宛如一座缓慢移动的城堡。

“没什么特别的。”诺兰回答。

“没特别的事就是好事啊。”费德南德一边疯狂大笑一边大声嚷嚷，“真的没事吗？”

蹬蹬几步，费德南德坐到扶手椅上，椅子发出咯吱咯吱的抗议声。

他的眼睛挤成一条细缝，又干笑几声，随后对着男孩做了个手势。

男孩走到墙边，展开一幅闪烁莹莹光点的大幅画面。

“你不会是来给我上神经生物学课的吧。”诺兰若无其事地端详着画面。

“当然不是，你才是这个领域的专家，哦，对了，那是在年轻的时候，可惜，可惜啊。”

“可惜什么？”

“你成为专家的时间太早了，人类神经学发展又太慢。我虽然年轻时候不如你懂得多，可是技术的发展却让我跑到了你的前面，你那套理论越来越……那个词怎么说的？”费德南德又对男孩做了个手势。

男孩说道：“过时。”

“我不懂你在说什么。”面对开门见山的挑衅，诺兰知道逃避是不会让对方满意的。

“呀呀呀，听不懂没关系，这幅图像你该见到过吧？你那些观测员没有因为偷吃睡眠果汁错过什么吧。虽然只有几秒钟，要是真错过了，你也别怪他们，人嘛总有出错的时候，不像机器，你看，我都替你想到了。”

“一张图说明不了什么。”

“当然，你以前也这么说。”

“老费，有什么想说的就直接说吧。”

“哈哈哈。”费德南德又是一阵大笑。诺兰在三人周围建起隔离屏障，好让准备区有人经过时不会被眼前的景象吓到。除去警报器连续不停的大叫能把费德南德请到一层，其他时候他绝不会亲自出马，这次他主动来找诺兰一定不会轻易回去。

“你建了隔离屏障，哈哈哈。”费德南德的笑声愈加狂妄，仿佛身边没有其他人一般。诺兰在等他开门见山聊聊他此番来这里的目的，费德南德却不紧不慢，对什么都能笑上几声。

男孩依旧挂着训练有素的微笑，显得谦卑却没法让人产生半点好感。

“伟大的诺兰害怕了，你害怕的样子真有趣啊。”

“这是营地的规矩，不要打扰捕捉者工作。”

“不一样，不一样，这怎么算打扰。”

“够了，最伟大的工程师，来我们这里到底有什么指教？”

“这张图你觉得眼熟吧。你要是忘了，我来帮你回忆一下。只不过，几年前的图像可不如现在这么清晰。”费德南德仰面躺着，双脚抬起，扶手椅朝右转了个圈，动作一气呵成，灵活的动作和肥硕的相貌显得极不和谐。

“从哪里开始呢？几年前？我的记忆可真不如MINMI那个小家伙，但比你可能还好些。就说说神经成像图吧，相比十年前，现在包含的信息更多也更准确。为了避免你觉得我在编故事，我随便找一个工程师来解释给你听。”

费德南德冲男孩看了一眼，男孩点点头，将画面调整到适合诺兰和他两人观看的角度。

“这张成像图非常清晰，闪烁红点的部分是异常活动的神经元群，数量总共有七次，根据理事会最新监测算法……这意味着什么——一目了然。”男孩停顿下来，嘴角挂着似有似无的微笑。

“我不认为意味着什么大不了的事。”诺兰依旧保持着冷静，一字一字回应。

“真不愧为伟大的导师，事实一目了然还能装作什么也没看见，当年恐怕也是有人忽视了监测异常，才发生了那样的事吧。”费德南德又旋转了一圈椅子，大声说道。

“我看见了，如果这就是你此行的目的，那么你可以离开了。”

“既然看得清楚就该想起点什么吧。”

“你就是想聊聊斯泰因，如果你那么想他，我很愿意和你聊一聊。”出乎费德南德意料，诺兰不仅没有面露紧张，反倒向他走去，说出了他心里埋藏的想法。

“不，我想聊聊另一个人，新来的捕捉者，没有身份备份，我的工程师们都不知道他是谁。我记得当时你问我的团队要了一份劳伦的社交图，这个新来的捕捉者是他一个很远的亲戚的亲戚，你是这么说的吧？”

诺兰没有否认。

“虽然工程师和捕捉者独立工作，但是别忘了我们的工作可都是为了一个目的，你是否有权让一个没有备份过身份的人执行营地任务？谁给你的权力？理事会吗？”

诺兰原本想把费德南德的注意力引向斯泰因，他知道这个失踪的少年是他的心病，可惜今天他显然有备而来，根本不受诱导。

“费德南德，我的权力至少包括不回答你的提问。”

“那你也最好看看事态的严重性，危机等级连续增高，人口持续增长，还有这些天陆续关闭的世界，我给你一一汇报一下。

一小时前，RealX-56190开始关闭；一小时二十五分钟前，RealX-18757开始关闭，今天上午共关闭了九个世界，昨天是五个，前天三个，这意味着什么？我很难不将这些信号和你鲁莽的行为联系在一起。”

“你我都直接对理事会负责，不必在这里如此针锋相对，只要替代世界数量足够，对大家来说没有什么世界是真的关闭再也回不去的。”

费德南德脸上的肉紧紧绷了起来，他忽然冲一旁的男孩喊道：“你先出去。”

男孩微微鞠躬，走到屏障外。

只剩下费德南德和诺兰二人之后，费德南德从椅子上站了起来，对着诺兰说道：“告诉我，你到底藏了多少秘密？”

“我没有藏什么秘密，营地有什么事情瞒得过你吗？RealX有什么事情是你分析和掌握不了的？”

“和我多交流有什么坏处吗？也许困难的时候我还能帮你说说话。”费德南德稍稍缓和语气。

“你真想帮我就当没有来过这里，别插手捕捉者的事，这样我们至少还可能有两次机会。”

“什么两次机会？你到底藏了多少秘密没人知道。”

“不是什么秘密，因为我也不知道，而且我认为很可能是我的神经系统老化了，你知道老年痴呆症吧，我可能就患上了那种病，所以对真实感有了怀疑，明明是千真万确的事情我也会怀疑它的真实性，这样说你能接受吗？”

“当然不能，我看过你的真理测试成绩，最近一次还是满分，诺兰，你整天忧心忡忡到底是有什么事情瞒着我？不如，我和你商量一件事，当年你把斯泰因从我手上抢走了，工程师后继无人，对营地绝对不是什么好事。除非……除非营地在 RealX 的危机难以控制前就消失，我们谁都不会愿意看见‘除非’发生吧。”

费德南德从椅子上站起来，走到诺兰面前，两人的距离不足一个手掌。他伸出一只肥大的手搭在诺兰肩膀，诺兰没有躲闪，讨论斯泰因的问题正是他此刻希望发生的。

“我希望你交给我一个人，我就不再来找你聊天，也不干涉你犯的错误，理事会应该也不会从我这知道任何有关于此的事。”

“不行，每一个捕捉者都很重要。”

“你先听听我要谁，再回答也来得及。”

诺兰只好让他继续，他知道费德南德根本不是担心工程师后继无人，他才不担心什么将来的事，他感兴趣的只是怎么让诺兰难堪，以证明他才是绝对正确的。

“就是这张成像图的主人，让他跟着我到二楼去。”

“不行，谁都不行。”

“是真的谁都不行，还是他不行？我总有办法调查他的一切底细，除非你不再让他进入 RealX，RealX 里的一切我都了如指掌。”

“哈哈哈哈哈。”诺兰仰头大笑，推开费德南德的手，仿佛在笑世上最有趣的笑话。

“老费，你要是真的什么都知道，你现在就不会来问我要人。你可以把斯泰因找出来吗？他在 RealX 失踪了，你找不到他还是他不想让你找到？他既不愿意回到一楼也不愿意随你去二楼，他有自己的主意。

“可怕而伟大的自由意志，你不敢想，也不敢悲伤，这不符合道理，明明只是一个身份，怎么可能在世界里失踪？你在哪里都找过了，我猜测你每天都会寻找，把每一个 RealX 都找一遍，那些无聊透顶的专门供人寻欢作乐的小世界也不会放过，哪怕你百分百知道斯泰因绝对不会去那些地方，但是你还是找过，而且不止一遍地找，因为你知道他很聪明，你认为他一定清楚如果改变位置足够快，你未必找得到他，你确确实实知道他玩弄了你，也把我耍了。”

费德南德反驳道：“这说不通，如果他不在任何一个 RealX 那他会在哪里？在营地外的大自然中？还是建立了第二营地，最近这些事全都是斯泰因一手导演的？如果这么说，我倒是信了你的鬼了。”

“也许还真是鬼，真理测试的三道必答题是什么？”诺兰忽然问道。

“不要和我岔开话题，真理测试那些问题我已经回答过几千次。”

“是吗？很好，那我们今天就对一次答案。其中有一题是这样问的，宇宙中我们唯一知道有生命的地方是地球，是还是否？”

费德南德怔怔地看着诺兰，半抬着头，动了动嘴唇没有说话。诺兰继续说道：“第二个问题，没有远见，只能坐等灭亡，出自《圣经》，是还是否？”

费德南德坐不住了，明明是他来质问诺兰，现在怎么好像一切都颠倒了？

“第三个问题，‘清晰并不是真理的敌人’，这句话你选择是还是否？”

“够了！”费德南德怒声打断诺兰，“我差点忘了你的拿手好戏就是混淆视听，现在你连真理测试题都要篡改？”

“篡改？”诺兰心头一紧，费德南德这句话好像一个巨大的石块压在他的心脏上。费德南德却觉得诺兰完全就是故意的，但是他所说的这三个问题却有些奇怪，他突然意识到，他和诺兰的真理测试三道必答题完全不同。

“这不是我的真理测试题，每个人的题不一样？”费德南德冷静下来，在他意识到在诺兰身后还有更可怕的秘密的同时，诺兰也意识到费德南德的话意味着什么。

他从口袋里拿出一个魔方，放到费德南德眼前，“这是斯泰因曾经和我讨论的一个问题，我当时没有在意，他问我三阶魔方和四阶魔方哪个更容易？”

“都不难。”费德南德不屑道，“实在要说难也就是四阶魔方稍稍困难一点点，那是因为三阶魔方有固定中心块，而四阶魔方需要自己合并中心块，六个颜色的中心块需要自己观察而已。”

“斯泰因和你说的一样，他还问我我们的中心块是什么。这是一个比喻，他的意思是我们认为的真实是什么。”

“简单，营地、理事会，城市周围的大机器、营养剂、生育中心，一条条活着的生命，你和我。”

诺兰的视线透过费德南德，好像看着很远很远的地方，“什么又是不真实的？”

“你别和我故弄玄虚，雷迪既然回来了就必须接受真理测试，或者你把他让给我，让我好好研究下他究竟有什么特别之处。”

“你不打算找斯泰因了？”诺兰笑道。

费德南德跟着大笑起来，边笑还不忘继续高声说话，“他可真是天才，别说我找不到他，你也找不到他不是吗？理事会那帮家伙也拿他没办法。如今一个人想要隐姓埋名藏起来可真不容易，除非他真是个天才。有时候我甚至觉得世界里任何一个人都可能是他，这种感觉让我有多兴奋你知道吗？好像棋逢对手，真正的对手，而你，早就过时了。”

“我根本不打算找他。”诺兰说。

“说谎。你骗得了理事会的人可骗不了我。你不可能放弃他，斯泰因是你的梦，美梦和噩梦。虽然我不知道你的噩梦是什么，但是斯泰因现在已经在向你发起挑战了。我敢保证，最近这些事就是那小子搞的鬼，虽然我不知道他为什么要这么做，也许他就是想成立一个新的营地代替我们成为 RealX 的领导者，控制一切。你没有胆子做的事，你阻拦我做的事，斯泰因也许就快实现了。”

“他只是想知道真相是什么，而你想的却是控制所有 RealX，把人类控制在虚拟世界，这会让人类陷入危险。”

“危险？理事会不就是希望我们能让大家在 RealX 好好活着，在虚拟世界过完一辈子吗？难道现在在 RealX 的那些人这辈子还有机会离开环境局保护的城市？别做梦了，他们根本连家门都不会出。大自然至少要一百到两百年的时间才能慢慢恢复，最乐观的情况是两百年后我们能慢慢从虚拟世界的生活回到真实世界，但是到时候人们是不是还愿意回到现实世界呢？”

诺兰敲了敲有些麻木的手臂：“老费，我猜这就是营地以及理事会工作的意义之一，为了确保人类没有变成另一个物种，我们需要守护真实。对所有在 RealX 生活的人来说，营养剂帮助大家记住还有真实世界的存在，营养剂的有效时间，营养中心不厌其烦地每月限量分配营养剂，这能提醒每一个人必须回归真实世界；生育中心每年诞生的新生儿帮助大家确信我们仍然是人类，依然以我们所理解的方式繁衍后代。一切的一切都在帮助我们记住我们是什么，我们的后代会和我们一样清楚什么是真实什么是虚拟，在哪里消耗时间是出于大家的选择而已。但是我们也该冷静一下，老费，想想你有多少年没有离开过营地了？”

“二十年或者二十一年，理事会禁止你和我离开营地，这一点你不清楚吗？”

诺兰缓缓摇头，他并非不清楚，而是不敢相信一些事。好在费德南德看起来仍然对自己所确信的一切深信不疑，他相信斯泰因背叛了大家，相信营地的一切都是真实的，相信只要稳定 RealX 的人口数，人类的未来就不会有问题。

费德南德自以为这句话会让诺兰不知所措，谁知诺兰已经完全恢复到一贯的平静，对他的挑衅视若无睹，费德南德感到无趣又丢脸，只能再次将话题转到成像图。

“这个人你给我吗？”

“我不能给你。”

“根据营地规则，这种情况下捕捉者的行动将受到限制，直到重新完成评估。鉴于斯泰因之事，我想理事会一定会更加谨慎，恐怕没人能等到评估的机会，如果要说这孩子的捕捉者生涯就此结束也不算过分吧。”

费德南德胜券在握，一张预示脱离的神经成像图足以让他的话成为事实。如果有人将这份记录交到理事会手中，结果一目了然。是不是能得到图像的主人对他来说并不重要，他只想看老朋友在他面前出丑，承认自己错了，甚至承认自己不如他。

“算过分。”诺兰回答。

“自以为是，营地不是你一个人说了算。”

“你误会了，我从没承认过他是捕捉者，他不是。所以我一开始就说过，没什么特别的事。”

“你早晚又一次给自己惹上麻烦。”费德南德朝屏障走去，诺兰顺势关闭屏障，看着费德南德摇摇晃晃的背影远去。

虽然权力和诺兰相等，但费德南德自认为熟悉诺兰的想法，几十年的纠缠使得彼此都像了解自己一样了解对方。这件事绝对不会这么简单。

世界的真实面貌究竟是什么？随着大自然被破坏，文明被限制在城市之内，尽管有无数虚拟世界可供人们选择，但“此世界和彼世界”的界限究竟是什么？

雷迪和利娅先后出现在准备区。利娅有些不高兴，这次的任务她无法理解，乔纳亚又拒绝和她交流，她只能希望从诺兰这里有些收获。

“老师，雷迪的任务是不是出了什么问题？”

“没有，为什么这么问？”

“我感觉，不太好。”利娅神情恍惚。

“你的感觉向来敏锐，但别担心，听听雷迪的说法。”

诺兰转向站在利娅侧后方的雷迪，他看起来并没有准备回答任何问题，双唇闭成一条线，嘴唇的颜色在浅黄色灯光下显得缺乏营养。

“今晚再回去一次。”雷迪开口。

“今晚？为什么？”利娅问。

“就今晚。”

“你最好把你的打算说一下。”利娅提高了音量，“他只是重复了前面那句话。老师，现在外面流言四起，谁都在说你不顾营地规则，擅自招募捕捉者，并且……”

“并且什么？”诺兰看了一眼利娅又把眼神转向侧后方的红色灯光，那些代表世界稳定指数的数字正以某种居高临下的姿态朝着让人担忧的方向加速前进。

“并且……老师，后面的话不好听。”

“那就不要说。”

“可今晚？”

“今晚你继续执行你的任务。”

利娅从心底里拒绝这个任务，但她知道她没有权利说“不”。如果今晚这个年轻人还是做事毫无头绪，她一定会疯掉。想了几秒后，利娅想到也许可以问问在 RealX-09 所发生的事，于是她开口:“你觉得那个叔叔怎么了？”

“他死了。”

“可笑，RealX 根本没有死亡，死亡是被禁止的。”利娅真的生气了。

“利娅，让他说完。”诺兰做了一个手势阻止利娅继续说下去。

“他死了，但是没有断开。”雷迪谨慎地选择用词。他明白“死亡”“断开”在 RealX 代表着不同的含义。

“RealX 只有断开，没有死亡，谁也不会真的死在一个构建的世界里。”利娅试图解释。

“所以，我的任务就是调查他为什么会死在 RealX。”

“老师，死亡设定是什么时候出现的？怎么可能？最高法律第一条就是禁止死亡程序。”

“为什么要禁止？”雷迪毫无表情地问，好像他真的不知道人人都明白的道理。

“因为死亡意味着不可治愈的疾病、自我毁灭、谋杀以及战争，完全生活在城市保护下的人类不会愿意经历这些。”

“我不明白，如果使用 RealX 的人在现实中死了呢？”雷迪又问。

“那就是死了，死去的人在 RealX 的身份会留存一段时间，但渐渐会变得没有意义。”利娅回答。

“真的是这样吗？”雷迪问。

“你要说什么？现在的情况正好相反，正因为相反才需要担心。”

“我只是好奇，如果一个人在 RealX 死了，会不会在现实中也死了？”

“不对。”利娅惊慌地望向诺兰，诺兰并没有露出吃惊的神色，只是点点头，眉头微微皱紧，仿佛他完全听得懂雷迪这些不着边际的话。

“禁止死亡的根本原因是如果有人在 RealX 中被谋杀或者你说的自我毁灭，现实的连接者也会死亡。”

“天哪，你一定是疯了。这些都是虚拟的世界，虚拟世界不可能出现死亡，就算是真的死亡，那也是现实中的人先死去了，如果这件事情反过来，你知道意味着什么吗？这就好像在说有一种力量可以通过杀害 RealX 中的活跃用户从而达到现实中也杀死一个人的目的。”利娅向诺兰求助，“快告诉他，老师，他完全误解了 RealX 的本质。”

利娅不明白为什么这些无稽之谈会让她如此狼狈不堪。而诺兰却说：“他没有误解，只是并非完全准确。”

“工程师们也绝对不会允许这种错误发生，只要没有这种算法，根本不可能出现雷迪说的情况营地却一无所知。”她停顿了一下，又急切地补充，“谁会让自己在 RealX 里真的丢了性命？”

“这就是他的任务，他要了解清楚，作出判断。同样，这也是费德南德将要面对的任务。”后半句话诺兰说得很轻，好像只是说给自己听。他朝着利娅走了几步，问道：“你认为捕捉者的存在是为了什么？”

利娅立刻回答：“减少 RealX 不稳定因素，避免 RealX 干涉现实世界，控制危险指数。”

“那就对了。”诺兰满意地点头，“现在 RealX 正在干涉现实世界，或者说，大世界 RealX-09 正以某种可怕且未知的方式影响着所有的世界，而我们不知道它的目的是什么。”

“什么意思？”

“利娅，我猜测，那个人很可能在现实世界里也死了。”雷迪说。

“我不明白，你们两个在猜什么谜语？”利娅的困惑越来越大，如果真的如诺兰所说，那么现在的危险指数难道已经……她焦急地将视线从两人身上移到一旁闪烁的数字上，看见指数依旧在安全区域，机器并没有发出警报声。

“那么严重的情况，工程师还没有发现？”她的语气缓和下来，她知道这时候认真分析现状比焦虑不安重要得多。

“费德南德也在调查。”诺兰回应。

“老师，您知道这意味着什么？这就好像说意识活动本身就能杀死一个人，这根本没有可能。”利娅彻底困扰了，她信赖的真实开始变得紊乱。

“我只是猜测，一切要等你们了解清楚之后……如果真的发生这种情况……回来再说吧。”诺兰抬了抬手，示意两人离开准备区。

利娅转身离开时，他的眉头比之前皱得更紧，好像犯了严重头疼的病人。

“去沉思区吗？”雷迪提议。

“现在？”

“对。”

“不去。”利娅果断拒绝。

“好。”

“你不问我为什么？”

“女人总有让人捉摸不到的原因。”

“说得好像你很懂女人一样，小鬼。”利娅本来觉得很生气，听了雷迪的回答却觉得又好笑又好气。

“我不懂，我只知道女人想什么都正常，不论她们想的事情多么不同寻常。”

利娅差点笑出声来，她的语气渐渐温和：“我不答应去沉思区是不希望影响你对任务的判断。”

利娅虽然还在笑，但经过乔纳亚房间时，发现门又紧紧关闭着，显示无人状态。乔纳亚去了哪里？怎么会那么忙？应该刚结束任务才对。RealX 发生那么麻烦的事难道他一无所知？诺兰为什么不和乔纳亚商量，难道真如流言所说诺兰老了，思路混乱不清？

任务在身，利娅也不能擅自去寻找乔纳亚。她烦躁地回到房间，喝下一小杯营养剂，打算熟睡两个小时，又担心营地在这两小时里会发生什么事，她的担心越来越多。

“都是从雷迪来这里开始的，从他出现以来，周围的一切都变得奇奇怪怪，原本的秩序和平静眼看就要荡然无存。”

也许诺兰说得对，她最大的弱点就是感情丰富。而恰好这个叫雷迪的小鬼冷漠得毫无人情味可言。

这才是诺兰需要的人吧！想到这，利娅冲向洗手盆，试图把刚喝下的营养剂吐出来。她不能睡两个小时，也不能依赖营养剂，她需要保持清醒，她可以自然入睡，需要做的只是让管家缇旎在最迟两小时后叫醒她。

“好的，两小时后为您打开室内灯光。另外，在此期间有人到访需要如何处理？”

“就说我在休息。哦，不，如果是乔纳亚的话……算了，保持原有拜访权限设定。”

说完，利娅把头埋进枕头，紧紧闭上双眼。

“好的，祝您好梦。”

雷迪没有休息，在出发之前他还有四个小时可以做一些他想做的事。

他来到图书区，看见萨娜正坐在最中央的那张桌子前，桌面上平摊着一本厚重的书，看上去像莎士比亚早期印刷版本。雷迪微微有些震惊，这些书应该是珍藏在伦敦大学图书馆的，也许营地真的什么书都能找到。

“有什么可以帮你？”看到雷迪进来，萨娜问。

“我只是查阅一些资料。”

“关于哪方面的？你对这里还不熟悉，我可以提供帮助。”

“应该不会比搜索难太多吧？”

“不会。”

萨娜的目光再次转回书页，她原本在想诺兰也许会来，成像图的事已经有人告诉了她。

虽然目前看来，这件事还不是人人皆知的秘密，但用不了多久所有人都会知道，只不过知道的细节并不完全相同。

都是这个雷迪惹的祸，萨娜心想，要是最终证明他的才华还不及斯泰因一半……诺兰这次真是被自负害惨了。

雷迪翻阅了营地成立以来所有的人员资料，却没有任何预想中的发现。从捕捉者到工程师，每一个可能的身份他都查阅了三遍，没有任何惊喜。他走到萨娜对面，试着确认这些已经是营地所有资料。

“当然，不过，的确还有一部分人的资料不在这里面。”

“为什么？”

“我不能告诉你，你最好也不要打听无权知道的事。”

“好的。但是恐怕您也没有权利查阅那份资料吧，如果我没猜错的话，您也只是听说有这样一份东西，保密文件之类的，也许根本就没有。”

“当然有。理事会和诺兰那里各有一份，这份材料记录了……”

“萨娜，超出职权以外的事只会给你带来麻烦。”诺兰的声音打断了刚要开口的萨娜，她突然有一种感觉，好像诺兰随时随地都监视着雷迪，不知道是出于监视的目的还是单纯想要保护他。

“是的，诺兰，他就交给你了，我想你现在不会是来找我聊天的。”

诺兰点了点头，表示感谢，随后在雷迪和他周围建起一道屏障。

“告诉我，你在找什么？”

“我怀疑有人谋杀了劳伦先生。”

诺兰笑着说：“RealX里没有谋杀，谁也没有设置过谋杀，如果有，上帝是第一个谋杀犯。我虽然没有信仰，但我也不会同意你这种说法。”

雷迪对自己的推测很有信心：“那我换一种说法，谋杀从来不是谁设计的，也不是谁能设计的。”

“这么说倒是很有意思。”

“我认为你不会想不到。”

“我如果说我的确没有想到呢。”

“那就想一想吧。”

“告诉我你的想法，或者我们去沉思区交换一下思想？”

“这对你可没有好处，你知道的可比我多得多，不怕泄露秘密吗？”

“思辨不是你想象的那样，看来你还没有使用过，利娅没有带你去吗？”

“我拒绝了。”

“拒绝？为什么？”

雷迪没有回答，但诺兰已经知道了答案，“因为你以为思辨区是一个将自己的一切展露无遗的地方，你担心别人会看到你隐藏的想法？”

“难道不是这样吗？”

“如果你故意藏起来，没人能轻而易举发现它们。思辨机的原理是将大脑中的画面投射出来，让另一个人可以看到，受过训练的捕捉者可以很好地控制投射内容。好了，你在那么多资料里有没有找到对任务有用的东西？”

“有。”

“愿意告诉我吗？”

“关于任务的任何方面，我必须向您汇报不是吗？”

“不要这么说，毕竟你是任务执行人。如果出于安全或者更重要的原因，你当然可以拒绝在任务结束前告诉我任何事。”

“理事会为什么不在 RealX 设计死亡？”

“所有涉及死亡的话题都是可怕的。人类想要继续在地球发展，保持生存人数是我们和未来几代人的根本价值，我们活着就是为人类文明存续最大的贡献，这一点你应该认同吧。我们的祖先依赖大自然，我们的父辈们依赖的是城市，而我们依赖的是什么？是 RealX。全球政府大统一并成立理事会以后，人类就进入了 RealX 时代，如果一个人不进入 RealX，就等同于在 RealX 已死，不存在了。”

雷迪摇了摇头：“从古至今，只要是人类世界就一定有死亡是不是？上帝也改变不了。”

诺兰无法否认：“我想是的。”

“所以你们知道死亡会自己出现。”

雷迪竟然已经想明白了这一点，诺兰有些恍惚，很快，他的眼中充满了赞许和忧伤，他不知道雷迪明白这个道理究竟是他所希望的还是他不愿意看到的。

雷迪又说：“该出现的都会出现，如果它是人类社会的产物，RealX-09 是最大的世界，那里的人真实地生活着，不管世界是不是虚拟的，生活是真实的。我这么说没错吧。既然如此又有什么好调查的？理事会和营地早就知道会发生这样的事，除非…… 理事会根本就知道会有这一天，所以，理事会和营地之间，营地和捕捉者之间，仍然有很多秘密。”

“这个想法很好，RealX 毕竟太真实了，在大规模将人类生活转移到 RealX 之后，就有人担心虚拟世界会让人们忘记真实，甚至会导致人类转向另一种形态。当时有一个词现在已经很少有人记得——虚拟意识进化，这个理论的核心就是人类的进化路径会随着 RealX 时代的延续发生转变，最严重的后果是人类将几乎成为另外一个物种，好比海洋动物变成陆地动物。

“当然，当时这些讨论仅限于少数科学家、心理学家和生物学家。那个时候人们在 RealX 的时间为平均每天四个小时，不可能将 RealX 混淆为真实生活。可是这个数字在后面的十年里上升到十四个小时，现在，如果不是营养剂维持体力的时间有限，人们根本不会离开 RealX。”

诺兰的视线穿过雷迪，仿佛正望向遥远的地方，他的声音变得悲伤，“随着 RealX 的发展，人类的世界正在发生变化。”

“所以才出现了捕捉者？”

“不，营地在 RealX 出现第二年就成立了。最先营地只是计算部门，计算部门拥有当时最好的工程师和最先进的设备，但那是在灾难时代以前。一直到灾难时代最后两年，2034 年 9 月，配合全面 RealX 生活的城市配套功能投入运行，理事会下属的环境局、生育中心、营养剂公司以及营地，大家责任明确，各司其职，虽然工作内容不同，目的都是一样的，保护人类好好活下去，等到有一天可以重新回归原来的生活。”

“你还是没有回答我的问题。”雷迪冷漠地说。

“我正要回答你，只是答案未必是你想要的。一旦 RealX 开始变成真实的人类社会，工程师的工作就变得难以控制，比如死亡程序是禁止出现的，可你没办法阻止有人早就写好了死亡相关的算法，任何一家制造 RealX-01，RealX-02，RealX-03 的小公司都可能在其中埋下禁止算法。”

“所以死亡程序并不是营地修改的，而是在 RealX 自然出现的，或者说由某些人埋下的种子开了花，营地竟然没能及时发现。”

“现在，阻止它将世界引向不稳定状态，就是该由捕捉者完成的任务。”

正在二人对话的同时，警报器再次响起。

警报！ RealX-1820 世界正在关闭！

警报！ RealX-388 世界正在关闭！

警报！ RealX-031 世界正在关闭！

……

雷迪惊讶地看着警报灯亮起又被诺兰关闭，“如果死亡不过是其中的一部分，我的意思是，RealX 还会发生一些营地无法控制的事对不对？”

“不可否认，当死亡出现的时候，对 RealX 来说它的存在就是合理的，我们的工作不是阻止它发生，你也应该不会愚蠢到认为捕捉者不能做的事，费德南德可以做到。一件事在 RealX 中自然发生，就必须让它以某种自然的方式转变或者消失，捕捉者需要找到这种方式，并且减缓 RealX 不稳定的速度。”

“您的意思是 RealX 从来就是不稳定的？请问什么才是稳定的？我们的现实稳定吗？”

“你也可以乐观一点，将它看作从来都是稳定状态的，如果时间足够漫长，就像达尔文告诉我们的生物进化那样漫长，两者就没有太大区别。”

“如果劳伦先生真的在现实中也无法醒来，那么这件事还算营地该管的事吗？这难道不是警察和殡葬公司的事吗？”

“孩子，你说得没错，但我们要知道这场死亡是如何发生的，促使它必然出现的因素是什么，然后才能了解我们真正面对的问题是什么。”

“明白了。”

“嗯，利娅会帮你很多，你可以相信她。”

“当然，我会的。”

雷迪走出屏障，诺兰所说之事听起来似乎很重要，可他的心思完全不在任务上。

尽管如此，他仍然应该出色地完成任务，用一些成绩证明自身价值，以获得更高权限。

如果雷迪的猜测没有错，他一直以来想要找的东西就在营地。

八 营地：叛变的天才

他不仅是一个极具禀赋的天才，

也是个疯子。

劳伦的住处不算偏僻，距离利娅所居住的街区不到2.5公里，这次他们没有先回家，而是在夜晚九点准时打开了劳伦家的大门。

大门没有上锁，利娅站在雷迪身后，两人没有说话，雷迪走到角落的扶椅边。

劳伦不见了。

他浑身僵硬，利娅的脸色也没好到哪里去。

“人呢？”

“不见了。”雷迪回答。

“废话，谁都看得出他不见了。”

“很好。”

“好什么？”

“我们可以撰写报告，劳伦先生正常退出RealX-09。”

“胡扯，你没看见我们进来的时候门没有锁吗？明显有人来过。”利娅怒气冲冲道。

雷迪赞成利娅的判断，并且很快发现客人不止一个。地毯上的脚印清晰可辨，“有两位客人，而且还是一起进来的。”

“他们把劳伦带去了哪里？”

“这不是我的任务。”

“什么？”利娅皱了皱眉头。

“你还不明白吗？”

“不明白。你的任务是调查劳伦的死因，现在劳伦不见了，他的尸体，见鬼，他和他的尸体都不见了。你接下来难道不该调查是谁把他带走了？为什么把他带走？带去了什么地方？”

“这都可以不调查。”

“我看你根本无从下手，不知道如何在 RealX 进行调查，所以才会说出这么无知的话来。”

利娅按压住随时爆发的怒气，只等着回到营地立刻向诺兰申请离开这项任务。

回到利娅的公寓，雷迪半躺在沙发上一言不发。利娅洗完澡后才觉得情绪稍稍平复下来，她不情愿地煮了两杯咖啡，坐在雷迪对面。她心里只有一个打算，接下来无论雷迪说什么她都不反驳，如果他说立刻回到营地，那就再好不过。

直到咖啡一口一口喝完，雷迪都没有开口说话的意思，他仰着头睁着眼睛却好像已经睡着了。

她只能找个借口说话：“咖啡快凉了。”

“我们喝完就回去。”

“好的。”利娅暗自高兴。

“问你一个问题，图书区的权限对于捕捉者是不是全部开放？”

“是的。”

“那里可以查到几乎所有的信息是不是？”

“没错，包括所有藏书。”

“如果我要找一个消失的人，在图书区是不是一定能找到那个人存在过的痕迹？”

“一个人只要出生过，甚至可以说，最近几代人，只要在生育中心有过记录，就一定会留下痕迹，无论在真实世界还是在 RealX 都一样。”

“如果那个人的资料被故意隐匿起来了呢？”

“你是说删除了？”

雷迪认为“删除”这个词不够精确，但还是点了点头没有纠正，他想让利娅把话说完。

“删除也无济于事。”

“什么意思？”

“只要一个东西存在过，就一定会留下痕迹。比如工程师的确可以删除一个身份的所有信息，删除所有可以查阅的文本资料和行为记录，但是，这个身份只要出现过，就一定留下了痕迹，可以删除一切，但是无法删除他曾经造成的影响，哪怕对一个世界而言这种影响微乎其微，但要全部抹去几乎不可能。但……尽管如此，据我所知，还是有两种方法。”

“哪两种？”雷迪睁大眼睛，利娅的回答基本在他意料之中，但最后一句却叫他吃惊。

“第一，把整个 RealX 一起抹去。”

“很好，但不可能。第二呢？”

“第二，藏起来。”

“什么意思？”

“和捕捉者要做的事情类似，如果我们要改变一个事实会怎么做？答案是藏起来，改变原来的痕迹。但是目标并没有消失，也没有被删除，而是变成了另一种东西，混淆了人们的认识。”

“这就是捕捉者在做的事吗？”

“没错，高级捕捉者能用最精准的办法，引导 RealX 往更稳定的方向发展，避免危机出现。”

"谢谢你的回答。"雷迪态度恭敬。

"别谢我，我就想知道我们喝完咖啡是不是就可以回营地。"

"当然，我们的任务完成了。"

"什么？"利娅简直觉得雷迪在开玩笑。

雷迪突然感觉一阵眩晕，仿佛被人用力摇晃着身体。他不记得前一次断开连接时有那么严重的不适。

"你这就算完成任务了？开什么玩笑。"

雷迪还在眩晕中，利娅的声音已经闯入耳中。

"你为什么不让我慢慢回来，这样摇晃会不会有危险？"他发现利娅正拉着他的手臂，原来刚才的眩晕是她故意造成的。

"危险当然有，最好你再也没法从椅子上起来。"

"起不来是不是不用再执行任务了？"

利娅发现再说一句话都是多余的，雷迪的问题简直让人无从回答。

她低头抚平裙摆，准备回自己房间好好睡上一觉。

"等一等，你要去哪儿？"

"回房间。"

"我们要去做件事。"

"对不起，任务之外我没有义务和你合作。"

"我只是说我们在 RealX 的任务完成了，但是在这里它才刚刚开始。"

"你说什么？"利娅停下脚步。

"你不想知道劳伦发生了什么吗？"

"我想知道，但是我们已经从大世界里出来了，弟弟。"

"那就麻烦你告诉老师，我们需要清楚劳伦的真实身份，找到那个人。"

“这不是任务内容。”

“你先去问问老师吧，看看到底要不要继续。”

利娅很快见到了诺兰，他就在准备区，面容黯淡，精神比之前更差些。

“怎么样，孩子，这次旅行不太愉快？”

“老师，我要退出任务。”

“捕捉者有权利退出任务吗？”

“没有，但是……”

“但是我们的任务已经结束了。”雷迪补充道，“如果我想得没错，现在最重要的是找到劳伦本人，死亡程序在RealX-09已经发生，劳伦并非自己退出，而是被人搬走了。恐怕这句话里的每一件事都是一个巨大的谜，这个人的死并不重要，但是他触发了某种危机，也许这种危机并非第一次出现，很多问题需要解答。”雷迪朝着墙面望去，鲜红纤细的数字仿若鲜红色蜘蛛，它们在诺兰背后一闪一闪，好像人类的心跳。忽然之间雷迪感觉到一丝怪异，诺兰的身体好像也变成透明的红色和数字一起闪烁着，他轻微摇晃一下脑袋，诺兰半透明的红色身体又恢复了原来的样子。

“老师，工程师那边就看着死亡程序这样发生吗？”

“工程师建设RealX的方方面面，但RealX的发展不由建设本身说了算。”

“不可以取消这种设置吗？”

“将不好的东西直接清除就能解决问题，那营地就不会既有工程师又有捕捉者。一个现象背后一定隐藏着原因，我们只有分析了它们才可能找到合适的办法降低危机等级。”

雷迪打断利娅和诺兰的谈话，看起来很急切想要知道答案，“这是第一次发生吗？”

"你说什么？"诺兰问。

"我是问，死亡难道真的是第一次发生？"

"劫后余生的人类，最珍惜的就是生命，RealX-09 的犯罪率几乎为零，谋杀事件没有发生过。"

"工程师那边应该有 RealX 诞生以来每一个人的行动记录吧。"雷迪问。

"的确有，但如果你想查阅那些记录，它们会影响你对事情的判断，记录不会让真相自己浮出水面。"

"知道了，老师。"

"既然你有所怀疑，我打算让乔纳亚去找寻劳伦本人，一切等他那边有消息再说，这两天你们可以放假。"

诺兰走到雷迪面前继续说道："最好不要去找工程师，如果他们找你，你最好什么话都不要说，更不要答应任何测试要求。"

雷迪点点头，诺兰这番话应该是为了他好，但他早晚要见工程师，而且越早越好，他猜测既然在图书区暂时找不到他要找的东西，也许在二楼会有所发现。

不执行任务期间，诺兰安排了一些简单的培训课程，包括如何根据工程师的计算，选择最合适的时间和地点进入 RealX，如何通过重新编排信息改变 RealX 发展方向，另外还有一些 RealX 设计方面的课程。雷迪发现 RealX 设计的自动化程度非常高，几乎全都可以由现有程序自动完成，只不过这些东西看起来好像缺了点灵魂，程序设计的世界仅仅勉强达到及格水平，当它们与 RealX-09 相比时，RealX-09 的生动和丰富一看就令人喜欢。

在工程师的陪同下，雷迪查阅了危机等级记录。最近一次大危机发生于 2047 年的 RealX-011 大选期间，捕捉者试图阻止产生总统政权，结果干预以失败告终。

有趣的是大选之后，危机等级并没有再度升高，而是缓慢恢复到次危机水平，并在后来的四年中回到安全等级，这一点雷迪很感兴趣。

当初制定干预方案的捕捉者是一位名叫斯泰因的人，雷迪感觉这个名字好像在哪里见过，他的记忆力很好，很快想到斯泰因的名字在图书区的记录里出现过。

还有一次危机也引起了雷迪的注意，记录上的时间是2036年，当时负责干预的捕捉者是诺兰，而引发事件是一次普通的恋人分手。

“这段记录是不是不完整？”雷迪转身面向工程师。

“没有，所有记录都在这里。”

“一对恋人分手会造成危机等级升高？”

少年工程师走到雷迪身后，看了一眼记录，皱着眉头说：“看来你还不如工程师了解人类感情，分手对恋人的伤害不亚于一场战争，如果这两个人又是对RealX有着重要意义的人，引起危机也是可能的。”

“记录上看不到这两个人对RealX有什么重要意义，哪里能找到更多资料，或者谁知道当时发生了什么？”

“费德南德大人说过，如果你在学习的时候有任何需要都欢迎你到二层去找他，他会亲自指导你。”

雷迪本想答应，转念想起诺兰叮嘱的话，感觉现在还不是贸然前去二楼的时候，便拒绝了少年的邀请。

“好了，我看完了，如果我想查询一些人的行动记录不需要去二层拜见你的老师吧？”

“如果你有捕捉者最高权限，可以去图书区查询一般记录，但你要知道一件事，记录表面上都一样，但每个人的解读却是不同的，如果你理解不了它们，最好还是找个人帮你理解，捕捉者对记录的解读向来是比不上工程师的。”

“谢谢，暂时我还是想自己试试。”雷迪知道少年话中有话。

“好的。”

乔纳亚正等待工程师统计所有有关劳伦的记录，他们本可以把记录传送到乔纳亚的房间，但他却坚持亲自到二层取阅。

二层的格局和一层截然不同，一个个敞开的弧形工作区，工程师们一刻不停地忙碌着，仿佛蚁巢里的工蜂。然而工作量最大的部分却早已由计算机独立完成，从编写算法到修正模型，计算机几乎能够面面俱到。

看到费德南德的时候乔纳亚点头打了个招呼，工程师好像完全没有注意他。

乔纳亚对这位最权威的工程师看不起捕捉者的态度习以为常，他天性不喜欢冲突，即使对故意使他难堪的人也能报以微笑，何况费德南德原本并不坏，只是与诺兰的认真和谨慎相比，这位工程师显得有些玩世不恭。营地少了他们中的任何一个都不行，这一点两人心知肚明，因此，虽常有意见不合但总能彼此妥协。

如果斯泰因当初选择跟随费德南德会怎么样呢？也许他会接替费德南德的工作，他对数字的天赋超越任何一个营地接受训练的孩子，除此之外，他善良并且乐于助人。如果跟随费德南德学习，至少现在不会连人都找不到。

自从八年前斯泰因失踪以后，乔纳亚一直都在寻找他的下落，斯泰因的脱离对捕捉者产生了极大影响。费德南德屡次向理事会施加压力要求废除捕捉者计划，“RealX 是一个个算法组成的世界，一切都由模型精心设计，每一秒、每一个空间都经过仔细调整。捕捉者的存在纯属人类在科学面前的狂妄无知，试图以为人可以超越并控制一切，这是拖延人类文明继续发展的愚蠢行径。”

斯泰因的脱离无疑给捕捉者的工作蒙上了一层冰霜，诺兰承担了一切，他说：“责任全在我，是我对捕捉者的训练和测试不够周详。我们应当建立更完善的保护机制，避免类似状况再次发生，而不是就此认为捕捉者对 RealX 的稳定毫无意义，谁都知道工程师创造的世界无限接近于上帝之手，但上帝创造世界，人类选择如何生活。

“两次临界危机都并非工程师的错误，这一点我和费德南德一样，对营地的每一位工程师和他们的计算模型深信不疑。是 RealX 本身发生了变化，或者那些算法共同作用的结果产生了我们无法预测的改变，人们创造选举，恋人们甚至想要完成生育。”

理事会接受了诺兰对于捕捉者任务的改进计划，“原镜”由此诞生。

正因为原镜计划，乔纳亚才有机会和利娅在一次次任务中互生爱意。他想向利娅求婚，又觉得一切都不成熟，隐隐的不安在心中越来越明亮刺眼。他渴望变得更可靠，虽然没有斯泰因当年的天赋，但他希望能配得上利娅，也能为诺兰承担更多压力。

工程师把资料交给乔纳亚，一言不发地立即投入自己的工作，好像将记录整理给捕捉者是一件浪费时间的事。乔纳亚听见自己说了声“谢谢”，意料之中没有得到回应，他转身离开二层，返回捕捉者所在的一层。

出发之前他想先去看看利娅，走到利娅的房门外却停了下来，转身往沉思区走去。

执行任务之前，乔纳亚不敢有半点懈怠，甚至连看一看自己心爱的人也要努力克制。

劳伦的记录没有特别之处，每天在 RealX-09 活动九至十一个小时，算不上在线时间最长的居民。根据工程师设计的自动计算程序推算，劳伦的实际年纪在二十七至三十五岁，这个年龄跨度有整整八岁，对乔纳亚而言如此跨度的计算缺乏任何价值，只能先放在一旁。

他缓慢地查找其他有用信息，很快有关“社区教堂”的内容引起了他的注意。

劳伦每周去教堂两次，除了礼拜日，周二晚上九点他都会从家里步行到教堂，跟他接触的人中有一位神父，年龄二十九岁。

乔纳亚对这位神父有些好奇，出于捕捉者的直觉，他向工程师提出协作请求，“穆切尔神父，二十九岁，能不能给我这个人的全部资料？”

“五分钟后给你传送过去。”

“好的，谢谢。”

乔纳亚看着穆切尔神父的名字，好奇自己为什么对这个名字有一种莫名的熟悉感。

他很确定从来没有在 RealX-09 遇到过这个人，事实上为了不让虚拟世界里的人知道捕捉者的存在，他们很少和一些特别职业的人打交道，比如熟悉社区的神职人员就是其中之一。即使万不得已必须接触，也很少会单独和神父说话。

在乔纳亚看来会选择神父作为职业的人分成两种：第一种，这些人在现实中也是一个神职人员或者是一位虔诚的信奉者；另一种则可能完全相反，他们很可能有某些犯罪冲动，比如猥亵未成年人，或者有某些怪异癖好。这类人选择神职工作，往往出于一种怪异的心理。不管是出于什么原因成为神职人员，在经历灾难后的人类社会中，神职人员由于更具有煽动性和影响力，因此被归为风险较高的人群。

过了几分钟，乔纳亚发现引起他注意的也许不是穆切尔神父这个特殊的职业，而是神父的年龄，二十九岁，斯泰因今年正好是二十九岁。想到这，他更是迫不及待想了解有关这个人的所有情况。

乔纳亚的注意力完全被这个神父吸引，以至于等待的时间如夏日的正午一般焦灼，他似乎已经看见斯泰因的脚步朝他慢慢走来。

不论这种推测是否合理，人类大脑原本就有将各种复杂事件聚拢到可接受范畴的天赋，而捕捉者在这种天赋之外，还拥有更强的推测力。这方面斯泰因拥有他永远不可及的能力。

如果斯泰因还在营地，那么今天属于乔纳亚的一切都将属于他，不过这些事乔纳亚并不真的担心，他对权力没有欲望，只希望自己能做好斯泰因能做好的事情。但他的心里埋藏着一个秘密，营地没人敢提起的秘密——他想找到斯泰因，这些年虽然算不上有真正的进展，但他一刻都未曾放弃。

这一次和之前的努力有所不同，他闻到了斯泰因的味道，一个从未想象过的可能在他脑海中出现，也许斯泰因变成了另一个人。这个推测没有什么特殊之处，但正因为那个人是斯泰因，所以如此简单的推测，乔纳亚竟然连想都没有想过。他曾思考过斯泰因脱离营地可能是一场阴谋，甚至为此怀疑诺兰；他相信斯泰因绝不会自己离开物理世界，更不会是一个背弃誓言的人，那个坚定不移地拒绝费德南德邀请的捕捉者怎么可能做出背弃誓言的事？正因为他相信事情一定非常复杂，所以最简单的假设一次都没有出现在他的计算之中。但这一次，这个叫穆切尔的神父让他心神不安，意识到也许自己一直走在错误的道路上。

如果斯泰因的脱离不是一场阴谋，那么他为什么会离开营地？一定有一个重要的原因。他很想知道，甚至觉得自己应该知道，斯泰因应该告诉他——为什么不告而别。乔纳亚越想越紧张，当他抬头看见利娅的时候，竟差点喊出斯泰因的名字。

“亲爱的，你在这里太好了。”利娅高兴地抱住乔纳亚。她想念他，在乔纳亚出发寻找劳伦前，利娅以为自己没时间见他一面，可没有想到心爱之人竟然在沉思区出现，她恨不得立刻和乔纳亚进行思辨连接，她有太多的心事要告诉他。

“什么时候出发？老师说接下来的任务交由你执行，这真的是太好了。”

“是的，今晚就出发。”

“还有多少时间？”利娅有些紧张。

“一个半小时。”

“你不需要回房间准备吗？”

“利娅，亲爱的，我不是去 RealX，我是去外面。”

“对，你看我累得都语无伦次了，真是个差劲的捕捉者。”利娅依偎在乔纳亚身旁，完全没有顾及身边还有低级别的新手在沉思。

乔纳亚快速在两人周围建起一道屏障，可是他的思绪完全被想象中的穆切尔神父占领了，不知道如何回应女友的话。

“我的任务已经结束，所以现在你该陪我思辨了。”

“好，我们现在就开始。”

“太好了。”

利娅紧拉住乔纳亚，他的手宽大并且温暖，她感到自己有太多的担忧想和乔纳亚倾诉，有太多疑惑想要男友帮她解答。

思辨机由两台连接器外加一个圆柱形的交换器组成，外形复古，有点像 20 世纪 80 年代的唱片机，其主要功能在于沟通想法，一个连接者能够详细将自己知道的信息以及想法传递给另一个连接者。

通常，进入“思辨”的两个人需要彼此熟悉或执行过相同任务，普通人即使使用连接器也无法进入“思辨”状态，即使在营地也仅有经过训练的捕捉者和几位高级工程师能够做到。

捕捉者用思辨机同步任务，尤其是任务执行人和原镜之间，通过这样的连接弥补单个个体在执行任务时忽视的细节和可能出现的偏差。

乔纳亚缓慢地将连接器通过识别代码与自己的嵌入式视系增强系统对接。每一次连接他都带着歉意和内疚，他知道利娅对自己毫无保留，深深的爱意和兴奋，一个年轻大脑所能展现的最美丽的画面，利娅从不隐藏；反观自己，每一次他都让一些东西躲得远远的，要不是训练有素，他真担心利娅会发现它们；他担心随着和利娅的交往越来越亲密，终有一天一个不经意的疏忽，它们就会在玻璃窗后露出尾巴，如今这扇窗只是被他涂上了灰尘，但终究不过是一块透明的玻璃，什么都遮挡不住。

这一次又是如此，利娅的思绪对他完全敞开。

她担心自己的处境，害怕传闻会伤害诺兰，她对新来的捕捉者带有怀疑和担忧，她担忧的事情太多了，甚至怀疑起了和乔纳亚的感情。

“你担心的太多了，我送你回去休息。”

“我怎么样才能像你一样平静，像你一样温柔呢？天知道，我觉得你更像一个女人。”

“你累了，利娅，能成为捕捉者的女性我只知道两位，一位已经老了，现在你是唯一的女性捕捉者，拥有我们没有的优势。”

“优势？你说那些像虫子一样爬满我大脑的担忧和紧张？”

“这次你是担心过头了，要相信老师，他什么时候错过？”

话音刚落，乔纳亚就后悔了。在自己心里诺兰有没有犯过错？

他无法回答。

禁止寻找和讨论斯泰因算不算他的错？当初老师如果下令找到斯泰因并且查明脱离的原因会不会是更正确的方法？

乔纳亚有些担心，如果继续暗中追查斯泰因的下落，总有一天利娅会发现。她并不笨甚至非常聪明，只是情绪不稳，女人也许都是这样。

她的担心也算不上多余，对诺兰不利的传言也传到了他的耳边。也许他更该多想想怎样为老师分担些压力，但乔纳亚只是按部就班地完成任务，他的心里不时惦记着一桩旧事，渐渐地，他怀疑正是这桩旧事造成了 RealX 这几年出现多次危险加速，最近这段时间频繁出现的问题也很可能与这件事有关，如果能找到斯泰因，所有的困惑可能都会水落石出。

送利娅回房间后，乔纳亚迫不及待回到沉思区查看工程师传来的资料。他身材消瘦，白皙的脸上闪着熠熠光芒，青蓝色的眼睛如湖底安静的清泉，这是一张写满温柔与和平的脸。营地有传言说乔纳亚像极了诺兰年轻时候的容貌，这让他更受人尊敬。

权威对一个不喜欢冲突的人来说的确是一件有力的武器。除了诺兰，营地没人敢对乔纳亚的行为质疑，几年来他执行任务时在 RealX 多逗留几个小时，也没人会觉得奇怪，何况后来有了利娅做原镜，人们最多以为他们在虚拟世界多喝了杯咖啡，或者尝试了新的约会系统。

倒是里维斯有一次问起："任务完成之后捕捉者是否可以在 RealX 逗留一段时间？"这个问题里维斯问得异常谦虚和小心，他没有用"是否有权"而是用了"是否可以"。

里维斯是年轻的捕捉者里难得的优秀人才。他的长相无法给人留下深刻印象，也许不招异性喜欢，这一点对于捕捉者来说却无疑是个优势。他阅读了大量图书区的藏书，涉猎十分广泛。

“如果不产生什么影响，可以逗留一段时间。”乔纳亚谨慎地回答。

“怎么才算不产生影响？一个人除非不遇到其他人，也不以任何方式与他人产生联系，但陌生环境很可能出现随机事件，对 RealX 产生额外干扰，毕竟捕捉者身份特殊。”

“所以不要去公共场合，可以在郊区散散步，看看落叶和秋阳。”

“避开与人的接触就能在任务之外停留吗？不会让工程师产生脱离的怀疑吗？”

“你终究还是会回来，真正的脱离是你不再回来了，但现在这些都不用担心，每一项任务都有原镜。何况，在营地连接 RealX，即使脱离了你也还是在这里。”

“我明白了。”里维斯微微倾斜上身，一个礼貌的感谢动作，像下级对上级的礼仪。这让乔纳亚脸颊微微发热，他清楚越是适应这种地位对自己越有帮助，所有人都不敢管他的闲事他就能做更多事。

也正因为斯泰因的脱离发生在营地外，诺兰从此对营地外的连接异常谨慎，这一次他甚至半途将任务中断，改由另一个捕捉者执行营地外任务。这种事非常少见，对捕捉者而言算得上不小的打击，对骄傲和自尊心重的捕捉者来说会怀疑自己做错了什么事，或者没有得到应有的信任。

只不过乔纳亚想错了，雷迪对这些事情毫不在意。

车辆行驶一个多小时，经过二层高速出口，停在一座公园入口处。从显示的位置来看，劳伦的住处在这座公园东北角，想要到达那里，只能步行穿过公园。好在公园并不算大，两旁的棕榈树亭亭如盖。

乔纳亚身穿一件白色上衣，身形轻盈宛如少年。公园里一个人也没有，倒是有一只孔雀耷拉着尾巴。乔纳亚看着孔雀在不远处闲庭信步，偶尔驻足老旧的长椅旁边，姿势倒还算不失鸟类的优雅，可惜，灾难时代结束后大自然的生物永远和人类分开了，除了这些原本就囚禁在城市中的动物，马路上最多只能看到经生育中心改造过的猫和部分新品种犬类。

城市空空荡荡，空气还算清新，阳光依旧朦胧，也许是相隔距离太远的缘故，人影闪闪烁烁。乔纳亚很少有机会在真实世界行走，现在他的感觉有些奇怪，似乎这里的真实度还不如RealX-09那样的大世界。

正如理事会所期待的那样，人类的生活完全属于RealX，人类以飞快的速度适应、依赖、彻底进入RealX时代，可能根本不需要经历几代人，只要再过几年，几乎没有人再会想起到外面走走……他没有继续想下去，因为劳伦的住所已在眼前。

这是一座木屋，木屋的门上挂着一块铁皮板，锈迹斑斑，字迹依稀可辨：管理员专用，禁止私自进入。

乔纳亚敲了几下门，没有应答。门的左侧挂着锁，往里轻轻一推，露出一条拳头大的缝隙，他用力把门拉紧又快速朝内推了一次，不出所料，门向内打开，房间很小，一切尽收眼底。

一个男人的身体躺在靠窗的角落里，看上去正在做梦。

乔纳亚戴上手套，从口袋里拿出一个白色圆形小球，小球伸出两个手爪，他把它们对准男人的眼睛。

“开始吧。”乔纳亚对手爪下达指令。

“老兄，开玩笑吧，他的眼皮粘住了。”

“那就剥开。”

“老兄，你还能有别的建议吗？”

“是指令。”

“得了吧，你也不想碰到这种草莓果冻吧。”

“好啦，一会儿给你捏豆子。”

“我要 50 × 50 的。”

“我去哪里给你找那么大的？”

“你可是在营地外面啊。”

“好吧，我答应你就是了，捏豆子先生。”

“我更喜欢‘豆子先生’，好了草莓果冻取出来了。”

“装到这里。”乔纳亚递给手爪一个装满浅蓝色溶液的小盒子。

“眼睛已经不能复原了，因为缺乏水分已经坏透了。”

“这是工程师的事。”

“好吧，记得给我找豆子啊。”

“我想不明白你的程序哪里出问题了，怎么会有这种嗜好呢？”

“你还不是嗜好利娅大人和斯泰因先生。”

“你是不是想让我把发音系统拆了？”

“据我所知拆不了，除非你把我交给工程师，让那群没脑子的家伙把我肢解了。哦，得了吧，谁不知道乔纳亚是营地最善良的人。”

“他是不是死了？”

“呀，你说什么？你都没确定就让我剥开他的眼睛？你看看他的眼睛，我剥不开它，只能把眼皮直接割了……”

“什么？”乔纳亚凑近看了一眼劳伦的眼睛，然后重重地把手爪变成圆球塞回口袋。

劳伦依旧紧闭着双眼，乔纳亚思忖着，手爪的技术很好，堪比微型整容术，眼皮没有半点损伤。同时手爪也已回答了他的疑问：眼皮处的粘连和变成果冻状的眼球可以推断他已经死了至少三天以上。更多的尸体检查乔纳亚也不熟悉，营地也没有相关书籍可以学习。

虽然预想到劳伦的状况会是如此，但是他不愿意就这么相信，在见到劳伦之前乔纳亚还希望能与他交谈，从中了解一些穆切尔神父的情况，现在看来劳伦这条路是走不通了。

任务毕竟已经完成，报告上只要写劳伦已死，死因不明，后面的等诺兰再做安排即可。

可是如果诺兰将这个任务又交还给新来的捕捉者他便没有机会借调查之便见识一下穆切尔神父了。想到这里，一个计划很快在乔纳亚心里成形。

正好，现在身处营地外，如果是在营地或是 RealX，他可不敢思考任务之外的事，万一有什么蛛丝马迹被工程师们用成像图做文章就自讨没趣了。自斯泰因脱离后，成像图成了判断捕捉者稳定性的最大参考，他不得不小心谨慎。

图书区内，萨娜给诺兰准备了一份咖啡，诺兰似乎对他正在阅读的《奥拉之书》更感兴趣。

“看来那个新来的孩子说对了。”萨娜捧着咖啡饶有兴致地说。

“他的猜测很准确。”诺兰回答。

“也许你也早就猜到了。”

“老费一定也知道了。”

“你看上去比前几日轻松许多。”萨娜稍稍靠近了一些，这样她能更清楚地观察诺兰说话时的表情。

“事已至此没什么可紧张的。”

诺兰终于端起咖啡缓缓喝了一口。

“你有什么打算？”

“目前还由不得我。”

"捕捉者都说没办法，那可就真只能任其发展了。"

"营地建设 RealX 的基础，而世界里的每一个人搭建自己的世界，每一分每一秒都在变化，会出现什么随机事件没人能预料，这就是 RealX 的魅力，正如它的名字那样，世界是假的，但世界里的一切都是真的。"

"老费可不会同意你这番妄自菲薄的话，听起来太哲学，哲学早就被淘汰了。"萨娜今天的心情还不错，她想继续这样聊上几句。

"他要是有办法，我就没有存在的必要。这不是坏事，RealX 如果是一成不变的，人们很快就会对它失去兴趣；但 RealX 不一样，正因为它的复杂性和不可预测性与人类社会如此相像，所以我们才能顺利进入 RealX 时代，并且期待它真的能帮助我们这个物种度过这段艰难的日子。"

"所以你始终反对费德南德支持的控制论，认为不该控制一切？"

"根本做不到，它是会自然生长的，除非我们遇到什么问题，比如 RealX 全面关闭，但那是以牺牲为代价的。"

"那个孩子问了我一些事情，我不知道我的回答是不是正确。"

"什么事？"

"他问是不是所有的记录都能查询到，我觉得他在找什么东西。"

"你怎么回答的？"

萨娜看到诺兰轻微且短促地凝眉，很快又恢复毫无表情的平静。

"按事实回答。"

"那就把权限都给他。"

"我已经给了，图书区的所有资料他都能阅读，权限和乔纳亚一样。”

“他还觉得不够？”

“不够，如果他在找那个人……”

“你是想说他在找斯泰因？”

“不是，这说不通，除非他和斯泰因有什么关系。在营地外的时候两人就曾经相识？还是说——我倒是好奇为什么你会找到雷迪，他看上去怪怪的。”

“我们没办法找到太优秀的人，只能找最安全的人，而且还要和任务相关，雷迪是这次任务比较适合的人选。乔纳亚是个孤儿，一直在生育中心长大，乔纳亚的最大问题是对谁都好，他与生俱来的善良无法改变，叫人担心；利娅的情况和乔纳亚有些类似，她的母亲患上了神经紊乱症，彻底迷失在真实世界和RealX的边界，并且时常暴怒或哭泣，利娅似乎也遗传到了她母亲这种情绪，无法承担重要任务；至于雷迪，他的父亲整日无所事事，沉浸在妻子离开的悲痛中，这个孩子早已习惯了孤独。”

“把他们带来营地不会引起太多问题，因为他们的人际关系足够简单。”

“是的。”

“可是斯泰因不一样，他不仅优秀……”

诺兰似乎叹了口气：“你是不是觉得我做错了？”

“没有，你不允许犯错。”

“我坚持不让他跟着费德南德，正是因为他不仅是一个极具禀赋的天才，也是个疯子，一旦接管了RealX的全部技术，他会变得难以控制。”

“最后还是没人能控制住他。”

“是的，即使不是工程师也没人比他更熟悉RealX。费德南德对斯泰因的喜爱是惧怕，他在十七岁的时候就已经超越了费德南德的水平，所以，他才不屑地拒绝工程师的职位，他要的远比营地能给的所有还要多。”

“天才是关不住的。”萨娜喃喃自语。

“最怕的是天才缺乏善恶心，无法辨识真理和虚幻。”

“捕捉者也不是时时刻刻代表正义，为了稳定 RealX，编造新闻、修改视频信息、制造舆论，编辑人物活动路径，或者干脆利落地把一些人清除出去，你们可没少干这些事。”

“为了危机等级保持在安全水平，我们必须做那些。”

“RealX 多发展一天，复杂和随机事件就会越多，每隔一段时间危机等级就会自然上升，无论捕捉者们做了什么，有时候不过是自以为可以控制而已。”

“萨娜，你知道你在说什么吧？”诺兰语气严厉，但没有发脾气。

“我不过说了一件你不愿意承认的事，因为它让你崇高的工作失去意义。”

“继续。”诺兰没有阻止。

“RealX 早就不是第一代的增强世界，为什么人们要叫它‘世界’？”

“人类进入 RealX 时代是我们最好的选择，难道你觉得我们现在在资源匮乏和污染严重的大自然里继续相互抢夺，继续战争会比现在这样更好？”

“我没有这么说，事实证明人们喜欢它、习惯它，最后依赖它，不论好与不好，快乐或者不快乐，只要它是真实的。”

“很好，萨娜，你只要想想它和人类原有的世界是一样的，就不会觉得我们的工作有一分一秒是没有意义的。”

萨娜犹豫着要不要说一句更难听的话，她还是说了，“每干预一次，就可能需要十次任务才能消除它的影响，每一次任务又增加额外十次任务，越来越多，最后会变成无穷无尽。”

诺兰没有反驳，萨娜是对的。RealX 已然和一个物理世界一样复杂甚至更为复杂，任何人试图控制它的进程都是痴人说梦。

但他又很清楚萨娜并不完全明白。一旦物理世界的核武器战争、自然灾难、疾病失控、人类意志消沉、生育停止和大规模自杀……这些曾经在我们的历史中出现过的问题有朝一日在 RealX 发生，那个时候人类将如何应对？该逃往何处？我们已经因为一次可怕的陨石撞击告别了朴素时代，如果我们再失去 RealX，那么人类文明将走向何方？

有时候，就算不完美，它也是最适合的。

她更不明白的是那个无时无刻不在费德南德和诺兰脑海中闪烁的数字，RealX 人口数和在线时间。如果这个数字突破红线，他不敢想象也不愿意想象。如果 RealX 取代了仅有的真实，是不是它就是完全的真实？人类真的会进入另一个时代，甚至变成另一个物种吗？为了控制这一切，无论捕捉者和工程师之间有怎样的矛盾，无论理事会多么摇摆不定，诺兰知道，自己都会倾尽全力。

“诺兰，我有时候觉得一切都不是真实的，我们会忘记原来的世界吗？其实这种理论早在几十年前就已经存在，人类会不会进化为另一种生物？我们现在是不是已经走上了这样一条路，从此人类不再需要物理世界，我们变成了仅仅依靠意识就能延续的物种？”

“不会，因为人们知道什么是真实世界。它现在太糟糕了，可以不用去想它，但是有一部分人在保持真实世界的运作，这才有了绝大多数人能够在 RealX 安心生活的可能。人们知道真和假，真假需要同时存在人才有真实感，你只要记住营地是真实的，相对应的，营地之外的一切都是 RealX，这样想是不是好一些？”

离开公园后，乔纳亚没有在营地外逗留，而是选择即刻返回营地并立即书写报告。他没有把握之后的调查任务会交给谁。

“老师，劳伦找到了。”

“怎么样？”诺兰问。

“我带回来了。”他将公园管理员的眼睛递给诺兰。

“交给工程师吧。”诺兰说。

“我们最好先自己看一下。”乔纳亚谨慎地说。

“你不相信工程师？”

“我看见劳伦的时候，他的样子很奇怪，像是在睡觉，或者服用某种睡眠剂后长时间留在 RealX 的人陷入的‘冻眠’状态。因为我从没有见到过‘冻眠’状态的个体究竟是什么样子，所以既不能认定他死了，更无法认为他活着。”

“排除冻眠状态，你判断他的确是死了是不是？”

“是的。”乔纳亚回答。

“好吧，如果你有想法或疑问，就继续调查下去吧。工程师送来的记录里有什么发现？”

“目前还没有。”乔纳亚知道自己在说谎，他低下头，怕诺兰发现他表情中的细微变化。

“你打算做些什么？”

“用老办法。”

“老办法？劳伦在 RealX 的尸体现在下落不明，虽然这难不倒工程师，他们很快能找出来。我现在需要两边确切的死亡时间，如果假设错误，而且一旦被认识他的人发现，或者出现任何公共信息记录，都会带来新的麻烦，而我们要在避免这一切的基础上，弄清楚他是怎么死的。”

“似乎没有其他办法，世界已经按照它的不稳定指数朝向自然状态演变，我们不可能仅仅通过记录来理解它的变化规律，那不过是对结果的推理。”

“这正是我们逼不得已使用的办法，但那是在世界还没有出现过死亡的时候，现在要是有人以劳伦的身份在那里活动，就等于让世界在短短几天内不仅出现了‘死亡’，还出现了‘死而复生’。”诺兰确信乔纳亚明白这意味着什么。

“但是，老师，如果不这么做，我们根本不可能了解劳伦的死亡为什么会出现，是谋杀、自杀还是什么形式，人不可能好好活着突然就死了，除非……”

“没有除非，费德南德严格控制疾病出现，这几年来他做了很多努力，如果疾病和机能衰竭已经出现在RealX，他不可能不来告诉我。”诺兰愈发变得严肃，甚至有一点紧张。

“如果他还不知道呢？”

“那就不可能有人知道。”

“老师不想知道真相吗？”乔纳亚说话的声音比原先更轻了些，眼看就要失去继续调查的机会，他有些害怕。有些话他事先没有想到会这样说出口，只是随着对话深入，这些可怕的推测竟在脑海中慢慢成形，变得如同事实一般显而易见，他根本无法忽视它们。

“孩子。”诺兰忽然改变了态度，乔纳亚有些诧异。

“这些事我们早该有预料，只是谁都不愿意讨论它。随着技术不断提高，一些原本无法存在的东西出现了。”

“RealX已经有了自我进化的能力，我能想到最好的比喻是人类也不过是‘奇怪的循环’。”

“很好。捕捉者就是要在奇怪中寻求规则。”

"老师，这是我们的使命。不论它有没有道理，如果我们不做，危险等级一旦超越界限，我不敢想象。"

"因为没人知道那会是什么样的结果，就按照你说的去做吧，但是要记住，不要与劳伦熟悉的人有任何接触，最好做一个备用身份。"

"我会和工程师商量的。"

"带里维斯去吧，让他做你的原镜，三天内必须回来。"

"好的，老师。"

乔纳亚如释重负，不管事情有多复杂，他坚信自己能找到真相。深呼吸一口气，他朝营地二层走去。

就在刚才乔纳亚突然想到诺兰会不会让雷迪再次参加这项任务，成为他的原镜。这想法太不可思议了，乔纳亚摇摇头，很快另一个人的名字在他心里低沉回响——穆切尔神父。他加快脚步，路上遇到新人和观测员时既没有微笑，甚至没有看上一眼；他越走越急，三天，只有三天，他必须全神贯注，从这一刻开始就要进入最好的状态。

九 RealX：神父与酒馆女人

特里感到自己好像在湖面上丢了船桨，

任凭风浪将自己摇来摆去。

傍晚时分，夕阳穿过薄雾，树叶私语，宁静中带有一丝丝焦糖的甜味。远处广场上一支盛装打扮的乐队正在演奏《罗恩格林序曲》，湖水翠绿倒映着斜阳，竟有一种春意盎然的美妙，可眼下的季节分明已是初秋。

跟随乐队的演奏声，穿过公园西侧大门，一条短小的街道只容得下行人通过，街道另一头便是此行的目的地——圣肯特尼教堂。

青灰色鹅卵石装饰的围墙不过半米，蔷薇和鱼尾草爬到围墙外，蔷薇正开得热烈，香气悠悠，乔纳亚不禁想起利娅身上的香甜。

捕捉者的工作注定了他不可能时刻留在利娅身边……乔纳亚隐隐有些伤心，不过他只允许自己伤心片刻，紧接着，他决定这次危机过后，就向利娅求婚。

里维斯谨慎地走在乔纳亚身边，他的身份是一名管道修理工，也许必要时可以作为劳伦的伴侣。

RealX 的同性恋人数和异性恋人数几乎均等，按照里维斯的说法，如果鼓励大脑去尝试，很多人都可以是同性恋或者双性恋。

“瓦格纳的曲子看起来很流行。”

“最近 RealX 有几次大型庆典活动，这类曲子也许比较合适。”

“音乐不愧是深刻的文化记号。”

“李，你想说什么？”

“特里，我想说，我喜欢这种音乐。”

两人轻轻一笑，确认双方都已经熟悉新的身份，工作也就正式开始了。

“你有没有发现有人盯着我看？”特里问道。

“没有。”

“不觉得奇怪吗？我在这个街区可住了八年。”

“也许大家不愿意管闲事吧，都忙着自己的事情。”

“哪里的人都不会真的不喜欢管闲事。”特里说话很小声，这是捕捉者的习惯。

“过一会儿我先去教堂，有些事想找神父聊聊。”

“好，我走回去买冰激凌，刚才路过的冰激凌店有薄荷柠檬草星光火箭筒。”

“什么？”

“就是一种放了很多配料的薄荷草味冰激凌，吃在嘴里像牙膏的味道。”

特里差点笑出眼泪，这家伙还真会进入角色，行为点设计得天衣无缝。

“那给我也带一个。”

“不行，你不知道火箭筒吗？要两个手才能捧住的冰激凌，一个人怎么吃得完？”

“什么？”

“我等你出来一起吃，两个人，一起吃，一个。”

特里忍着笑往教堂走去，李则转身轻快地扑向冰激凌店。

拾级而上，特里感到腿有些酸胀，看上去并不太陡的坡道因为鹅卵石表面光滑的缘故，降低了摩擦力，他不得不更用力地走每一步。

这条街道虽不如公园对面繁华，却称得上幽静。教堂三面环绕着低矮的小叶黄杨，零星还有一些波斯菊，背后半个扇面围绕着一片红杉树林，建筑是青白色现代主义风格，让人想起“二战”后波兰造的那些社区教堂。

进门时，几乎可以闻到气温骤降的寒意，特里下意识拉紧领口。长椅上坐着一个黑发女人，神父侧对着她站在长椅末端，两人在谈论着什么，特里听不清楚。他已经在记录里看过教堂结构，但这样的温度和安静，他有些不适，危险等级上升了，可是这里看上去那么平和，人们的生活井然有序。

发现有人进来，神父转过身，不带任何情绪。

他就是穆切尔神父。特里想尽量保持两人认识的样子，劳伦每周来这里不过是日常的忏悔和祷告，有时候帮助教堂搬运一些桌椅，当然教堂外的演说他每次都会站在最前排，除此之外他和穆切尔的关系没有特别亲昵的迹象。这一些特里调查得很清楚。

仍在思考之际，两人间的距离已不足半米。

“你来了。”

“嗯。”

“劳伦，最近还好吗？好多天没见你来了。”

“是，我很好。”

“还以为你沉迷其他世界，不来教堂帮我们忙了呢。”

“其他世界？哦，的确玩了几天，但还是要回来的。”

“回来就好，孩子们还等你讲动物的故事呢。”

动物的故事？特里一阵心悸，他知道劳伦的真实身份是动物园的管理员吗？还是只是劳伦喜欢给孩子们讲动物故事？

“你编的那些故事，可比书上的有趣多了，上周讲到哪里了？”

“上周，嗯，我想想，讲到……”

“对了，讲到狐狸到了晚上喜欢悄悄溜到兔子活动的区域，然后悄无声息地躲在草丛里看兔子睡觉。”

“啊，对，等兔子睡着后狐狸才回自己的地方安心入眠。”

“就是这个故事。很有趣是不是？”

“是，是。”特里放松下来，总算蒙混过去。

“那我先进去处理些事，周六的庆典你会参加吧？”

“这周六？”

“是啊，十二号。”

“嗯，到时候再看吧。”

“这次庆典可比以往都要热闹，上周就开始各类游行活动了。”

“那我一定来。”

“好的，劳伦。”

他叫他劳伦，没有丝毫怀疑。

穆切尔神父和蔼可亲，看起来三十出头，个子不高，身材均匀，待人礼貌，很受周围人尊敬。这些印象在特里心里一一排列整齐，他心想这就是自己要找的人吗？不，斯泰因可没有这么温和，这种平易近人、如沐春风的感觉不像他。

从高处往下望去，特里很快看到了站在丁香花旁的李，他的手上捧着一个戴皇冠的鸵鸟般华丽的冰激凌。

特里走近时，他往前挪了挪手，动作很小，融化的冰激凌顺着手往下淌。

“现在可不容易吃到这么俗气的东西。”李边吃边高兴地自言自语。

身后一阵清风，微凉的气息穿过衬衣钻到皮肤里，特里打了个寒战。

“顺利吗？”

“嗯，目前看来是的。”

“那就好，晚上我们去吃点肉卷，刚才我向冰激凌店的女孩打听了附近有什么好吃的，他说两条街外的费兹广场，那里有肉卷、猪爪、海鲜饭还有北京烤鸭。”

“好，都听你的。”

特里有些高兴又有些失落，他认为自己应该感到高兴才对，至少目前为止劳伦的身份还算安全。

RealX 中的劳伦死了，随后现实世界的劳伦也被发现死了，两者究竟谁先谁后，对乔纳亚来说这是个大问题。雷迪之前的任务是调查劳伦的死因，结果只是发现劳伦的尸体被移动了位置，死因至今尚未明确。几天后危机等级上升到四级，营地将两件事联系到一起，认为最可能的触发事件是劳伦之死，这也是他和李出现在这里的原因——调查劳伦与危机等级上升有着怎样的关联。

诺兰老师的意思应该很明白，如果的确与劳伦的死亡有关，营地接下来的任务就是针对这一事件做出调整，重新编写故事投入 RealX-09。

这个秘密捕捉者很清楚。并非真实才可信，人们相信什么和是不是真实的没有绝对关系，与相信有关的还包括理解、认同甚至怀疑，这些工作都是捕捉者擅长的。

那么，真实的问题是什么呢？自杀、谋杀还是意外死亡？

意外死亡可能意味着 RealX-09 的某个部分出现严重漏洞。如果真的是严重漏洞，不可能那个时间段内只发生劳伦这一例死亡事件，那段时间同时有六千二百三十四人在这个区域活动，其他人全都安然无恙。

如果是谋杀，此行的任务则必须找到凶手，也许从推测动机入手寻找凶手，始终都是最实用的办法。

至于自杀——特里的确更怀疑劳伦死于自杀。出于他本身对世界过于崇高和理想化的期待，在特里的脑海中，人性更多的是善良和软弱，这一点恰巧是诺兰最担心的。

然而，仅有这些还不够，他还遗漏了疾病和自然死亡。

特里吞下最后一口冰激凌，吃在嘴里的时候它们几乎已经融化成水。

“还没理出头绪？”

“没有。”

“那可有些糟糕。”李轻轻叹了口气，“要不要喝点酒，我可几年没喝过了。”

“我没有下午喝酒的习惯。”

“拐角有个酒吧，下午四点就营业了。”

“李，我还有事要思考。”

“酒吧正是想事情的好地方。”

特里也没有头绪，点点头就答应了。李看上去根本不担心这项任务，完全就像在旅行，不仅心情明媚，连胃口都是出奇地好。更让特里惊讶的是，他还有一番招引异性注意的本事，三两句话就能和不同年龄的女人聊上天。特里不禁想回到教堂坐着发呆，他回忆起穆切尔和他说的话，想到给孩子们讲故事时，他才意识到，自己根本不知道什么时候该去教堂给孩子们讲故事。

“嘿，我说，你们觉得我朋友长得怎么样？”

“这是你的朋友？”一个身穿黑色裙子，脖子长得像撑着一个玉米一样的女人转过身瞥了一眼特里又把脸转了回去。

“看上去像离了婚，老婆跟人跑了。”女人发出咯咯的笑声。

李完全沉浸在与不同女人的聊天中，忙得连酒都没怎么动。

特里喝下半杯啤酒，麦子的香味甘醇可口，他还是在两年前执行任务的时候喝过一次。世界里有很多好东西，完全复制于人类的发明，酿酒、咖啡，以及从每家每户窗口飘出的食物的味道，那些在真实世界里早已销声匿迹的东西，却在 RealX 里保存了下来，并且永远取之不尽。

RealX 给了生活所需的一切，更重要的是它不再让人觉得无所事事，人们可以投身艺术、投身城市建设，或者坐在海边听海浪拍打、漫步最复古的街道小径，感受脚踝上叶子轻轻滑过。

从没有人声明它千真万确，但也没人怀疑它是假的。

特里又喝下半杯啤酒，些微醉意，心情却比方才轻松一些。李的嘴边依旧挂着笑容，他朝窗外望去，发现玻璃上有一层稀疏的水珠，刚才竟悄悄地下了一阵细雨。

“仿佛在巴黎。”李端详着水珠上流动的色彩。

“天黑了。”特里随意地回应。

“嗯，外面下雨，这里的人会更多。”

“你倒是挺喜欢和陌生人聊天的嘛。”

“我想看看谁认识你。”

特里恍然大悟，酒精并没有降低他的思考能力。他还没有头绪的时候，李已经为他做了许多，这个年轻人真不简单，看上去不过是吃喝玩乐，实际上有独特的观测能力，简直像一个不露声色的侦探。

两人各自要了最后一瓶啤酒，特里建议喝完去附近街道走走，李点头答应。他看上去非常清醒，好像一口酒都没进到他胃里一般。

“雨好像停了。”特里说。

“我还真想去雨里走走呢。”

“看来要等明天了。”

李举起酒瓶一饮而尽，特里也跟着把最后一口倒进嘴里。

“我去付钱，你继续坐一会儿。”

李走向收银台，特里有些无聊，一晚上都没有人认出他来，这一点一开始还让他感到轻松，而现在他却为此担忧。

“没道理是不是？”一个女人坐在了李方才坐的座位上，二十出头的年纪，嘴边还粘着一些啤酒泡沫，算得上年轻漂亮，“这里都没人认识你，不觉得奇怪吗？”女人接着问道。

“你是谁？”特里耸了耸肩，勉强带着几分笑容。

“波蒂娜。”

“你好。”

“总该有人认识你吧，劳伦先生。”波蒂娜端起不知道从哪里冒出来的杯子，浅浅喝了一口。

“当然，我在这个社区住了那么多年。”

“有人说你一定会来这里。”

“谁？”

“那个人。”这种神秘的语气让人无法不在意。

“那个人？”

“那个人知道你会来这里，他果然说对了。”

特里感到自己好像在湖面上丢了船桨，任凭风浪将自己摇来摆去，他不喜欢突如其来的问题，但是捕捉者的任务从来都不会风平浪静。

李回来的时候特里做了个手势，示意他在远处稍等片刻。

“要不要再来杯啤酒？”

“不了，我只是来告诉你一句话。”

“是那个人要你告诉我的话吗？”

“真聪明。”

"那你说吧。"

"你的朋友很想念你。"

这一瞬间，特里只觉得眼前这个叫波蒂娜的女人仿佛用她石榴色的指尖在自己心口刺出一个又深又长的洞。

应该说什么？他不知道。仿佛喉咙也被指甲掐住了。

他只能希望自己的表现不至于非常窘迫。波蒂娜依然咧着嘴笑，既不是嘲笑也不是戏谑，特里甚至觉得波蒂娜看着他的眼神中有一丝钦羡。他硬挤出几个字算作回应。

"我的朋友可不少。"

"那个人说你们很久没有见面，他希望你对他的想念和他想念你一样深。"

波蒂娜话音未落，耳鸣和眩晕已将特里紧紧缠绕，女人的发音很清楚，音色甜美清亮，不存在听错的可能。

她起身，体态优雅，转身离去，从李的身边经过时，特里似乎听到二人又聊了几句。

"刚才那个姑娘……"李轻声问道。

"钱付完了吗？"

"嗯。"

"我们现在就离开。"

路旁栽的绣球花，白绿相间，挂着先前飘落的雨水，地面倒映着路灯，投下一个个骷髅状的阴影，李加快步伐才赶上特里。

"那姑娘和你说了什么？"两人同时问对方。

"我的身份已经不安全了。"

"她认出你是劳伦了？"

"没错。"

"那个人"，她说的是谁？又和劳伦有什么关系？什么人如此想念劳伦，为什么记录里没有明确显示？

不，这不过是自欺欺人，他很明白波蒂娜说的话意味着什么，“那个人”不会是别人，只可能是“那个人”——是他日日想念的人，而不是什么劳伦的朋友。

“她还说了什么？”

“她说希望能在周六的庆典上看见我们。”李回答。

“周六是什么日子？”

“九月十二日，圣民节。”

“圣民节。”

“庆典就在圣肯特尼教堂门口。但是……”

“怎么了？”

“请允许我提醒你。”李停顿下来，仿佛没有拿定主意，“周五下午我们应当返回营地。”

“我回营地申请延长任务时间。不过在此之前，我们还需要解决更棘手的事。”

“你是说劳伦身份的事？”

“是我们的身份，这里有人知道我们的身份。如果 RealX 有人知道捕捉者的身份，这简直比劳伦的事更可怕。”

“你是说有人知道我们的真实身份？那个女人吗？”

“嗯。”

“这怎么可能呢？你在教堂里的情况如何？”

“也不算顺利，神父虽然叫我劳伦，但我觉得他表现得太平常了，让人不安。”

“看来要到周六才能弄清楚。”

“我要去申请任务延时，你可以留在这。”

“先回酒店再走吧，我可以有时间仔细想想这个可怕的问题，为什么会有人知道我们捕捉者的身份，还有为什么酒吧那些人看起来似乎不认识劳伦。”

“这两个问题都令人背后发麻，不是吗？”

“是，和之前调查到的情况很不一样，就好像这些人不是 RealX-09 原来的居民。”

“或者我们根本没有在 RealX-09。”

特里说完这句话，两人都笑了起来，这种猜测太离奇，实在是可笑。

营地内，一切看似井然有序。利娅怀疑只有她一个人处在惶恐不安的情绪中。

“诺兰大人请您一小时后去准备区。”

“知道了，缇旎。”

“乔纳亚大人要我修改您房间的访问权限，他希望能将他从允许进入名单中删除。”

“他刚才来过这里？”

“在您睡着的时候来过，您这次睡眠超过了剂量时间。”

“我用了二毫克睡眠剂，只能睡四个小时。”利娅没有强调她呕吐的事。

“现在已经过了十二点。根据您当前的情况，我的建议是您需要做七项相关身体检查，包括心血管系统、呼吸、骨骼、细胞代谢……”

“行了缇旎。”

“利娅，我不明白你的意思。”

“我是说，谢谢你缇旎，我现在很好，不需要任何检查。”

“至少您需要完成大脑扫描。”

“为什么？”

“如果您的大脑出现异常，将不能执行连接任务。”

“我的大脑没问题，我哪里都没问题，你什么时候和工程师那里的机器一样无聊了？”

“对不起，利娅，如果你的身体不适合营地工作，我只能如实告诉诺兰老师。”

“缇旎，按照他说的意思修改设置吧。”利娅妥协了。

“好。”

另一边，乔纳亚申请将任务时间延长一天，诺兰答应了。

这两天对于 RealX 发生的事情，诺兰只字未问，他似乎对乔纳亚和里维斯两人的行动充满信心。前几日，诺兰脸上还带着的忧虑，如今也一扫而空，他又变成了平日那位可靠的老师。

乔纳亚松了口气，之前还在犹豫是否要告诉诺兰在酒吧遇到的怪事，却迟迟下不了决心。现在他想，等任务结束时一并写入报告吧。

诺兰对乔纳亚的信任一如既往，鼓励他任何时候都要相信自己的判断。乔纳亚知道他现在的所作所为正辜负老师的信任。

为了一点点私心，这样做究竟值得吗？

如果 RealX 里有人预先知道他的身份，是不是意味着营地的工作早就不是秘密？还是营地里发生了什么事？比如工程师那边有人把捕捉者的身份泄露给 RealX 的人？这样做的目的是什么？为了让捕捉者消失，从而迫使理事会放弃捕捉者行动？

所有这一切他必须调查清楚。

乔纳亚心里有一个恍恍惚惚的错觉，似乎只要根据波蒂娜告诉他的话去做，就能目睹真相。

她说“那个人”会告诉他一切。

利娅来到准备区时乔纳亚刚好离开，要是她知道早十五分钟就能遇见自己的爱人，一定不会使用睡眠剂，可是她怎么会想到乔纳亚突然提前回来呢？

“有一个更重要的任务要交给你。”诺兰开门见山地说。

“什么任务？”

“萨娜认为雷迪在营地寻找什么东西，我希望有人尽快了解一下这件事，你是最好的人选。”

“我不去。”利娅揉了揉太阳穴，随后果断拒绝。

“为什么？”

“那样的小孩子根本就没有重视营地的工作，我认为老师不需要在他身上浪费时间，据说他除了发呆对什么都没兴趣。”

“不，他有兴趣，而且是很大兴趣，也许还认定营地里有他要的东西。”

“老师不可以直接问新人吗？再说我也未必就能打听到什么。”

“你一定能打听出来，你有让人对你说实话的天赋。”

“我没有，至少您就不会对我说实话，或者您告诉我为什么对这个雷迪那么在意？”

诺兰意识到自己似乎是太宠利娅，她说话越来越肆无忌惮。

“我找到你们每一个人都花了很多心血，五年到八年的观测期，其间无数的测试和考验。我找到你、乔纳亚还有斯泰因的时候，多么希望你们三个人成长为优秀、可靠的人。”

“可你始终觉得斯泰因是最好的，我们无论怎么努力都不可能和他相提并论，您不觉得乔纳亚越来越像斯泰因吗？”

“乔纳亚怎么会像他。”诺兰语气严肃。

利娅说道：“乔纳亚善良又自卑，即使斯泰因消失了，在他心里这个人也永远与他形影不离，有时候连我都是多余的。最可怕的是乔纳亚知道老师喜欢斯泰因，不管他有没有意识到，成为斯泰因已经是他逃避不了的魔咒。”

“我从来没想过让乔纳亚变成他的样子。”

利娅苦笑：“斯泰因是个天才，他知晓 RealX 和营地的一切，对您和费德南德的了解胜过你们两个对彼此的了解。您当初就该让他成为工程师，至少那样做的话不会把捕捉者行动完全交给他，也不会把乔纳亚交给了这个人。”

“每个人的一生都会有变化，本来就不可能完全按照我们想象。”

“可是您不满意，您还在寻找天才。”

“乔纳亚和你都是天才。”

“和斯泰因相比我们只是熟练的工具，好用的士兵。”

“不是这样。”诺兰感到精疲力竭。

“营地意味着什么？意味着我们一旦来到这里就再也不能离开，捕捉者的一生都会在这里度过。有时候我害怕我的真实感已经丢失，我最近的真理测试成绩并不好。”

“记住营地是真实的就不会迷失了，利娅，你状态不好，先回去休息吧，这件事我自己来做。”

“我是状态不好，我为乔纳亚不值得。”

利娅任性离开后，诺兰回到图书区，萨娜好像知道他会遇到麻烦事，一看见诺兰便开口道：“你还是担心。”

萨娜温柔的声音让诺兰有一瞬间产生一种错觉，好像使用了睡眠剂后身体变轻的舒适感，不过他很快从这种错异的感觉中恢复过来。

“你对自己要求太高了。”

“我也许该退休了。”

“交给乔纳亚就好，总要有人接替你的工作，让年轻人早早承担起来吧。”

“等这次危机等级降下来之后吧。”

“到底有多严重？你看上去老了十几岁。”萨娜从没见过诺兰如此疲劳。

“有那么可怕吗？”诺兰揉了揉眼角。

“我是说你焦躁的状态，像个上了年纪智商下滑的老人。”

“萨娜，这次我真的有点担心，每天都有 RealX 关闭，速度比之前几年都要快。”

“数量呢？”

“很多，相应的 RealX-09 的人口数越来越多，增速太快，我们找不到原因。”

“看起来是合理的，因为大家都愿意留在 RealX-09，大世界的人多了，生活在其中的时间长了，其他世界光顾的人也就越来越少，自然关闭并不是什么不可理解的事，会不会是这样？”

“没那么简单，我们还不知道如果 RealX-09 的存在导致其他 RealX 全都消失意味着什么，费德南德觉得这未必是坏事，这样工程师可以有更多精力只关注一个世界。”

“他想的永远都是控制，控制一切。”

“RealX-09 这种等级的大世界不再受工程师的控制，它已经可以自主演化。”

“费德南德说过，不好的世界应该让它消失……”

诺兰果断地挥挥手：“只要有人活动的 RealX 都不能随意让它消失，这不是结束一个游戏这么简单的事。费德南德和我在这一点上始终无法达成共识，你也要站在他一边？”

“那些都是虚拟的，人们可以选择其他更好的 RealX，工程师也可以建构新的世界，就算它们关闭了又如何？”

“萨娜，你已经不了解捕捉者的工作，我与你讨论更多也没有什么价值。”

“其他人也不了解捕捉者的工作，或者你从来没有真的让大家了解过捕捉者的工作究竟有什么意义。还有这一次，临时选用雷迪，你找不到更优秀的人吗？营地对他的审核太草率了。”

“如果我告诉你，我观察了他很多年呢？”

“多少年？”

“比你所能想象得更久。”

“大家都相信你，诺兰。”

“对了，他究竟想知道什么？”诺兰顺势转移话题。

“他可能在找一个人，仅仅通过他查阅的那些记录，我无法确定他要找什么人；他读过很多书，翻阅资料的速度非常快，和扫描器一样。”

“目前看来这是他唯一的优点。”

“这至少意味着他专注力惊人。”萨娜摊了摊手，坦率地说。

“也可能是有很执着的念头。如果一件事在一个人心里藏了很久，他就会对这件事非常熟悉，堪称专家级别。”

“我猜测他在找的可能是某个童年伙伴或者亲人，比如他的母亲。”

“你给了他全部权限吗？”诺兰眼中闪过一丝犹豫。

“给了，但他还不满足，在他看来有些记录仍然不够完整，也许费德南德那边故意隐藏了一些东西。”

“关于什么？”诺兰问。

“我不知道，那时候我还不在营地，第一次危机后我才来到这里。”

“你既然给他开放了所有权限，就不必再担心。如果雷迪只是在营地找找东西，却不能胜任捕捉者的工作，我知道该怎么做。”

诺兰告诉萨娜他想独自坐一会儿。萨娜离开时心事重重，她自以为了解诺兰，甚至想过如果她更早一些来到营地，也许他们早就可以像乔纳亚和利娅那样在一起了。她羡慕纯真美好的爱恋，尽管早已不再年轻，诺兰也不年轻了。

萨娜走回最中间的那张桌子，她在这里坐了快二十年，这一刻她发现眼前的一切似乎都不真实。图书区两边是她亲手打理的花圃，里面种着黄色的马蹄莲，紧贴围栏还有山梅，风该送来它们沁甜如蜜的香气，但是没有。

这些娇嫩鲜艳的花朵，在她眼里暗无颜色，她恍恍惚惚转身往诺兰的方向走去，想拉他来看看这些围在图书区周围的花是不是病了，还是她的眼睛出了问题，抑或嗅觉已经开始退化。

“诺兰。”声音卡在咽喉，好像倒不出来的沙子。此刻的感觉她似曾相识，但与之相关的究竟是什么，萨娜又想了想，确定嗅觉的问题和喉咙堵塞的感觉是因为担心诺兰，也许他能多花点时间陪她聊天，就不会让她有那么多糟糕的感觉。当然他完全不必这么做，他是诺兰，没人知道他到底怎么想。

想到最后，萨娜只剩下沮丧，而在营地为了感情沮丧的不只她一人。

十 一场葬礼，一出歌剧

“如果一个人变成某种精神的存在会发生什么？”

“每一个人都可以是他。”

周五到周六，里维斯有两天时间待在RealX-09。白天，他逛遍了住处附近两条街区的每一家店，吃了六七款冰激凌，都是薄荷口味的。

乔纳亚心事沉沉，跟随在里维斯身后，好像里维斯才是任务的主角。

周五晚上两人换了两家酒吧，喝了几杯白兰地，又喝了些啤酒。乔纳亚很久没喝过白兰地，里维斯倒是什么都很习惯的模样，这家伙到哪都像是主人，乔纳亚暗自思忖，这样的适应能力真让人羡慕。

“你很讨姑娘喜欢。”两人相对而坐，中间隔着一盆金盏花。

“你也不错，谁都羡慕你呢，特里。”

刚一开口，两人便自如地切换对彼此的称呼。

特里微微一笑，这几日每每想起利娅昏睡的样子，心里就隐隐不安。他打算任务结束后立刻向利娅求婚，告诉她自己是多么欣赏她，热爱她，她应该每天都快乐。

他甚至想向诺兰提出让利娅离开捕捉者工作，就像萨娜一样在图书区做一些辅助工作也很好。她太敏感，虽然诺兰说这是优点，但她又太容易因为感受到的东西而伤心难过，这一点就太折磨人了。

“今天会有进展吧？”说话时，李已经穿戴整齐站在特里面前。

“但愿吧。”

“你回来以后看上去压力比之前更大。”

“这次的事情比我们想象的复杂，比任何人想象的恐怕都更复杂。”

“我有个原则。你要不要听听？”

“什么原则？”

“静观其变。”

特里笑了起来，他没有特意打扮成劳伦惯有的样子，既然“那个人”说知道他是谁，就没必要装掩了，他甚至觉得恢复原来的身份可能更好些。想到这，他想起了自己在一个小岛上购买的一处房产，他不知道为什么要偷偷在 RealX-09 购买一处房产，而且还是用自己在任务中额外获得的钱财。两年前他和利娅一起调查一起银行造假案，调查结束后他买了那套房子。这件事他连利娅也瞒着，当时处理案件的一名工程师告诉他想在世界牟取暴利是一件很容易的事，唯一的困难是如何避开监视。

“所以，只要能避开那些监视。”案件当事人在酒吧喝得有些醉意，“如果你放过我，我可以帮你编造这个故事，仅仅是一场很小的风波，很快经济又将井然有序，如果非要深究下去……”

乔纳亚鬼使神差地答应了那个男人的请求，他获得一笔没有记录的资金，用这笔资金在一个不存在的角色名下买了一套房产。他没有对这套房子有太多想法，只是海滩迷人的蓝色叫他神往，黄昏时闪闪发亮的贝壳，挂在窗外的花盆，还有平静的阳光。虽然属于大自然的一切只能出现在虚拟的世界里，但这会不会是一种最美的生活呢？他悄悄问自己。

这场造假案最终被粉饰成一个银行经理因为感情压力不惜造假的故事。赌博、酗酒、违禁药物，任何夺人眼球，刺激感官的元素一样也少不了。人们同情他用情过深，一周、两周……到了第五周，新的故事在 RealX 传开，人们早就想不起来这桩案件。

街道尽头传来阵阵秋风，树叶伴风而起，远处的肯特尼河倒映着接近正午的阳光，流水声时而清晰，竟让人有海浪的错觉。教堂前的广场上已经聚集了一些人，人们打扮得很精致，女人喜欢用羽毛，男人的裤子都刚过膝盖，这种略带复古格调的风潮最近正在 RealX-09 流行。

脚下的石头还是有些抓不住的感觉，也许雨水尚未吹干。两个人都没有说话，好像各有心事，直到一阵阵哀愁、愤怒、绝望的呻吟穿透秋风的珠帘，打破了充溢两人胸臆间的沉默。

“他们在看演出。”

“好像是歌剧。”李很快说道。

一个女人仰天高唱，绝望的歌喉刺破空气，特里有些不舒服，脚步微晃，李伸手将他扶住。

“是瓦格纳的歌剧，但是……”

“但是什么？”

“中世纪德国的叙事史诗《尼伯龙根之歌》你了解吗？”

“知道一些。”

“那就好，瓦格纳的歌剧改编自这个史诗故事，讲述了中世纪日耳曼民间传说中居住在挪威的矮人族，他们拥有一笔财宝，英雄齐格弗里德获得了他们的财宝，以及他后来的不幸遭遇。其中有一段惆怅凄美的爱情故事，从一开始这段爱情就仿佛注定走向灭亡。”

“布伦希尔德和齐格弗里德的爱情。”乔纳亚重复道，了解这段故事的人都会被感动，感到悲哀和无奈。

“舞台正中间那位女性角色应该就是布伦希尔德，齐格弗里德应该已经死了。接下来是歌剧的尾声，可是，很奇怪。”李显得犹豫不决。

“奇怪什么？”

“你看舞台右边，有一个正在哭泣的婴儿。”

特里朝着李说的方向望去，虽然前面站着些观众，透过观众的背影空隙，他还是清楚地看到了一个哭泣的婴儿，哭声异常响亮，他的心也随着这哭声抽搐不已。

“这不是瓦格纳的歌剧，是新的改编，出自一个叫哈茨的音乐家。”

“我有些糊涂，李，如果这不是什么重要的事，我一会儿再听你介绍艺术创作。”

“不不，特里，这很有价值，我已经关注哈茨一年多了，从他默默无闻到风靡整个 RealX-09，我们已经很多年没有看到过歌剧演出会如此让人着迷了，明白吗？有人认为他代表着艺术的再一次伟大复兴。”

“这和我没什么关系。”

“不，有关系。”

“在瓦格纳的歌剧里，布伦希尔德和齐格弗里德经历了一场巨大的欺骗，有人使用魔法假扮成齐格弗里德，骗娶了布伦希尔德，而真正的齐格弗里德因为喝下失忆酒彻底忘记了曾与他许下誓约的布伦希尔德。两个相爱的人被骗局拆散，失忆和伪装，是的，也许这就是哈茨要传达的东西。人们会如此崇拜一个艺术家，是因为他的作品，他表达的某种精神，一种类似宗教的感染力。”

“最近经常发生的夜晚游行难道也是因为他？”

“还能有谁？没人比他更受人爱戴了。”

“由他改编的作品的演出，一定挤满了人，不会没人注意到的。”特里这句话是想说，这么重要的事件营地不可能不采取特别关注，李很快明白他的意思。

“我熟悉他所有的作品，但在我看来他的作品不单纯是一种艺术，他像是……”

“是什么？”婴儿的哭喊声又一次穿破人群，女人身上的羽毛都仿佛涂了油的尖刺，朝一个方向不情愿的颤抖。

“一种暗示。不对，我不知道那是什么，但是我必须承认，他做得比我们更好。”

特里明白他的意思，比捕捉者做得更好，不仅仅是指暗示，而是他所带来的影响。

“我们应该见一见这个哈茨。”

“如果这不是你的任务，最好还是不要，你今天就该回去了。”说完这句话，李又补充了一句，“如果你认为有必要，当然由你决定。”

两人又一次陷入之前的沉默，但这一次彼此的心事又更重了一些。哈茨是谁？是不是就是“那个人”？而“那个人”，除了斯泰因，乔纳亚相信不会是其他人，也不能是其他人。

里维斯似乎一直在关注哈茨的动态，而这件事他却一点也不知情。虽然捕捉者的任务由诺兰亲自指挥，但是这些年来乔纳亚自信已经了解营地的每一个角落，如果诺兰真的要把带领捕捉者的重担交给他，又怎么会对他隐瞒如此重要的事情？毫不知情的感觉虽谈不上生气，但让乔纳亚感到自卑和失落，人们背后的议论在心中涤荡，乔纳亚永远也比不上斯泰因。永远都比不上。见鬼。

李还在说着歌剧的事，然而特里已完全听不到。每当婴儿的哭泣声断断续续响起时，他的心就抽搐一次。

“哈茨有些过火了。”李一反平日的温文尔雅，略带怒气地说。

这句话将特里拉回圣肯特尼教堂前的演出，随即他又意识到刚才的精神恍惚虽然只有短短一两句话的时间，但费德南德那台机器绝对会抓住这个奇怪的图形，配合费德南德唱一出好戏。

“你刚才说什么，我在想别的事。”

“他改编了剧本，把骗局扩大了，不仅布伦希尔德和齐格弗里德被骗局拆散，而且布伦希尔德还生了一个孩子。”

“什么？”

“孩子。”

“不可能。”

“原著里的确没有，哈茨做了改编。”

“不是，我说的是 RealX-09 里不可能有婴儿。”

“所以那一定是个道具？他看起来就是真的孩子。”

先是死亡，现在又是孩子，事情远比诺兰和营地想象的要复杂得多，特里不仅毫无头绪，还感到阵阵眩晕，孩子的哭泣声仿佛锋利的匕首划过他的皮肤和肌肉。

“不进去看看吗？教堂里有人在等你。”

特里清楚地听见有人告诉他该去教堂了，转身时却找不到任何可能和他说话的人。观众们聚精会神地观看演出，女人们落下眼泪，男人们也不说话，场面仿若所有人都在悲泣自己亲人的不幸。

这样的画面一直延续到石阶顶端，圣肯特尼教堂布满鲜花，此刻看来与其说是装点节日，不如说是一场华丽的葬礼。

“葬礼。”特里缓慢向前移动，长椅上坐着一些人，身穿黑白色礼服，羽毛在肩膀舞蹈，让人想到神话中的天使。

正前方神圣的人影无疑就是穆切尔神父，他神态温柔，所有看到他的人都会放松下来，忘却烦恼。但特里做不到，他不仅紧张，而且紧张得像一根随时会崩裂的冰柱。

窗外的光照射在地面上，爬过神父的脸又落在地上，光线有些泛白，生出些许寒意，教堂里唐菖蒲的香味让特里愈发觉得神经脆弱。

一步、两步，不知道经过多久，只觉花香已盈满脆弱的心灵，感官变得娇嫩，一碰就会瓦解。

“不知道今天会有葬礼，抱歉。”

穆切尔冲特里点了点头，仿佛一切都如他所料。

特里不喜欢这种被看穿的感觉，这里不仅有人知道他是谁，更有可能有人对营地的事了如指掌。如果这个人就是斯泰因，等把他找到一定先好好揍他一顿，“别把其他人都当玩具。”他在心里咒骂。

灵柩旁人们带着思念缓慢有序地移动，特里站到一个矮小的女人身后，女人穿着双层网状黑色上衣，上衣肩膀处点缀了黑色泛着蓝光的羽毛，也许是仿造孔雀的毛，特里心烦意乱地想着。

行过一半时，他才望了一眼躺着的人，那人看起来面色有些泛黄，但似乎只是睡着了，脸上的肌肉还有些紧张。这是RealX-09的第一场葬礼吗？这个人是世界里第一个死亡的人吗？费德南德什么时候开放了死亡程序？还是说……一个更可怕的想法涌上心头，特里禁不住寻找同伴的位置。李不在身边，他猜测李已经找到一个后排的位子坐了下来。

教堂里的人显得很平静，淡漠，甚至有些习以为常的冷静。如果RealX出现了死亡和葬礼，营地不可能不知道，但这些人似乎对这一切习以为常，难道，人们早已接受了RealX可以有死亡？

特里发现自己陷入了又一个疑团中，而接下来他的恐惧和命运像被风吹散的果实，不受控制地四处飘零，飘零到每一个他自己都无法预知的地方。

首先是那张死人的脸，他再一次向他望去，才发现那里赫然躺着的是“劳伦”。

他感到一阵眩晕，仿佛连续饿了几天没有摄入食物。

“您没事吧？”

“没事，谢谢。”

身后的男人扶着他坐到第二排的长椅上。

眩晕稍有好转，他立刻意识到整件事如果不是有人精心策划的，就根本没有办法解释。这是一场戏，演给谁看呢？为什么要演这样一出戏呢？

教堂里的歌声和香味一直围绕着他，而李却仿佛失踪一样没有再次出现。特里想立刻转身离开教堂，但是他根本站不起来，身体仿佛被绑上了岩石，又好像自己此刻正在棺木中，动弹不得。

“看到自己死了的感觉怎么样？”一句挑衅的话却有着温柔慈爱的声音。

“穆切尔，我不明白你的意思。”特里终究是优秀的，即使这样的时刻他依然能保持惯有的警觉和冷静。

“当然，我的意思是看着自己兄弟死去的样子，感觉怎么样？”

“我们很久没有过来往了。”

“嗯，你是他弟弟或者哥哥？”

“弟弟。”

“哦，劳伦没有提起过。”

“是吗？我说了我们很多年没有来往。”

“还好，你来送别他，我想你会和其他认识他的人一样思念他吧。”

“当然。”

穆切尔转身想要离开，特里一把抓住他的右手，“等一等，神父。”

“怎么了？”

“你是在和我说笑话吧？”

“我不明白你的意思。”

特里站起身几乎贴住穆切尔的脸，他压抑住心头的气愤，小声说道：“带我去见那个人。”

“哪个人？”

“够了。”

喊声直冲教堂穹顶，还未离去的人们转身望向他，但好像都没有发现他和劳伦长得一模一样。

“这里的人都瞎了，还是我瞎了？”

“我不明白你的意思。”

穆切尔伸手示意一切正常，人们陆续离开教堂。广场的阳光越来越白，照在灵柩上反射到特里的眼睛里，阵阵疼痛。工人正在把灵柩抬出教堂，路过他们身边的时候，上缘的反光像一把刀刃划过两人身旁的黑夜。

“最好不要给我装糊涂。”

“好吧，那个人猜到你会找我。”

“那个人什么都知道是不是？”

“也是，也不是。”

“你早就知道我不是劳伦，为什么第一次见面要装作我就是劳伦，还让我来给孩子们讲故事？”

“如果你希望你是劳伦，我为什么要反对你做劳伦？”

“可是劳伦已经死了。”

"那个人让我提醒你，保持冷静，无论看见什么，都注意你该有的表现。"

"那个人在哪儿？他是谁？他叫什么名字？"

"我不知道。"

"我会让你说出来的。"特里咬了咬牙，这时他看见李朝这边走过来。

"你刚才去了哪儿？"特里问。

"一直在后排的座位上。"

"你都看到了，事情比我们想象的复杂。"

"是的，但我不想多问。"

"因为不是你的任务吗？"

"因为我希望自己什么都不知道，这样就能减少麻烦。"

"麻烦已经够多了。"

"我的意思是，我不想让思辨机来告诉人们我知道些什么。"

"那机器并没什么用，除非你故意想让它知道些什么。"

"这是你的想法，营地很多人还是相信机器的分析力，尤其是第二次危机之后。"

听到第二次危机，乔纳亚看了一眼里维斯，他的脸上没有流露出半点过于关心的迫切，但也不是什么表情都没有泄露，至少他在等待乔纳亚告诉他一些什么，好进一步思考如何行动，这个少年的脑子是有多么缜密，乔纳亚暗自惊叹。

"我还有些事情要办，暂时还不能回去。"

"你知道这意味着什么。"

"等我回营地会亲自向诺兰老师解释。"

里维斯想说什么又忍了回去，最终没有再说一个字。

捕捉者虽无等级之分，但是在捕捉者之间类似等级的分别始终存在，新手阶段的分数和执行任务的次数都意味着不同的责任和地位。人们敬爱乔纳亚不仅仅因为他为人和善，更重要的是他是捕捉者中最有经验、承担任务最多的一个，也是诺兰最喜欢的学生。

所以里维斯没有多说一个字，只是默默转身朝着教堂门外白的刺眼的石阶走去。当他路过圣肯特尼门前的广场时，演出已经结束，只有一两个人还在整理演出道具。婴儿和演员都不见了，但婴儿的哭声和荡气回肠的爱情却在里维斯心中久久萦绕。哈茨所创作的远远不是单纯的歌剧，他在表达一些东西，用一些营地无法干涉的方式传达一些想法，甚至可以称之为精神。

这一次他竟然在歌剧中创造了一个不存在的婴儿，一场骗局中诞生的孩子，这意味着什么？他想说什么？里维斯需要将观察到的情况写进报告，同时在报告中做出自己的判断分析。该如何来写这份报告？一时间他也没有头绪，或许该上报理事会来讨论这件事。

莱尔捧着一本20世纪90年代阿根廷作家的诗集，饶有兴致地读了整个下午。傍晚时分，他走到观测机前，观测员正在休息，他们把一些兑了营养剂的果汁倒进嘴里。营地里对这些食物没有限制，低级别的职员会肆无忌惮地享用它们，并视作一种福利。莱尔已经一年多没有接触任何添加食物，这给他的生活带来不少麻烦，睡眠减少，精力不足。这些问题让他困扰，但他有一个明确的信念，既然高级捕捉者都不食用药物，他也不该食用。这是一种历练，他这样鼓励自己。

走到观测机旁，几天内第二次看见观测机发出黄绿色块闪烁时，他手上的书落到地上，声音很轻，但足以让观测员们神经紧张起来。

“谁来告诉我是不是观测机出问题了。”

三名果汁还挂在嘴边的观测员快速回到座位旁，面面相觑，随后同时摇起脑袋。

“没有，机器一切正常。”

“那这是怎么回事？”

“是……是……和上次一样。”开口的是鲍菲斯。

“和雷迪一样？”

“不，比那次更严重。”

“见鬼，把图像传输给我，立刻。”

莱尔觉得自己的心脏几乎要停止，他不敢相信刚才看到的图像是乔纳亚的大脑成像图，他有一种感觉，乔纳亚不打算回来了。

“为什么会这样？营地规定捕捉者不论任务是否完成都必须在规定时间断开连接，乔纳亚怎么会不知道这项规定？怎么可能犯下这样的错误？”莱尔不断重复这些问题，越走越快，路上撞到了两个人，还好都是影像。

路过图书区时，捕捉者发现雷迪正往后排书架走去，看上去既疲惫又有些兴奋。他暗自思忖雷迪也许服用了非规定剂量的果汁，才会看上去精神状态欠佳，毕竟是新来的。想到这里，一阵骄傲油然而生，他下意识挺了挺胸膛。

这个人的脱离对他一点影响也没有，他才不会在意一个新人。要克服药物依赖至少还要花上一两年时间，营地好多年没有找到合适的捕捉者人选，诺兰一定是没办法了才会急忙把雷迪这样来路不明的人带到营地。但是现在在他存储器里的图像是乔纳亚的，“乔纳亚脱离了”，他不敢想这样的事，却不断重复着，好像除此之外没有别的更重要的事值得他关注。

“诺兰老师。”

“莱尔。”

“老师，这里有一个成像图。”

“是乔纳亚的吧？”

“您已经知道了？”

诺兰点点头，举起左手，示意莱尔往后看，莱尔看见费德南德的手下正站在准备区的角落里，脸上带着得意的微笑，但不管怎么笑，那些工程师的脸色总是很苍白。

“RealX-09 发生了什么？”莱尔问。

“有一个捕捉者留在了那里。”

“那意味着什么？”

“意味着多年前的危机可能又一次发生了。”少年轻描淡写地说道。

“斯泰因？”

“是的。”

“可斯泰因是在营地外执行任务时脱离的，乔纳亚人还在准备区呢。”

“也可以说他人留在了世界。”少年补充道。

“住嘴。”莱尔对他嚣张的口吻忍无可忍，根本没有把诺兰和捕捉者放在眼里的气势叫莱尔深感厌恶。

“那就让你的老师给你解释吧。我只是来通知一下费德南德大人会如何处理这件事，按照流程他会告知理事会，理事会会对这件事作出裁决。”

少年说完转身离开，走着细碎的步子，像一只上了发条的木偶。诺兰始终没有对他的话表示肯定或者反对，只是默默地任他说完。

“老师，乔纳亚还在营地是不是？”

“是。”

“会怎么处理这样的事？”

“断开连接。”

“那会发生什么事？”

“不会发生什么，但是他不能继续留在营地。”

“什么？”

“这是规矩。”

“也许 RealX-09 发生了他不得不留在那里的事。”

“我也这么认为。”

“等他回来不行吗？等他回来听他怎么解释。”

“恐怕费德南德不会给他机会。”

“为什么，究竟为什么这样？”

“因为他要证明我是错的，要证明人为干涉世界不过是异想天开，他要证明全然控制虚拟世界才是唯一选择，在他的全面控制中恐怕也包括控制捕捉者。”

“这可能吗？”

“我也不知道，我不想怀疑，但有一点他一定是错的。”

“什么？”

“RealX-09 这样的大世界不可能按照某种设定的方式运作，它终究会按照自己的方式延续，除非我们毁灭它。”

“毁灭它？ RealX-09 的人口数那么多，毁灭了会怎么样？”

“也许这些人全都消失了。”

诺兰的语气平稳到令莱尔心神不宁，莱尔从没有想过 RealX-09 这样的大世界消失了会是什么样，这是 RealX 时代，一个大世界突然消失和世界末日有什么区别？暂时他还想不清楚这种问题，但尽管如此，他仍然明白，如果没有了 RealX，营地和捕捉者也就没有存在的必要。

里维斯很快完成报告，他感到身体比以往执行任务后昏沉的感觉更严重一些。他喝了杯咖啡，三天未进食，身体应该是饿的，但大脑完全没有提示饿的感觉，他用的营养剂量够维持一周的身体平衡，但似乎这次的营养剂配方比以往断开连接后的副作用更明显一些。他没有太在意这件事，而是把注意力全部集中在了报告上。乔纳亚没有按时返回，诺兰一定很急于看到这份报告。

对于哈茨的疑问，里维斯巨细无遗地写入报告中，并且作出自己的判断，他写道：

“哈茨的出现并非偶然，这背后一定有什么秘密隐藏于 RealX 之中。他的艺术创作向人们传递着一些信息，这些信息传递不仅高效而且人们喜欢它、相信它，几乎接近于一种宗教信仰。”

至于乔纳亚不在任务规定时间内返回营地这件事，里维斯只是就事论事地将事实写入报告中，既没有试图掩盖也没有妄加猜疑。

诺兰看完里维斯的报告后没有对接下来的工作作出指示，他建议里维斯先回去休息，随后独自踱步到图书区。图书区的样子和十多年前建立时并没有多少区别，连里面的人也一直没有变过。营地关注着 RealX 的方方面面，却很少关注自身，思考营地好像是多余的，诺兰的大脑也不愿意在思考营地上多费功夫，就连每次回忆营地外的样子，诺兰也会觉得脑子裂开般不舒服。

雷迪走出图书区的时候和诺兰擦肩而过，两人各怀心事都没有说话。雷迪好像根本没有注意到老师从身边经过，从未晒过太阳般的惨白脸色仿佛又蒙上一层白茫茫的忧愁，让他看起来愈发不真实。

“萨娜，这孩子一直来你这里吗？”

“是的。”萨娜没有看诺兰，只是两眼盯着桌上泛黄的《幽灵般的超距作用》。

“我刚才看见他，都不能确定他用的实体还是影像。”

“我都不知道我是不是真实的。”

“什么意思，我不明白你的话，萨娜。”

“诺兰，我觉得痛苦，但是又不知道有什么事让我痛苦，但是我知道我很痛苦，但又好像还混杂着快乐，也可以说我很快乐，但我又不知道什么事让我快乐。你明白吗？像夏日的早晨我在公园的树荫下行走，一阵穿过树叶的风带来柑橘的甜味，我觉得很快乐，这种快乐很清楚，有明确的事件与之对应。但是我最近的感觉却不是这样，我觉得快乐，但没有风也没有夏日的早晨，我只是单纯地觉得快乐；又有时候我觉得悲伤，很深很深，好像深不见底的水潭底部，我觉得痛苦，不能呼吸，但是没有水潭也没有原因，我就是感到痛苦。”

“我不知道你这种情况。”

“是啊，我也不知道我这种情况是为什么，好像自从营地这次危机等级上升就开始了。”

“那就可以解释了，你担心营地的事。我可以认为你是在关心我吗？”

“当然，我当然关心你，任何时候我都关心你。”

萨娜起身把位子让给诺兰，示意他坐下。诺兰比之前看上去更加疲惫，她不知道如何安慰，只想着他能告诉自己些事情，她就安静地听。但诺兰开口却说，自己要去 RealX。

“为什么？不是有捕捉者吗？”

“不，我觉得有人在邀请我，或者说在向我挑战。”

“什么意思？谁会知道你的存在？”

“他知道。”

“斯泰因？”

“是的。”

“那孩子已经消失好多年了，我被你弄糊涂了，究竟怎么回事？难道真的如传闻所说，是斯泰因在 RealX 向营地发起挑战？目的是什么呢？有什么意义呢？”

“去见见他就知道一切了。”

“如果斯泰因还活着——我是说在营地外那么糟糕的环境下他想要活下来并不容易，除非他躲进了城市里，还要通过合法途径获得营养剂。”

“萨娜，为什么政府要供应出售带有时效性的营养剂？”

“因为我们没有充足的食物，营养剂是实现 RealX 时代的基础，没有营养剂我们活下去都是问题。”

“你说得没错，但每个营养剂上面都有时间对不对？根据这些时间人们决定多少日不进食。”

“是的，但最多也不能超过三个月。”

“事实上是十五个月。”

“不可能，那样人会死的。”

“而且如果有人发现有连接者拒绝断开连接怎么办？”

“静脉供给营养剂。”

“是的，或者舌下给药。”

“谁在做这些？”萨娜的声音微微颤抖。

“我。”

“那么你知道斯泰因在哪儿？一直都知道？”

“任他没有营养而死亡等同于谋杀。”

“是的，法律禁止这类行为。”

“你知道他现在在哪儿？所以，你当然也知道他在 RealX 的身份，那为什么费德南德不知道？”

“一开始我知道。”

“我不明白，诺兰，你到底知道还是不知道。”

"现在我不知道。"

"但是他知道你，如果 RealX 有人知道你的存在，那么除了他没有第二个人。"萨娜的喉咙里发出不安的笑声，咯咯声混杂着说话的声音。

"现在又有了第二个人，乔纳亚可能去找他了，也许他一直在找斯泰因。"

"你打算怎么办？"

"我必须亲自前往 RealX。"诺兰双手交叉放在桌子上，眼睛没有看向萨娜，而是紧紧盯着自己的手。

"不，你不能去，你已经很久没连接过了。"

"没人能代替我去。"

"雷迪。"

"不行。"诺兰大声拒绝。

"为什么？"

"他必须留在这里，营地再也不能失去一名捕捉者。"

"可是你需要一个原镜。"

"我不需要。"

"诺兰，这是理事会的强制规定。"

"利娅可以做我的原镜，就算没有原镜我也知道真实和虚拟。"

乔纳亚下楼打开房门，诺兰的脸色和往日一样平静，肩膀和发梢上有些许水珠，好像沿着沙滩步行至此。

利娅煮了咖啡，家里没有其他食物，诺兰让大家围坐在餐桌旁，雷迪则一声不吭，和他平时的态度一样。

咖啡喝下过半，谁都没有说话。

"我必须来找乔纳亚，老师，对不起。"利娅捧着白色的咖啡杯，声音有些颤抖。

诺兰点点头，并没有责备的意思。

“老师，您为什么会亲自来这里？”

乔纳亚不想让利娅陷入愧疚之中，她视诺兰如父亲，违背他的命令擅自来到 RealX 这样的事对利娅来说一定充满愧疚和折磨，他抢过话题，好让未婚妻轻松一些。

“因为有人发出了邀请。”

“老师说的是斯泰因？”

“是的。”诺兰说，“你应该已经见过他了，若不是他，你也不会脱离营地。”

“我的确见过他了。”

“很好，他的邀请方式真是不容许我拒绝啊。”诺兰微微笑着，阳光照在他身后，他的笑容令利娅感到害怕。

“真的是斯泰因一手造成的？”

诺兰摇摇头，喝下一口咖啡：“一个人无法操控一个世界。”

“看上去不像只有斯泰因一个人。”乔纳亚喃喃自语。

“什么意思？”诺兰又问。

“我的确见过长得和他一样的人，我想他是斯泰因没有错，在见到他之前我没有想过他会和原来的样子一样。”

除了雷迪依然低着头沉浸在自己的思绪中，诺兰和利娅都诧异地盯着乔纳亚。

“你想说什么？”

“这要从头说起，但是说来话长，老师，请您原谅，我一直都没有放弃寻找斯泰因，他对我很重要。”

“你和他一起长大，他是你的榜样。”

“过去是这样，现在已经不是，现在我只想和利娅一起生活，也许就在这片海岸，一直到我们彼此厌倦，或者她厌倦了我。”

“我永远不会厌倦你。”利娅完全像一个沉浸在恋爱中的女人。

“好了，你们的事，等麻烦解决了，你们自己决定就好。”

“老师，你不反对我们在这里……我是说，在这里生活？”

“一个人决定不了别人要在哪里生活。”

乔纳亚感激地看着诺兰，随后又说：“这件事说来话长。我始终在留心斯泰因的下落，我的意思是，我的感觉告诉我他一直都在 RealX-09，这些年来我没有找到任何他的消息，费德南德那里也一无所获。

“有很多问题我想听他亲口解释，不是我不相信老师，只是我认为斯泰因不是坏人，他虽然特立独行但不是个坏人，我想知道是什么原因让他脱离营地。”

“继续说下去。”诺兰冷静地看了一眼乔纳亚，对于第二位学生的脱离他的脸上看不出哀伤或者痛苦，诺兰仿佛有一种魔法能把情绪化解成毫无痕迹的空气。

“这次危机发生后，我受命调查劳伦死因时发现了一些奇怪的迹象，怎么说呢？一开始只是直觉，没有任何证明。我从费德南德手下那里多要了一些资料，也许你们清楚，是一个神父，名叫穆切尔。

“穆切尔看起来很年轻，我猜他就是斯泰因在 RealX 的新角色，我这样想象着，越想越觉得有一种力量将我牵引到圣肯特尼教堂。

“不出所料，穆切尔的确和斯泰因，或者不如说在当时只是我想象中的斯泰因有某种潜在的联系，当他说起‘那个人’的时候，我的脑袋嗡嗡作响，仿佛上帝派了使者来提醒我，‘那个人’，除了他还会有谁？

“在那一两天里，我被‘那个人’包围了，在酒吧，在教堂，有人告诉我‘那个人’知道我来了，‘那个人’希望我去周六的庆典。

在葬礼上‘那个人’就像神灵般存在于教堂的每个角落。那时候我几乎确定穆切尔神父了解一切，甚至希望他就是斯泰因本人。但他不是，他是一个替身，现在我相信他可能是无数替身中的一个。

“想到这里，我感到胆战心惊。老师，您应该能明白我的意思，斯泰因不再是一个人，而是成为很多人。这是多么叫人害怕的画面，我多么希望这些都是我不成熟的心智胡乱编造出来的不合逻辑的推论。”

说到这里乔纳亚似乎恢复了往日的自信，他的语速缓慢坚定，他说话时，视线一直盯着诺兰的眼睛，最后他发现诺兰的眼神中匆匆流过的一丝闪躲。

“老师，我已经把我的想法全都告诉您了，斯泰因说了一些很可怕的东西，他失去了真实感，才会在混乱的道路上渐渐迷失方向，他甚至告诉我，一些方块被悄悄替换了，目的是混淆真实。”

乔纳亚从口袋里取出一个很小的四阶魔方，递到诺兰面前，“劳伦之死只是一种警告。他说有三种混淆真实和虚假的方式，听起来就像是疯言疯语，我没有问是哪三种，因为我知道真实是什么，我永远知道，但是斯泰因……正如大家所说他彻底脱离了真实感。”

利娅愤怒道：“他为什么不说营地也是假的，真理测试也是假的，只要真理测试是假的，他的脱离就情有可原不是吗？”

诺兰打断了利娅：“他在哪儿？”

“昨天傍晚，我在后面的山上见过他。”

“好，我知道了，我先走了。”诺兰站起身。

“老师，您是要去找斯泰因吗？”

“你觉得我找不到他？”

“不，您当然能找到他，我的意思是找到他之后营地会怎么做，会不会……”

“没有人有权利做你想的事，那是谋杀。而且……”诺兰停顿了一下，深吸一口气，继续说道，“即使那样做，现在看来也没有用。”

“因为斯泰因有很多个吗？”

“如果一个人变成某种精神的存在会发生什么？”诺兰望向一直以来未曾开过口的雷迪。

“每一个人都可以是他。”雷迪的声音听起来像幽灵一般。

“那会发生什么？”利娅抓住乔纳亚的手轻轻在爱人耳边问道。

“我们控制不了的事情。”乔纳亚小声回答。

两人握紧的手渗出丝丝冷汗，他明白未婚妻为什么感到紧张，这里每一个人都该为此感到紧张，如果事实果真如此，营地这些年的所有努力都不过是一场自娱自乐的游戏，每个人都必须面对一个现实——RealX 早就不受控制。

现在的问题只剩下什么时候开始失去控制的，以及接下来营地要怎么办。

诺兰显然没有准备好要解答这两个问题，他走向山顶，向着教堂走去。乔纳亚目送诺兰离开，这才发现远远望去，山路两边的紫叶小檗连成两道半黄半粉的花径，昨天傍晚自己竟完全没有注意到这梦幻般的景色。

利娅的心情似乎没有被打扰，诺兰离开后她很快又感到心情愉悦。乔纳亚也没有再提起上午的事，两人仿佛从未有过如此的默契，谁也没有提起营地或者有关斯泰因的任何事。

过去那么多年的紧张在后来的两个多月时间里消失得无影无踪，相爱的情侣清晨出海，傍晚在院子里架起烧烤炉，利娅在花园的围栏边装饰了一些火棘，还把它们摘下来做成装饰，她原本白皙甜润的脸庞被红色果实映衬得更为鲜亮。

十一 神经联觉症

她的下腹抽动了一下，

仿佛一个泡泡从小腹深处摇摇升起。

她有了一个不可思议却情理之中的念头，

“乔纳亚，我怀孕了。”

乔纳亚感觉自己一天比一天幸福，这片海之外所有的事都不再与他有关，他可以这样过一辈子，两辈子，活再长也不会担忧。

诺兰在教堂等了斯泰因两个月。其间营地的警报不断响起，一个个世界接连关闭，工程师们彻夜不休地工作，都不知道自己在做的事情究竟有什么意义，费德南德几乎每周打扰一次理事会，要求对这件事作出明确裁决。

理事会一拖再拖，终于答应在营地召开理事会会议，要求与这次任务有关的人员全部出席。

“费德南德和他那台机器一定知道所有的事，或许就是他策划的阴谋，老师真是太天真了，真的以为工程师会与捕捉者合作，根本不可能，工程师巴不得捕捉者计划消失。”

“别这么激动，莱尔。”里维斯合上书，示意莱尔先找个位子坐下来。

“你怎么能那么冷静？现在留在营地的捕捉者只剩我和你，我们什么也做不了，现在我担心会议不过是个陷阱，我要对理事们说什么才能帮助老师他们？”

“说事实。”里维斯果断回答，好像他早就想好了这个答案。

“事实是什么？”

"就是你知道的和你做过的事。"

"我简直怀疑你是站在费德南德那一边的。"

"我不是。"

"现在乔纳亚脱离了，根据理事会章程只要脱离了就不可能再继续捕捉者工作，这样一来，营地就只剩下你和我，而我根本担当不起重要任务。"

萨娜听到争吵声有些诧异，她沿着声音走去，看见莱尔的脸正涨得通红，里维斯却一声不吭坐在他对面。

"发生什么事了？在这里那么大声。"

"问这位戏剧大师吧。"莱尔不满地说。

"里维斯，发生什么事了？"萨娜尽可能控制情绪。

"明天就要召开理事会会议，所有相关人员都要参加，你接到通知了吗？"

"是的，费德南德亲自来通知我，他的表情很奇怪，但我好像见过他这种表情，这么多年他都没有来见过我，这次亲自过来通知明天的会议，还规定必须实体出席，我猜事情很严重。"

"诺兰、乔纳亚、利娅都没有回来。"里维斯摊了摊手，表情有点无奈。

"雷迪呢？"萨娜问。

"也没有。"

"你们不去找他们吗？"萨娜问完就后悔了。莱尔看着她，不知如何回答这种愚蠢的问题。没有任务期间，任何人不得进入世界，这是最基本的规矩。

"谁可以下达任务？"萨娜又问了一个愚蠢的问题。

"诺兰。"莱尔没好气地说。

"除了他还有谁？"

“没有。”回答的是里维斯。

“如果不是捕捉者可以去 RealX 吗？”这个问题很蠢，但里维斯和莱尔都懵住了。

足足过了半分钟，里维斯看着萨娜，仿佛已经知道了萨娜的全部意思。

“我可以帮你准备。”里维斯试探地说。

“需要准备什么？”莱尔也已经明白，萨娜的意思是她并非捕捉者，也许可以去那里。

“绕开费德南德的机器，我们能不能进到 RealX-09？”里维斯看着莱尔。

“我从来没有想过。等等，让我想一想，如果我们能绕开费德南德的监视……”莱尔自言自语。

“萨娜，你有没有听老师提起过类似的事？”里维斯的目光继续回到萨娜脸上。

萨娜绝望地摇头。

“也许有，只不过它以另一种形式存在，就好像一出戏，演员演的是男女间的爱情，事实上，故事的本质是讲述少年的独立。”里维斯担心萨娜不能明白他的意思，又说，“爱情故事的本质讲述的是一个男孩从孩子变成大人的故事。”

“我知道里维斯的意思了，这个问题雷迪也说起过，我一直很困惑他为什么说那些话。”莱尔插话道。

“雷迪说了什么？”

“他问我怎么能让一个人消失。”莱尔不屑地说。

“让他变成另一个人。”里维斯回答。

“是的，就是这个意思。”

“如果我们能让一个已经被删除记录的身份复活呢？”里维斯

觉得这个计划也许可行，“一个被隐藏起来的身份回到RealX，费德南德就不会发现有什么异样。”

“没错。”萨娜相信他们三人达成了一致。

现在的问题是，到哪里去找到一个可以避开费德南德监测的身份。除了斯泰因，还有谁的身份可以使用呢？萨娜又一次感到不安，一阵阵快乐和痛苦的情绪交杂，她的脸颊忽然发热，心情瞬时间愉悦起来，又立刻为这种愉悦感到羞愧。

这样的情形时常在她身上发生，也是她尽量不与诺兰以外的人多作交流的原因之一。

里维斯看在眼里，觉得萨娜很是怪异。她是诺兰老师最亲近的人，可她似乎对诺兰的事并没有太多紧张，而现在的她显然处在一种难以言状的愉快之中，与此刻的状况完全不符的愉快感究竟是怎么回事？

他想到研读医学时的一个案例，案例主人公是一位大脑意外损伤的病人，意外发生后病人完全不能回忆起大脑受损时发生的事，除此以外他的语言、运动甚至个性都没有发生特别变化。引起家人注意的事发生在事发多年以后的一次生日聚会上，病人突然感到悲伤，随即大哭起来；又有一次在教堂的葬礼上，病人突然沉浸在欢愉中，时不时露出微笑。

情绪失调和性格变化都可以解释这种时而发生的怪异现象，但最令学术界感到头疼的是，一位脑科学家在对类似病人进行长达十年的跟踪治疗后提出的一项假设，假设认为这些人失去了部分记忆，但是保留了记忆发生时的情绪，每当一些事触发了相关回忆，那些埋藏的情绪就会被再次唤醒，表现出与当下环境不符的情绪反应。

会议开始之前把诺兰带回营地，并且不能被费德南德发现，这是唯一且正确的办法。既然如此，在找到隐藏人物之前里维斯没有一分钟可以浪费。

在萨娜提供的一份记录里，他找到了一些线索，尽管其中大部分出自他的想象，对于一段没人知道的过去，想象和记忆并无差别。

莱尔从鲍菲斯那听来的谣言也证实了里维斯的想法，营地从来都少不了诺兰和费德南德的各种故事。工程师和观测员们私下里的关系并不紧张，倒是捕捉者和费德南德之间总试图保持严肃的距离，好像后者随时会在 RealX 里插上无伤大雅的一刀，不至影响任务，却多少会带来些麻烦。

“工程师那边有什么消息？”里维斯埋头在工作堆里问道。

“没什么消息，他们现在好像在放假，什么都做不了索性什么也不做，就等着会议召开。”莱尔捧着一袋营养剂，刚想打开，又气愤地将它扔进垃圾桶里。

“他们就那么想把捕捉者赶出营地吗？”

“其实工程师并不忌惮捕捉者的存在，他们至多只是不喜欢休息的时候被打扰。”莱尔冷笑。

“我一直很想知道费德南德为什么如此针对老师。莱尔，你和观测员走得比较近，有没有听到过什么特别的传闻？”

“那要从一个很久以前的故事说起。据说费德南德和诺兰老师年轻时曾同时爱上一个女人，那时候他们都没有结婚，营地也没有规定不能结婚，当然……”莱尔偷偷看了一眼一米外坐在书桌边的萨娜，“这里也没什么女人。”莱尔压低声音，凑近李里维斯身边。

里维斯点了点头，“也许有女人曾经在这里，后来不知道什么原因离开了。”

“这种故事你比我熟悉得多，里维斯大人，你不觉得这种谣言很不真实吗？”

“是的，听起来就像某种老套的谣言，两个男人彼此仇恨，十有八九都能牵扯出一个女人来。”

如果这个谣言没有意义，工作似乎就毫无进展，一切又要回到起点。里维斯虽然嘴上这么说，但也想着如果谣言诞生于营地这样森严的地方，或许并非空穴来风，只是没有人知道真相。他走到萨娜身边，围着她和自己建起一道屏障，这令莱尔感到一阵厌恶，即使到了这种时候，自己也不能被重视。咽喉处传来一阵干灼，他看了一眼刚扔掉的营养剂，心里顿时有些后悔。

莱尔漫不经心地走回观测室，鲍菲斯正在打瞌睡，其他观测员也和工程师们一样无所事事。

这时，莱尔发现——也许就他一个人发现，危机等级降低到了“3”，又在不到一分钟后回到了“4”。RealX 发生了什么？营地几乎瘫痪，而 RealX 却安然无恙，甚至出现多日以来第一次危机等级降低。

我们试图拯救的地方，因为我们的无能为力变得更好了吗？如果是这样……那是不是什么都不做更好？莱尔不敢往下想。他独自穿过走廊，来到生活区，路过乔纳亚的房门，接着是雷迪，最后是利娅。一种不可思议的错觉在他心中悄悄产生——这些门里原来的主人，永远不会回来了。

转身离开时，远处一道人影闪过，莱尔轻声咒骂：“见鬼。”虽然使用影像行动不会对别人造成影响，即使彼此相撞也不会有人受伤，但还是会让使用实体的人感到困扰，尤其是在快速移动的时候，就好像身边同时立着很多面镜子，不停有一片片影子穿梭而过，这种感觉会让莱尔感到恶心和头疼。

谁会来这里呢？里维斯？莱尔皱了皱眉，难道有谁回来了？

莱尔忽然转身快步向准备区跑去，是诺兰还是乔纳亚？应该不会是利娅，但也不能确定一定不是。人影速度太快，如果说他看错了，根本没有人影从那个弯角闪过也不奇怪，连续三天他都没能好好睡上一觉，再这样下去不用睡眠剂恐怕无法保持专注力。

跑到准备区门口时，莱尔被迫停下脚步，一个少年挡住了他的路。

“我现在要进去。”莱尔生气地说。

“这里已经由工程师接管。”少年的语气非常不友好。

“什么意思？”

“我们现在要为你们惹的麻烦付出额外工作。”少年抱怨道。

“我怎么样才能进去？”他耐着性子问道。

“会议开始之前，任何人都不能进去。”

“那里面的……”话未说完，莱尔的右手被另一只手抓住，将他拉到旁边的过道里。

“他们太过分了。”莱尔怒气冲冲对身边的里维斯说。

“你的态度也没有好到哪里去。”里维斯说，“莱尔，听我说，先别管工程师了，我有事请你帮忙。”

“什么事？”莱尔紧绷着眼角盯着里维斯。

“让他们休息一下，离开观测机，简单说就是把观测员引开。”

“可以。”莱尔回答，很快又补充道，“但我没办法让楼上的工程师休息。”

“没关系，我们需要一台观测机，独立于其他所有观测机，这个任务没有原镜，如果连观测都没有，我们就什么都不知道，什么也控制不了。”

“你想到办法了？”里维斯的话让莱尔越来越不明白。

“让隐藏身份去 RealX，只有这一个办法。”

“这么说，你找到隐藏身份了？”

“是的。”

“什么时候开始？”

“明天早上。”

“好，早上的话，两个观测员每六小时换一次班。”

“我们至少保证她进入 RealX 后的六小时内，我们都能观测到她的行动。”

“她？你刚才用了女性的她？”莱尔双眼圆瞪瞪地看着里维斯。里维斯镇静地说：“是的，是她。”

“我能知道她是谁吗？”

“阿莎·丽丝。”

莱尔对这个名字完全陌生，既没有在资料里看见过也没有听任何人提到过。这就对了，他想，一个隐藏身份不该有人知道。

黄昏到夜晚的这段时间，乔纳亚坐在院子里读书，利娅在厨房准备晚餐。这段时间他们没有离开过这片海滩也没有人前来拜访。利娅站在窗口看见心爱的丈夫在夕阳下读书的样子，心底涌过一阵幸福，但这幸福拖着一条忧伤的尾巴，好像这是他们偷来的，或是终究会带来不幸的短暂欢乐。

她喜爱宁淡无风的傍晚，又感怀夕阳隐入大海的哀愁。当她把视线从窗口移开，右手用力搅拌汤锅里的土豆时，她的下腹抽动了一下，仿佛一个泡泡从小腹深处摇摇升起。她有了一个不可思议却情理之中的念头，“乔纳亚，我怀孕了。”

利娅喃喃自语，又摇了摇头。不可能，不可能有怀孕这种事情，一定是太幸福产生的错觉。这种情况很常见，和早期 RealX

里生活久了的人会出现的各类疑似疾病症状一样，不过是神经系统假想出来的错觉。

但她还是没有忍住内心一点点未被理性压抑的狂喜，她像一个满怀甜蜜的新婚女人一样跑去告诉丈夫，自己好像有了孩子。

“亲爱的，我很清楚，他就在那儿。”利娅的右手轻轻贴在小腹上，在她的意识中这个生命越来越清晰，越来越真实。

“你该清楚，这样的事不可能发生。”夕阳下，乔纳亚的声音非常温暖。

“我知道，相信我，我和你一样清楚这不可能发生。但是，你不是我，我没办法把我的感受传达给你，要是能回到沉思区用那台机器……不行，即使那样也无法传达我身体的感受。我很清楚那里有了变化，而在我的意识里变化更加强烈，我觉得他如果不是真的生命，那么就一定是我疯了，真理彻底抛弃了我。如果这是一道真理测试题，恐怕我真的不知道正确答案是什么，唯一的可能就是我疯了。”

“你没有疯，利娅，你没有，我爱你，宝贝，听到这个消息我感到非常高兴。”乔纳亚抓紧利娅的手疼惜地握在自己手中，他有些用力，一半出自对利娅深深的爱，一半来自心底里缓缓升起的恐惧。

“你很高兴？刚才你说你很高兴我告诉你我怀孕了？”利娅噙着眼泪说道。

“是的，我很高兴，我当然很高兴，我无法形容，但是你要相信我，利娅我真的很高兴。”

“为什么你总要我相信你，我当然相信你，我为什么要去怀疑呢？可是，你知道吗？我有些担心。”

“我也一样。”

“你担心什么？我们的担心一样吗？”

“也许不一样，但现在我的担心变成了一种恐惧，最严重的是我根本不知道我恐惧的是什么。”乔纳亚将外衣脱下披在妻子肩膀上。

“没什么好恐惧的，都说女人会因为有了新生命而变得勇敢，我现在就能感觉到这种勇敢。我们就让上帝来安排后面的事，如果真的是孩子他就一定会足月出生，谁也无法改变，我也不容许任何人改变它。”

“可如果不是呢？也许是神经觉联症。”

“不是。”利娅坚定地否认乔纳亚的推断。

“这类症状很常见，程度不同而已，一开始费德南德他们感到问题非常棘手，担心如果 RealX 总是出现奇怪的躯体症状，人们会不愿意留在这里。”

“但人们适应了，并且不再感到有什么不适，就算这个大世界是虚拟的，但虚拟世界出现虚拟怀孕诞下虚拟孩子，这种事情不可能发生吗？”

“就算这一切都是虚拟的，你和我两人在一起，只要我们在一起就是真实的啊。”利娅无声地说道。

乔纳亚想起几年前一件令他记忆深刻的事，当时费德南德不得不接受一个事实，RealX 虽然不会有真正的死亡和疾病，但是人们依旧能感到自己生病，情绪消极或者亢奋。

“你知道工程师们讨论过这类问题，并且最终相信这和生理节律有关，人类从最开始的时候就习惯于太阳的升起和降落，并且像大多数植物那样依赖太阳的力量。”

“是的，所以只要 RealX 的太阳照常升起和降落，人们就会像在物理世界一样调节自己的神经生物节律。”利娅认为这不是什么问题，“迈克尔·罗斯巴什和他的同事们已经发现了这种机制，并且荣获了 2016 年的诺贝尔生理学奖。”

“是 2017 年。”乔纳亚纠正道。

“好吧，所以自然怀孕也是有可能的。”利娅像一个袒护孩子的母亲一样重申自己的观点。

“亲爱的，这件事很平常，我是说怀孕这件事。如果我们相爱，我们结婚，我们生育新的生命，都是再自然不过的事情，但是，现在我想让你回想一下，你是不是记得费德南德教授的《世界类宗教和哲学史》中有一个牧师发疯的故事？”

“当然，这是整个课程里唯一不让人想睡觉的部分，那个牧师差点放火烧毁教堂，在那之前他谩骂过上帝，在公园长椅上睡觉，就为了不让别的情侣在那坐上一会儿，烧教堂之前他还企图从教堂顶上跳下去。”

“犯罪系统就是从那时候开始在 RealX 出现的。”

“这和我怀孕有什么关系？”

“你看，他的行为是故意犯罪吗？”

“当然是。”

“那么原因呢？他是神职人员，在生活的社区享有不错的社会地位，为什么会这样？”乔纳亚的语气依旧温和，只是在利娅听来已经变成了说教。

利娅还是懂事地点点头：“费德南德没有说出答案，只是说犯罪系统开放是因为一名神职人员的精神错乱造成了严重后果，营地为避免宗教审判成为解决这类问题的手段，而不得已开放了原本不愿意开放的犯罪系统。”

“犯罪本来就是人类社会中始终会存在的事，在一些极端环境下，犯罪率更会突然爆发，比如资源匮乏的时候，为了争取自己活下去的机会而侵犯他人利益。这就是为什么人类只能选择进入RealX时代，因为资源匮乏导致的犯罪和战争避无可避。关于这位牧师当时的情况我请教过诺兰老师，他说这是一种特殊的神经觉联症，牧师曾深爱一名女子，她离他而去再也没有回来，而离开的时候那个女人已经怀孕了。”

“什么？”利娅忍不住大叫，“你的意思是说，二十多年前，RealX就有人怀孕了？”

“嘘，你小声点。”乔纳亚压低声音，好像生怕门外有无数只耳朵正在听他们说话一样。

“这不可能。我从来没有听说过。”眼泪从利娅的眼眶中流出，不知道是快乐还是紧张，她紧紧抓住乔纳亚的手不愿放开。

“诺兰告诉我，这就是典型的神经觉联症，一种类似臆症的神经症状，在RealX的发生比例比物理世界要低一些，但也高达0.3%。不过像牧师这么严重的症状实属罕见，好在他之后没有如此严重的案例再次出现。”

“可如果是真的呢？”利娅哽咽道。

“什么是真的？”

“他的爱人怀孕了，离开他的时候已经怀孕了……”

“利娅，看着我，听我说，这是一种病症，没有怀孕。”乔纳亚抱住妻子，好像这样做能让他的话更有说服力。

“说了半天，你就是要说我的精神出了问题是不是？你告诉我那么多无非要我意识到我和那个痴情的牧师一样有病是不是？”

利娅哭着站起身，跑回房间，把头埋在毯子下面，她觉得生气又羞愧，生气的是乔纳亚根本不相信她说的话，羞愧的是如果她真的是因为太幸福而产生了错觉呢？

在物理世界，无数渴望生育的女人曾经发生过假怀孕现象，呕吐、胃口不佳、嗜睡，甚至月经停止。

月经停止……早前为了任务她将下次月经时间应调到了两个月后，难道药物出现了问题？

将这些问题反复思考了几遍以后，利娅默默走出房间，乔纳亚还坐在原来的位置，看上去精疲力竭。

“对不起，亲爱的，也许你说得对，是我想象的。”

“别这么说，利娅，我要你知道我多么爱你，也和你一样希望我们能有自己的孩子。”

“不，我只要你就够了，你对我才是最重要的，当我这样想的时候，你知道，我不再觉得那里有什么了。”

乔纳亚把手放在利娅平滑的小腹，让他吃惊的事情发生了，他的手心处好像一条小鱼快速滑过。

“利娅，我……”他喊道。

“怎么了？”

“没……没什么。”

乔纳亚想到，也许他也有神经觉联症。

十二 阿莎·丽丝

“我很快乐，又有些忧伤；

很快乐，不，是忧伤。”

最后一丝雾气沉入海平面后，乔纳亚才有些许睡意，窗外漆黑的天空和漆黑的海水，仿若从来没有过颜色。心跳沉重，他想翻身又怕吵到利娅。他回想起两人在营地的生活，利娅天性活泼，诺兰又对她过分宠爱，营地里每一个人都尊重甚至包容她。而在这里，要她过这种虽然宁静却不免有些单调的生活，会不会终有一天她觉得无聊了，想要离开？

想到这里，乔纳亚胸口愈发沉重，难道真的再也不回营地了吗？诺兰怎么办？他现在在哪里？已经回到营地还是依然留在RealX？斯泰因有没有和他见面？费德南德会不会伺机要求理事会取消捕捉者计划？

难道这些都与自己不再有关？真的可以这样不顾念诺兰这么多年的养育吗？是不是可以自私地坚信与利娅彼此相爱就该理所当然地日夜相守？

先是斯泰因，再是乔纳亚和利娅，老师身边一个人也没有。里维斯能帮助他吗？还是可以依靠新来的雷迪？

说起雷迪，乔纳亚总有一种不真实的感觉，这种感觉在重新见到斯泰因时尤其强烈。现在想来，雷迪和斯泰因实在是有几分相似，诺兰为了让雷迪成为捕捉者，已经成了大家的笑话，这个人真的值得信任吗?

听着利娅熟睡的呼吸声，伴着丝丝香甜，如槐花的清香落在枕边，乔纳亚仍然无法平静。最可恨的是斯泰因过去说过的那些话像花香萦绕不绝。

“混淆真实的三种方式是什么？真实又是什么？”

找不到这些问题的答案，真的可以坦然生活下去吗?

乔纳亚缓缓坐起，半靠在枕头上，白色睡衣起起伏伏，像一片误入森林的白云。房间很暗，月光透过窗帘仅带来一点点悠悠的黯白。

他鬼使神差地伸出手放在利娅小腹，掌心传来的温度和之前不同，她的呼吸均匀略带沉重，呼吸深处带有厚重的尾音，好像十分劳累。

他幻想如果真的和利娅有一个孩子，那样的生活也许很不错。他可以教孩子捕鱼，他一直想出海捕鱼；还可以一起考察地质，他一直对岩石充满好奇；如果是男孩就能一起打橄榄球，女孩的话，如果愿意，大提琴演奏的巴赫音乐他非常迷恋。

刚想把手拿开，手掌中奇异的感觉再一次出现，乔纳亚有些害怕，手掌稍稍用了些力，异样消失了。

“怎么不睡？”利娅迷迷糊糊问道。

“刚才做了个梦。”乔纳亚回答，为自己差点吵醒利娅感到内疚。

“嗯。”利娅将自己埋进他的手臂又陷入沉睡。

乔纳亚再也没有睡意，晨曦微微爬出海平面时他打算早饭后去一趟山顶的教堂。穆切尔的容貌浮现在脑中，教堂里一定有找到斯泰因的线索，他无法逃避。

里维斯最终决定不向萨娜过多介绍阿莎·丽丝的事，只说这个身份曾经很久以前在 RealX 出现过，后来被封禁，二十年未曾使用。

而据里维斯的调查，捕捉者计划刚刚诞生之时，阿莎·丽丝和诺兰是搭档，合作形式类似现在的任务执行者和原镜。后来这个身份从 RealX 消失了，除费德南德和诺兰之外没有人知道原因。现在营地的所有职员，包括乔纳亚在内都是从那以后才来到营地的，所以也没有第三个人知道这类早期身份。

费德南德亲手把一些身份封禁起来，既不让人访问也不再使用，阿莎·丽丝就是其中之一。

里维斯不明白为什么雷迪的资料里会有这样一条清晰的线索帮助他找到这样一个合适的身份，也许他真的很特别，和营地很有缘分，也许有别的什么原因。

里维斯听莱尔抱怨过雷迪的很多怪异之处，比如总是在图书区查找资料，一直想要打听获得全部资料的最高权限。根据莱尔的说法，这个雷迪好像在找什么东西，营地里有什么东西是他想要找的呢？

不论是不是巧合，雷迪来到营地以后，营地就不怎么太平，RealX 也不太平。

可是眼下，这个来路不明的男孩的确帮了大忙，至于为什么他收集营地以及世界所有人物信息并且一一分类计算，他的目的是什么，里维斯都不想知道。他不愿意打探别人隐私，这有悖于他的涵养，听从萨娜的意见提取雷迪的资料已经让他感到愧歉，至于探求背后的目的，不到万不得已他一点也不愿意多想。

萨娜看上去很愉快，尽管里维斯还是觉得她的情绪有些怪异。既然她是此次任务的最佳人选，眼下他也没有更好的选择，只能把这种冲突的情绪视作女人的喜怒无常。莱尔没有说他用什么方法让观测员当天不必工作，里维斯也没有问，独立工作是捕捉者必备素养，既然莱尔说一切就绪他就只需要担心自己的那部分工作。

“这是你的身份信息，阿莎·丽丝。你会在圣菲亚码头出现，上午七点，码头附近散步的人比较多，你出现以后，不要想任何事，如果没有人注意到你最好，有人注意到的话，就对他们笑一笑。”

“不会有人注意到的，我选择的位置非常安全。”莱尔满怀信心地补充。

“那太好了。”

“萨娜，你没有去过 RealX 吗？我是说其中的任何一个。”莱尔看见里维斯像教导一个没有去过 RealX 的人一样教导萨娜，这让他有些疑惑。

“萨娜，你应该，好吧，这个问题并不一定要回答。”里维斯刚想问又把话咽了回去。

“不要紧，想问什么尽管问，只是我的回答不能让你们满意。”

“没有，你不必回答。”里维斯对莱尔摇了摇头，示意不要继续追问，莱尔识趣地点了点头。

“我应该没有去过 RealX，但是我又好像不能确定。”萨娜抱歉地笑着。

“没关系的，萨娜，RealX-09 和我们熟悉的现实世界很类似，没有什么需要担心的，我和你说那些是为了避免一些潜在的麻烦，比如有人知道你来自营地。”

“谁会知道呢？”

“我们只是说某种可能，你就当作去陌生的城市旅行就行，或者是玩一个游戏。”里维斯不慌不忙地说。

“好，但我怎么才能找到诺兰他们？”

“费德南德那里有所有人的位置，诺兰和乔纳亚都在圣肯特尼，从圣菲亚码头坐船去对面就能到，雷迪和他们在一起。利娅和乔纳亚结婚了，婚礼还没有办。暂时你需要知道的就是这些，我们知道的也不比这更多。”

“我怎么能把他们带回来？”

“要他们自愿回来。”莱尔回答。

“没错，要他们自愿回来，否则，就是犯罪。”

“犯罪……”萨娜喃喃重复着这个词，脸色由红变白，“犯罪又会怎么样？”

“萨娜，别想那些，现在情况不同，警报声每天都响好几次，工程师们蠢蠢欲动，恐怕正在酝酿如何让理事会取消捕捉者计划，让 RealX 时代在全面控制下持续几个世纪，谁也不知道那会带来什么样的后果，当务之急是让老师他们先回来再想对策。

“你就告诉老师这里的情况：费德南德企图控制捕捉者，并且要求理事会在捕捉者负责人不在场的情况下召开理事会会议，讨论的主题却是取消捕捉者计划。”

里维斯停顿了一下，似乎在考虑怎么说才能足够表达清楚又不至于让萨娜再次发生刚才那种紧张的情况，“告诉老师，我们都需要他回来，告诉他这句话就足够了，一定要亲自告诉他，不要使用信件或者相信任何主动说可以替你传话的人，我们在那里没有同伴，明白我的意思吗？”

“嗯，我明白了。可是，他会知道我是谁吗？这个阿莎·丽丝，他认识是不是？”

“应该是，我们认为诺兰认识早期 RealX-09 里的一些人，比如阿莎·丽丝。”

萨娜点了点头，若有所思，眼神里却又像什么都没有，她没有再说话。里维斯在图书区建起屏障，原本他想让萨娜在自己的房间里进行连接，但考虑再三，图书区反倒是最安全的地方，费德南德的人很少来这里，何况现在已经没有需要工程师合作的任务了。

“营养剂提供一周的能量供给，我会在图书区保护你，一步也不离开。值得高兴的是，即使费德南德发现有人擅自进入 RealX，也没权利将你断开，你还是有机会让诺兰回来。”

“我明白了。”萨娜喝下一瓶粉色果汁，躺在椅子上渐渐入睡。里维斯拿出自己的微型机器人，机器人敏捷地悬浮在萨娜额头上方，等待里维斯的指示。

“做连接器吧。”

“我只能做一次连接器，一般捕捉者都把我设置成急救模式，就是最后一根回到现实世界的稻草。”

“我知道。”

“里维斯大人，如果是您自己发生意外连接中断，我是可以立即保护您恢复连接的，但这项功能我只能用一次，您确定要这样做吗？”

“也许我需要随时打断连接。”

“这是违法的。”

“但如果是机器人故障呢？”里维斯扬了扬嘴角。

“您真是聪明，里维斯大人，能为您效劳是我的荣幸。”

“完成任务后你还是在我身边。”

“当然，只是再也不能保护你了。”

“谢谢，开始吧。”

阿莎·丽丝的神经图像渐渐活跃起来，莱尔目不转睛地紧盯画面，生怕有半点闪失。他的肩膀微微颤抖，他知道现在开始所有的事只能由他一人完成，里维斯无法再提供任何帮助，哪怕是将图像传递给里维斯都有可能被费德南德的人发现，最好什么传输都不要发生。

眼前的景象着实吓到了阿莎·丽丝，她没有出现在原定的地点码头，而是出现在海水深蓝的海边，背后只有一座海拔两千多米高的山，山上开满粉色小花。

这不是码头，阿莎很快明白自己到了错误的地点。真是个糟糕的开始，她想道，心情却没有想象中那么难过。往前稍走几步，海风和煦温暖，太阳半躲在白云身后，既不张扬也不炽热，远处，一对年迈的夫妻缓缓漫步。

种种一切都带给她愉悦，甚至是激动不已的欢快。同时也让她困扰，这样的处境应该担心才对，为什么自己却无比快乐？快乐得好似随时可以飞到半空。

有一些东西正慢慢在她意识中出现，猝不及防，而她对此虽有察觉却并不反感。过往平静的生活令她非常满意，只是平静中缺了些什么，尽管明白却从未深思，只不过是哲学家的忧人自扰，平日里她总是这般告诫自己。

阿莎不知道身在何处，也不知道该去哪儿，等她听到教堂的歌声时，才发现自己竟跟随散步的夫妻来到了山顶。

教堂周围紫藤爬满围栏，几只柠黄的蝴蝶在马兰间嬉戏。走过一条很短的小径，阿莎站在了教堂门口。

散步的夫妻已经不见，围栏另一侧，有两个人正在交谈，一个牧师打扮的中年男子和一个她再熟悉不过的人。

“诺兰。”她的声音很轻，哪怕脚底爬过的蚂蚁也很难听清她说了什么。

她静静站在原地，心想着真该庆幸，这么容易就找到诺兰。可想到自己的容貌并不是萨娜，而是另外一个女性的模样，她又有些惆怅。

“诺兰。”又一次轻唤他的名字，她知道自己爱着诺兰，这份爱对方永远不会说出口，因为两人之间隔着一条谁都不愿踏过的石子路，这条路什么时候出现的？

为什么要想这些？阿莎摇了摇头，做了一次深呼吸，好让自己冷静下来。

这时，身后传来一个男子的声音：“阿莎·丽丝小姐，很高兴见到您。”这声音夹杂着海风的气息，清澈分明。

“您喜欢这个地方吗？”同样的声音又一次传来，“我猜测您不记得这里。”

阿莎转过身，看见一个俊美的男子正站在她面前，脸上带着谦卑的微笑，如果没有认错——她不会认错，这是斯泰因的容貌。这个男子难道是斯泰因？还能是谁呢？阿莎没有预料到会见到斯泰因，但当他就站在自己面前时，她也没有感到过分惊讶，诺兰就在不远处，有他在没什么事需要担心。

“你一直在 RealX？”她问道。

“是的，也不是。”

“我不明白。”

“也许有人不希望您明白。”

“什么意思？”阿莎不喜欢斯泰因说话的样子，他欲言又止的态度透露着不诚实。“你怎么知道我是谁？”她试探着问。

“也许我什么都知道。”

“当然，斯泰因是天才。”

“别这么说，费德南德和诺兰都是天才，只不过他们太自以为是，事实上根本不需要做那么多徒劳的事。”

“我不懂你在说什么。”

“阿莎·丽丝小姐，您不想知道您为什么会在这里吗？”

“我在哪里，出了什么事自然会有人帮助我，不必你操心。”阿莎可不是一个一两句话就能骗到的人，何况她来这里之前里维斯语重心长地告诉过她不要相信任何人，在RealX她没有同伴。

“我没有操心。”斯泰因大笑起来，也不怕自己的声音会打扰远处说话的两个人，“自以为是的人才会操心，我信奉自然，追寻真实。”

“你说完了吗？”

“原谅我说了让您不愉快的话，阿莎·丽丝小姐。这里有张演出票，RealX最伟大的艺术家将带来一出杰出的歌剧，就在今天晚上，希望您愿意赏脸。到时这座小岛将会很热闹，我可不知道有多少人会来看演出，哈茨很红，人们像崇拜上帝和我们得以生存的这个世界一样热爱他的作品。”

“我不会去的。”

“您会去的，而且您最好去，您要找的人都会在那里出现。啊，等演出完这些马兰就要凋谢了，秋天也就真的到了。”

说完，斯泰因转身向山下走去，边走还不忘挥手向阿莎告别，他玩世不恭的举止让阿莎很不舒服，但也谈不上讨厌，如果遇到一个愁眉苦脸的斯泰因那才奇怪呢。

阿莎转身时，诺兰已经不在了，留在原地的只是先前和诺兰说话的牧师，他看上去很苍老，不仅苍老甚至充满疲惫。

阿莎本想离开这里去寻找诺兰，却被这张苍老的脸吸引着，记忆脱离束缚它的轨道，在她的心里投下踪迹依稀的苦楚。她觉得痛苦、欢喜、炽热、寒冷，最后这些感觉变成一种身体的疼痛，她不得不弯腰蹲下，等痛苦渐渐远离，牧师也已消失。

“你没事吧？”一个男子将她扶起。

阿莎惊慌失措地站起身，她认出了眼前的人，“乔纳亚，我的上帝啊，真的是你。”

“你是……”乔纳亚大概也猜到了眼前这位女士的身份。

“我来找你们回去。”

“到我家里去说吧，这里不太合适。”

乔纳亚带着阿莎下山，一路上他什么也没有问，但已经很清楚，营地一定发生了什么紧急的事。

听到乔纳亚回来的声音，利娅奔出院子紧紧搂住丈夫的脖子，“吃完早饭就没看见你，我以为你……我害怕，不知道怎么了，整个早上我都觉得害怕。”

“没事了，宝贝，是我昨晚做梦吵醒你，所以你没睡好。”乔纳亚表示歉意，发自真心的歉意，他看不得利娅有一点难受，尤其是因为他的错而令她难受。

“这位是？”

乔纳亚没有回答，引二人进门，阿莎坐在客厅靠窗的椅子上。

咖啡的味道从另一个房间传来，也伴随着乔纳亚说话的声音：“应该是营地的人。”

“营地？”利娅压低了声音，和丈夫的坦然相比，她此刻的谨慎更像是训练有素的捕捉者。

“嗯，但我不认识她，你呢？”

“我也是，从来没有见过。”

“有可能她并不是捕捉者，而是费德南德的人。”乔纳亚推测。

“她很漂亮，你有没有发现？柔软的浅色金发，根本不属于这个时代，现在早就不流行这种颜色，可是这毫不影响她的美。”利娅不时向阿莎望去，目光试图停留又匆匆逃回。

“我根本没心思管她有多好看，我只想知道她来这里的目的，她是不是费德南德派来的人，她是谁。”

利娅望着窗外，完全没有注意又有两个人已走进房间，窗台仿佛镶嵌的相框，大海定格眼前，记忆的波涛触手可及。

“怎么称呼您？”利娅递上咖啡。阿莎看起来很年轻，利娅却觉得她至少比自己年长二十岁，这和容貌没有关系，是一种很难表述的痕迹。

“阿莎·丽丝。”

夫妇的目光很快交汇又分离，不出意料两人都不知道这个名字。

“您此行……”利娅不知从何问起，谨慎一些总没有错，而谨慎的最好办法就是尽可能少说话。

“我来找你、乔纳亚、雷迪还有诺兰。”

“找我们做什么？”

“回营地。”阿莎·丽丝说话的时候心不在焉，语态优雅却没有情绪，乔纳亚觉得有些奇怪，有些地方不对劲，但他又说不上哪里出了问题。

“您刚才在教堂外做什么？”

“教堂？啊，是的，我跟随一对夫妻到了那里。”

“我看见您的时候您好像有些不舒服。”

“对，那时我忽然浑身疼痛。”

阿莎试图向乔纳亚解释自己疼痛的原因，她做不到。于是，转而解释此行的目的。

“说起来，由于我在 RealX 没有身份，又因为里维斯坚信一切行动必须绕开费德南德的监测……”

“所以，阿莎·丽丝不是由工程师设计的新身份？”

“是的，这是一个过去的身份，被封禁的身份。”

“里维斯确定封禁身份的活动不会被费德南德发现吗？”

“以他的智慧应该已经考虑到这点。”阿莎沉思了几秒，又说，“但他似乎走投无路，这是唯一可能的方案。”

乔纳亚点了点头，经过上次任务他对里维斯的好感已更进一步，里维斯非常优秀，假以时日甚至有可能在他之上。原先乔纳亚会故意回避这些，但现在他觉得很放松，营地似乎正远离自己，就好像远在海岸线的另一边。

“如果我的猜测没错，你也不是莱尔。”

“是的，你又说对了。”

“是萨娜小姐？”利娅打断了两人的对话。

“萨娜？我应该想到，里维斯找不到更好的人选。”

“没错，我自己也愿意来这里，来带你们回去。”

回去。

乔纳亚和利娅故意躲开彼此的眼睛，虽然心底里两人都渴望对方在这个时候看自己一眼，给自己一个充满信心的提示，但是谁都没有这么做。他们把眼神移开，独自思考着自己的心事。

“最重要的是诺兰老师，你知道他在哪儿吗？”利娅问道。

“我应该知道，按照里维斯设计的路线我应该先到圣菲亚码头，然后去附近的街道，诺兰应该就住在那里。”

“在圣肯特尼教堂附近是不是？”

“应该是，那里是最近的一个行动点。”

“见鬼。”乔纳亚轻声抱怨。

“怎么了？”利娅看出丈夫的紧张，不安地询问，声音有些颤抖。

“我敢保证诺兰老师不在那里。”

“你为什么这样说？”利娅皱着眉头问。

没等乔纳亚解释，阿莎先开口道：“我不知道原因，也不知道究竟怎么回事，有很多疑问，而且我才到这里一个多小时，但是一切都不太对，唯有一点确凿无疑——诺兰的确不在那里，因为我在山顶的教堂门口看见了他。”

“你说老师在这里？怎么可能？这究竟怎么回事？”利娅急切地问。

“你别着急，我想早晚会知道真相。”乔纳亚试图安慰妻子。

“怎么能不着急？”利娅开始哭泣，她觉得头晕，想走到椅子边坐下，刚走动一步肚子就抽搐起来，内脏仿佛拉紧的绳子，于是她只能蹲在原地浑身冒出汗来。

“她怎么了？”阿莎问。话音未落她的腹部也痛了起来，并且逐渐加强，这种感觉她曾经历过。这是什么？为什么看见利娅的疼痛她也产生了同样痛苦的情绪？而对应的记忆呢？究竟是想到了什么事才会如此疼痛？她没有来过世界，本不该在这里有任何记忆，难道是阿莎的记忆？

萨娜突然对阿莎生出羡慕和同情，她一定有着很动人的故事，这个人究竟在 RealX 发生过什么？难道和眼前这个地方有关？她第一次痛恨自己对过去竟然一无所知，只是以为记性不好，而现在她不仅憎恨这种无能，同时一个源源不断的声音仿佛在催促她弄清楚曾经发生的一切。

“她是不是怀孕了？”阿莎也不知道为什么这样问。

利娅睁大眼睛，不可思议地看着阿莎，用尽全力说：“你怎么会这么说？”

“亲爱的，她不明白 RealX 的规则，她第一次来这里。”乔纳亚连忙解释。

“不，你让她把话说完，为什么这么说，阿莎？不，萨娜，你向来很疼爱我，请你跟我说实话，为什么你这么说？说我怀孕了，这到底什么意思？”

利娅的脸色一阵红一阵白，乔纳亚已经扶她坐到椅子上，看上去她的疼痛也比先前有所缓解。

“我不知道，我不知道。”阿莎使劲摇头，重复着同样的一句话。

“你不知道又怎么会说出这样的话？”

“利娅，阿莎刚才也不舒服，你让她休息一下，想一想再说。”

“如果真的是呢？”利娅拽着乔纳亚的手，声音近乎乞求。她想和乔纳亚聊聊怀孕的事，不希望被他的一句神经觉联症轻易打发。

“为什么不可能是真的？你们已经结婚了不是吗？”阿莎问。

“你不明白，这里……”

“这里什么？”

“她想说，在 RealX 里不可能会怀孕。”

“对不起，也许是我的幻觉，我经常有奇怪的感觉……”阿莎自言自语。

“没关系，不用放在心上，你们都需要休息一会儿，既然诺兰老师在教堂，我去找他。”乔纳亚觉得自己还是出去透透气会好一些，何况又有了老师的消息。

“也好。”阿莎说。

“利娅就麻烦您照顾一下。”

乔纳亚见利娅的情绪渐渐稳定，便打算再去一次山顶。尽管将这两个出现神经联觉症的女人留在家里让他有点担忧，但当务之急还是先找到诺兰。

一切看起来很顺利，莱尔计算着时间，猜测阿莎已经找到诺兰，神经成像图显示阿莎情绪稳定，没有任何特殊迹象。

里维斯坐在图书室，感到四周异常安静，连一丝灰尘的喘息都小心翼翼。他看着眼前保存完好的《威廉·莎士比亚的喜剧、历史剧与悲剧》，抚摸着书页边缘，祈祷时间快些流逝，这场开始于 RealX 的危机是如何像飓风一般将营地里的每一个人卷入其中的呢？他试图从莎士比亚脸上看出一些线索，当然一切只是徒劳的自我安慰。

莱尔那里没有任何消息，对里维斯来说这一点本身就算得上最好的消息，他相信莱尔能处理好监测工作，但能否绕开费德南德的控制，他完全没有把握。

乔纳亚离开后，利娅建议阿莎去海边走走，闷在房间里叫她心慌。阿莎同意了。

海风似乎躲进云层中，天空低沉，不再是晨间的澄净明朗。

“阿莎，我很好奇，你为什么觉得我怀孕了？”

“你还在想这个吗？我当时也不知道为什么会说出这样的话来，现在想来，这话简直太不礼貌了。”

“不，阿莎，我想这背后一定有什么原因，你知道，我的意思是我没有被爱情冲昏头脑。”

“我当然知道，利娅是个聪明的孩子。”

“虽然远不如乔纳亚出色，但我也绝对不会犯糊涂，我爱乔纳亚，非常爱，爱到我愿意为他死，愿意为他离开任何地方，只要在他身边，我就觉得心满意足。但是，即使这样，我也不会变成一个无知的人，我的意思你明白吗？”

“也许爱情真的会让人变了样子。”阿莎喃喃自语。

“但是捕捉者的训练让我们在任何时候都拥有可靠的理智，虽然我和乔纳亚留在了 RealX，我是说，虽然乔纳亚‘脱离’了营地，但他一定有非这么做不可的道理，我相信乔纳亚不会轻易背弃老师和营地。”

“这一点我和你一样相信，利娅。”

“那也请你相信我和你有一样的……感觉。”利娅的声音越来越轻，一阵海浪来了又去，仿佛要把她的声音也带走。

“你是说不是毫无道理的错觉？”阿莎放慢脚步，她的大脑一片空白，比任何时候都空白得让她失望，她在心里抱怨，以前自己为什么从来没有在意过这种羞耻的苍白。

“是的，我想这种感觉一定有道理。”

“人的感觉有时候没什么道理。”

“可我们都出现了没有来由的感觉，就不那么正常了。”

阿莎看着眼神异常坚定的利娅，她的目光正紧紧盯着自己，仿佛看透了她脑海中苍白一片的荒漠。

“阿莎，你又是谁？”话题转移得很快，利娅的神色再也不是之前的慌张，此刻看着阿莎的是一张镇定、理性、充满智慧的面容。

“你是谁，阿莎·丽丝？”利娅又一次重复问题，压力让阿莎喘不过气来。

“我痛。”她说。

“为什么痛？”利娅的眼神一动未动。

“我很快乐，又有些忧伤；很快乐，不，是忧伤；我充满希望，希望像正午的阳光；我充满力量，好像可以征服世界；我被温暖包围，温暖，来自头顶的阳光……”

“你在说什么，阿莎？”

阿莎怔怔地望着海平面，时而微笑时而流下眼泪，她吞吞吐吐又不断重复着一些没有内容的话，仿佛陷入神经联觉症。

“阿莎。”

利娅的声音阿莎完全没有听到，足足几分钟的时间，她一直重复着快乐、悲伤、希望和绝望，这其中最让利娅在意的是她不时说起的“疼痛”。

“萨娜。”利娅大声呼喊她另一个名字，想着也许能让她注意自己。

“让我来吧。”一个男人低沉的声音在身后响起，利娅下意识转身抬起腿向声音的方向踢去。

男人后退了几步，动作有些狼狈，看上去全然没有准备。

“你是谁？”利娅问道。

“维尔特尔，我是一位牧师。”

“牧师？”利娅诧异地重复。

“是的。”

阿莎完全没有注意到身边发生的事，没有注意到利娅之外还有一个人正在注视着她，只觉自己掉入雪地中，阳光亮得刺眼，天空和大地一样白，白得像掏空的宇宙。

“阿莎，是你吗？”维尔特尔轻声唤道。

利娅站在一边默不作声。

“阿莎，你还记得这里吗？”男人又问。

维尔特尔反复耐心地询问，不知疲惫。阿莎依旧时而哭泣时而微笑，两人的模样看起来既好笑又可悲，仿佛一对年老夫妻正试图追忆被海浪翻卷后支离破碎的爱情，仿佛一个丈夫正试图唤醒大脑模糊的妻子。

利娅不忍打扰这两个人，尽管这个叫维尔特尔的人来历不明，尽管他知道阿莎身份这件事更是疑点重重。

“你说过永远都不会离开，你忘了吗？”面对着大海，维尔特尔开始自言自语，“你走后，相思草都枯萎了，我照料不了它们，只能任由杂草将它们的领地占为己有；你走后，海上再也没有飘来一艘船；你走后，我再也没有弹琴，也不再画画，你不喜欢我迷恋艺术，但你不知道我眼里最美的艺术是你，你才是我最深的迷恋。阿莎，你发生了什么？我们彼此间的承诺你都不记得了吗？”

他的声音渐渐成为一种抽泣，伴着岁月老去的斑驳，仿若一叶小舟在礁石堆里磕磕碰碰，随时都会沉没。

利娅早已被维尔特尔的深情打动，眼泪挂在脸颊，只有阿莎，好似完全看不见他们，看不见眼前的人。

不，她看见了，她转身望着维尔特尔。利娅按压着胸口，生怕心跳声也会打扰这对情侣。

她祈祷阿莎能认出这位痴情的男子，如同祈祷着乔纳亚对自己痴情不变一般。

可奇迹没有因为爱情而发生，阿莎两眼空洞，她望着维尔特尔，神情漠然。就在男人即将接受惨淡的现实时，她的双手紧紧捏住男人的肩膀，眼神凶猛，仿佛要把他杀死一般。

“诺兰在哪里？早上和你在教堂门口说话的男人在哪里？”

维尔特尔双腿颤抖，二十年的时光等来的爱人竟然把自己当作陌生人，他不能接受，也不愿意接受，可眼下事事都由不得他，阿莎开口便问另一个男人的下落，他劝慰自己，她失去了记忆，她遇到了什么痛苦的事，她没有抛弃两人的爱情。

“快说，诺兰在哪儿？”

“我不知道。”维尔特尔拒绝回答。

“你不知道？你不知道你又为什么在这里？我们认识吗？我认识你吗？”阿莎急躁的样子仿佛在她身后有一辆火车正朝她飞驰。

"阿莎，你回来了，而你回来就是为了折磨我吗？"

利娅真担心维尔特尔会支持不住，他一定爱阿莎爱得很深，也许远远超过自己对乔纳亚的感情。不，不会的，她赶紧摇头，没人能比我更深爱着另一个人，我愿意为乔纳亚死去，不需要理由，这是我对他爱的一部分，最小的一部分。

"阿莎，不要这样，我受的折磨已经够多了。"

阿莎转头不再理会维尔特尔，朝着大海走去，翻涌的浪花围绕她的膝盖，她缓慢向前移动，全然忘记了脚下是深不见底的太平洋。

"你要去哪儿？"

"爱是午后的云朵 / 在你画布的倒影里 / 你写的歌 / 是我最爱的旋律 / 你说不 / 我才是你最爱的旋律。"

"这是我写的诗，你还记得。"维尔特尔拉起阿莎的手，"快停下，阿莎，发生了什么事，你快停下。"

"为什么要停下？你看前面的山顶，那块地方我们可以建造新的家，我喜欢那里，迎着海风种满相思草，你可以坐在院子里画画，画海浪、晨曦、镶着银边的云，再也不会有人打扰我们，我们选择自己的生活，RealX 属于所有人。"

"可是你不在了，你走了，你抛弃了誓言，快停下，阿莎，前面不是山顶，是大海。"维尔特尔不知所措。

"说什么胡话，你没有听见铜铃的响声吗？大海怎么可能发出这样的声音？大海是沉闷的，默默吞噬一切，山不一样，它看着你，保护着你，从不要你回馈什么。"

"阿莎，不要再往前了。"利娅跑上前抓住阿莎另一只手。

"萨娜，是我，你看着我，我是利娅。"利娅喊着阿莎的另一个名字，试图将她唤醒。

阿莎满脸笑容朝向大海走去，维尔特尔不愿放弃，两人的身体时而露出海面，时而没入水中。

“萨娜……”利娅只能往回走，她无能为力。

然后，她看见了诺兰，看见他淹没在海水中，接连两阵大风吹得她睁不开双眼。

不知过去多久，她才睁开眼，“老师。”她惊慌失措。

诺兰没有理睬，只是抱着萨娜，等她醒来，又像等她死去。利娅说不清这种感觉，从刚才怪异的大风吹过时开始，她的意识就变得混乱不堪，好像很多本被撕开的书同时抛向天空，她不管怎么努力都无法拼凑出它们应该有的样子。

剧烈的咳嗽声划破海风，萨娜抱着诺兰失声大哭，维尔特尔双手撑地，仰望天空，没有一点光，天空在他眼里像被太阳丢弃的孤儿。

“跟我回去，诺兰，我们回营地。”萨娜请求着。

“好，我跟你回去。”

“现在就走。”

“好，现在就走，你说什么都好。”

“我知道一定能找到你。”

“当然，你一定能找到我。”

这到底怎么回事？利娅一脸茫然，看着两人的对话，利娅仿佛完全不认识眼前这两个人，一个念头涌上她的心头，难道萨娜爱着老师？也许他们一直彼此爱着，只是没有人知道，或者从来没有告诉对方？

站在山顶的斯泰因哈哈大笑：“真是一段缠绵心碎的爱情。”

“你说什么？”乔纳亚奔跑上山本想寻找诺兰的下落，却不料只是见到了斯泰因，“你怎么在这儿？”他接着问道。

“你要我回答哪个问题呢，乔纳亚弟弟？”斯泰因边笑边回应，欢快得好像刚看了一场马戏团演出。

“都要回答。”

“你的问题总是很多，也不知道你到底对什么感兴趣。”斯泰因坐在一块光滑的石头上，嘴角依旧挂着微笑。

“你怎么会在这？”乔纳亚重复之前的问题。

“我是来找维尔特尔的。”

“维尔特尔是谁？”

“是一个生活不如意的人，一个好人。你一定会喜欢他，他和你很像，善良、正义，好欺负。”

听到好欺负时乔纳亚本想反驳却实在提不起兴致，正如斯泰因所言，他有太多问题，太多需要理清楚的事情，对于这些事情斯泰因可以说是了如指掌，但是要他说出来恐怕并不容易。

“你刚才在笑什么？”乔纳亚只好换一个问题。

“久别重逢，家人团聚是不是很好笑？”斯泰因说着说着又幸灾乐祸地笑起来，丝毫不考虑修养问题。

“需要笑成这样吗？”

“当然啦，你不知道这件事多么荡气回肠，简直是世界上最离奇的爱情故事，我本来以为这一天要到维尔特尔死后才可能发生，没想到，今天他们就重逢了，太值得高兴了。早知道缘分如此神奇，我都不必邀请那位女士观看今晚的演出了。”说完斯泰因又忍不住笑起来。

“女士？你说的女士又是谁？”

“还能是谁？不合时宜的浅金色头发，柑橘的甜味，嗯，我觉得那味道有点过去时代的气息，我不怎么喜欢，你呢，乔纳亚，你喜欢柑橘味吗？”

“你说的是……”乔纳亚不愿意说出阿莎的名字，斯泰因很配合地帮他说了出来。

“阿莎·丽丝。你还应该知道她的另一个名字，萨娜·勒梅塔耶，哈哈哈哈哈。”

除了她还会是谁呢？如果是一个普通人斯泰因又怎么会笑得如此疯狂。

“你说她和维尔特尔认识？”

“何止认识，他们相爱，彼此深爱对方，阿莎愿意为了维尔特尔永远留在RealX，而维尔特尔也愿意为了阿莎放弃他信仰的上帝。啊，你刚结婚，应该很能体会这种感觉吧，真爱至上，其他都不重要，不重要。哈哈哈哈哈哈。”

“别笑了。”

斯泰因耸耸肩，收起笑容。

“你怎么知道阿莎的身份？”乔纳亚站在斯泰因正前方，厉声问道。

“别这么紧张嘛。”

“你怎么知道他们相聚了？以及我们所有人在什么时候出现，在哪里出现？你怎么知道所有的事，甚至你为什么比营地知道得还要清楚？”

“你怎么又问那么多问题，我要回答哪一个？”

“都一样，不，都要回答。”

“我说老弟，你自己不会看吗？没你想得那么复杂，当然也绝对不简单，可是有时候有些事是你想得太多，你们捕捉者以为什么都能预测，什么都该是朝着确定性的方向发展……我该说你们天真好呢还是说你们自以为是，就算构成宇宙的是数学，但也绝不仅仅是那些数学公式。”

“快说正题。”乔纳亚提高了嗓音。

“你这人真固执，用眼睛看都不会了。”

乔纳亚明确感受到来自斯泰因的嘲笑。他接过斯泰因递给他的东西，乔纳亚拿在手里发现它有点重，是一个铜质望远镜。

“现在知道我为什么笑到现在了吧，你真是太有趣了，还以为我有什么超能力，高科技……不过是你傻乎乎地忘了人究竟是如何生活的，哈哈哈。”

乔纳亚拿起望远镜往沙滩望去，他看见诺兰、利娅、萨娜和一个没有见过的中年人，这个人的长相似曾相识，可以确定的是，他就是斯泰因所说的维尔特尔。

“看到熟人了吗？”斯泰因在一旁问道。

“嗯。”

“好了，现在你的问题我都回答了。”

“没有，这个不算。”

“为什么不算？”

“你当我是傻子吗？一个望远镜就让你比营地知道更多的事吗？”

“你为什么不回去问问诺兰？对了，他们应该会去你家，你不妨现在回去听一个你从未想象过的故事，这个故事荡气回肠，也许能唤醒一些沉睡的记忆。”

“你是说萨娜和维尔特尔？”

“快回去吧，去看看虚假的真理是如何活生生地拆散两个相爱的人，看看理性是如何冷酷地要求人们做出选择，并且打着正义的旗号泯灭人性。”斯泰因的语气一反之前的玩世不恭，突然变得真诚又严肃。

“不，你别想骗我离开。”

“放心，我不会离开的，我可不会错过今晚这场好戏。你一会儿看到的不过是场热身表演，真正的盛宴在月亮爬到教堂的十字架顶端，在篝火燃起的午夜，在太阳与月亮难分彼此的喧闹声即将穿破你耳膜的瞬间。”

“够了，我没心情和你说这些。”

“对，我说的都像假的，利娅也有些神经质，在你眼里阿莎好像也不正常——她的确不怎么正常，你一定要问问诺兰她究竟为什么会这样。至于诺兰说的话，当然，他就是真理，你千万要认真听，听听有什么奇怪的地方，记得回来告诉我。”

“你还有需要我告诉你的事吗？”乔纳亚忍住怒火问道。

“当然，我很想亲耳听听那些控制 RealX 的手段如何用来控制你们的人生。”说完斯泰因再一次大笑起来，他起身往教堂走去，笑声渐行渐远，伴着一场匆匆而过的海风。乔纳亚感到最后的笑声里竟不是嘲讽，而是隐忍与痛苦。

乔纳亚回到家中，利娅紧紧抱住他，好像他随时会消失一样。两人走进客厅，诺兰他们正安静地站在窗边，谁也没有说话的打算。

“老师。”乔纳亚站到诺兰身边，诺兰轻轻点了点头。

乔纳亚温柔地问妻子：“刚才你们都在沙滩上？发生什么事了？”

“说来话长，可是你怎么知道我们在沙滩上？”利娅惊诧地问。

诺兰看了乔纳亚一眼，眼神疲惫。

房间里出奇安静，连波斯菊花瓣掉落的声音都变得沉重。

“萨娜，先告诉我谁让你来这里的？营地怎么了？”诺兰打破沉默，房间里每个人好像都松了口气。

“是里维斯让我来的。费德南德对你离开营地的事非常关心，大家都知道他早就想让捕捉者消失，你的脱离对他来说是千载难逢的机会。理事会也没办法，毕竟还要依靠费德南德和他的工程师们，虽然一拖再拖，可是会议时间最终还是确定了，我们必须回去，诺兰，你必须自己回到营地去。”

“他还是那么沉不住气。”诺兰低声自语。

“老师，我也认为您必须回去，否则您几十年的心血恐怕……”

“捕捉者计划吗？”诺兰回应。

“是的。”

“还不都是因为你们一个个都跑到这里来了。”他的话让乔纳亚和利娅羞愧难当，但话里却没有半分指责的意思。

“你们应该都知道擅自留在 RealX 的结果吧？超过时间无论理由是什么，我们都回不去了。”

“不，老师，您可以回去，我想费德南德不敢对您怎么样。”

“他一定会很高兴看见我回去，接受理事会的审判。”

“捕捉者计划真的会被取消吗？”利娅小心问道。

“捕捉者还剩下两个人，里维斯和莱尔，他们已经优秀到能把阿莎这个身份找出来，这可是连费德南德都不想看见的人。”

“所以里维斯和莱尔很安全对不对？”萨娜总觉得现在在营地的里维斯和莱尔正承担着远比他们任何一个人更大的风险。

“不如说，我们才是最安全的。”雷迪的声音很轻，一副没睡醒的样子，但所有人的目光都被他这句话吸引，连诺兰也看着他。

“这些事情都是因为你来了以后才发生的。”利娅突然走到雷迪面前，大声说道，“我不知道怎么说，但是你没来营地之前，所有的事都井然有序，真不知道诺兰老师为什么破例让你成为捕捉者，这件事或许早就传到理事会那里。营地每个人都好像能对这件事说上几句自己的猜测似的，他们有什么资格这么做？老师何必受这种质疑？”泪水在利娅眼中打转，前赴后继滚落下来。乔纳亚把她抱在怀里，同时也希望她不要继续说下去。

“我也很想知道你在营地究竟想找到什么。”萨娜走到雷迪身边，仔细端详眼前这个男孩，他的身体非常纤细，弱不禁风。可是当萨娜的目光与他相对，她却看到了深刻的孤独和执着，这种感觉太熟悉了，她想不起曾经在哪里见过。

“我想我已经找到了。”雷迪的语气毫无波澜。

这句话乔纳亚和利娅都没有注意，窗户又不知何时被人打开，也许是午后太阳渐淡，增强的海风经过窗台时把窗户打开了。雷迪的声音近乎自言自语，显然没有好好回答萨娜的意思。

诺兰却清楚无误地听到了雷迪的声音和他那句话的意思。他缓缓走到雷迪面前，想开口说些什么，又一脸痛苦地转过身去。

沉默，只有风还在吵闹。

“阿莎，我们的孩子也该这个年纪了。”维尔特尔望着雷迪，双眼朦胧。

“你在说什么鬼话？”利娅大喊，“你和阿莎在 RealX 之外也相爱过吗？”

“Real 之外？我不明白你的意思。”维尔特尔一脸疲惫。

“开什么玩笑，这里是 RealX，不管你是否意识到，不论你是否把这里当作真实世界，这里都是虚构的，也不是你把它称为‘世界’就可以改变的。在这里你不可能有雷迪这样年龄的孩子，不可能。”

“住嘴。”阿莎突然尖叫起来，“不要对他这样说话。”

维尔特尔感激地看着自己的爱人，十几年来他第一次感到勇气和力量又回归生命之中，他坚定地向阿莎走去，伸出苍老的右手将她的手紧紧握住。

阿莎没有拒绝，也没有回应，只是让他握着，她没有觉得任何异样，好像海滩上那对上了年纪的夫妻一般，握着彼此的手，平静而熟悉。

“这到底是怎么回事，谁能说清楚些？”利娅打算离开房间到门外透透气，她感到体内升起许多泡泡，这些泡泡随时会胀裂到让她喘不过气来，“我要去外面走走。”她在乔纳亚耳边说。

乔纳亚对妻子点点头，把她搂得更紧一些。

雷迪无精打采地看了一眼维尔特尔，随后漫无目的地继续自己的思考，在利娅看来他坐在那里却像假象一样。

“我来解释吧。”还是诺兰让所有人都安静下来，“虽然我也不完全清楚，但我会把知道的告诉大家，至于听完这些事你们有什么想法或者打算怎么做也不必告诉我。在开始之前，我希望大家都记得雷迪刚才说的话——‘目前来说，我们才是最安全的’，没人能让一个连接状态的人断开连接，这是至高法律禁止的行为，别说费德南德无权如此，即使是理事会也无法破坏你们的连接状态。但是也要记住，它同时意味着什么。”

这项法律每个人都心知肚明，现在想来的确如此，RealX 应有尽有，而营地似乎已经名存实亡。

“永远留在这里不是什么坏事。”利娅最快想到了答案，她用力拉了一下丈夫的手，后者给予同样有力的回应。

房间里再次陷入沉默，大家等待诺兰的声音再次响起，好像在等待就此向一段旧日时光告别。维尔特尔也拉着阿莎，尽管阿莎还是无法记起这个深情的男人究竟是谁，但她没有拒绝自己，这已经足以令维尔特尔感激不尽。

雷迪靠着窗，后背倚靠在墙上，双手插在裤子口袋中，脸上什么表情也没有。

诺兰见众人似已做好准备，他深呼吸一口气：“事情要从二十年前讲起，我从陆军部队退役还不到一年，有一天一个自称代表全人类利益的神秘组织找到我，问我是否了解一款叫作‘RealX’

的游戏。我对这种游戏不太熟悉，那时候我心里想，游戏和我有什么关系，我只熟悉战争，在已经伤痕累累的世界，持续不断地战争，人类真够折腾的。

“神秘人告诉我，RealX 不一样，是触手可及的天堂，没有战争也不会有死亡。对于刚从无意义的战争中走出来的我，听到有这样一个人类世界，我的大脑想象到的自然就是天堂。”

说到这，诺兰停顿了一下，雷迪关上窗，生怕海风会把这里的故事带到窗外一样。

“我不知道天堂是什么样，更没有奢望过人类能以活着的状态进入天堂，我没有学过医，也没有研究过宗教和神学，我主修的专业是语言文学，人类的身体和意识清醒着进入天堂，这样的事我只在小说里读到过。但那时候我们别无选择，自然被毁了，人类还漫无目的地互相攻打了十多年，终于到了考虑自身这个物种是否会就此走向灭亡的时候，我意识到也许 RealX 会成为一个新的时代。”

乔纳亚并不在意这些，他猜测那个代表“全人类利益”的组织也许是一个宗教组织，如果是这样，斯泰因总是在教堂出现也就并不奇怪了，他看了一眼维尔特尔牧师，更确定了自己的想法。

雷迪依旧靠在窗边，对诺兰之前说的话没有任何感觉，对接下来他要说的也没有任何期待，但他注意到了诺兰说自己曾经主修“语言文学”，他看了一眼维尔特尔，又看了一眼阿莎，最后眼神快速经过诺兰。

“最近一次技术爆炸后，即使没有气候灾难，人类的精神世界也面临破碎不堪的局面，全世界的人类都不同程度感染着无所事事、药物依赖、沉迷虚拟游戏，大家追寻便捷的生活和简单的快感。

“我想无所事事下去，我的生活就是沉浸在书里，成堆的书，没日没夜地读书，这似乎和那些依赖药物和游戏的人没有区别。我答应了神秘人的邀请，但有一个条件，我说我需要知道他们的身份和 RealX 的来龙去脉，我受够了当兵时什么都不知道只懂得执行任务的生活。”

乔纳亚低下头，这就是最初的营地吗？他想象不出当时的诺兰是什么模样，他看上去充满感情，甚至感性远远多于理性，而后来他所认识的诺兰则完全不同。

“他们告诉我，我的一个伙伴已经接受了这项任务，我们会配合得很好，你们应该能猜到，那个人就是费德南德，他比我到营地的时间更早一些，早了一周零三天。

“费德南德是您的伙伴？您和他之前就认识？”利娅迫不及待开口。

“他是我大学的校友，在学校的时候他就是个天才，几乎没有一个教授不知道他，而且他从不低调。”

“真让人讨厌。”

诺兰没有责备利娅打断他，他倒是正好想休息一会儿，疲劳感已经变成一种负担，诺兰意识到身体在发出警告，他需要休息。在海边观赏落日，在清晨漫步，夜晚聆听细雨落在树叶上，但这样的生活不属于他。也许曾经他有过这种生活，仿佛上帝偷偷把别人的幸福错给了他。后来又要了回去，剩下他一个人既不能抱怨又无法忘却。

窗外，一阵巨浪带来微凉的风，同时带来的还有另一个人的声音。

“老师，后面的故事让我来说吧，我生怕您说得不准确，误导大家。”

"你好像很确定你知道的才是正确的。"诺兰对那个声音说道。

"恰恰相反，这么说正好说明您太执着于正确与错误，真没想到一个读文学的人居然有如此强烈的对错观，我真想说您不从事政治工作简直太可惜。哦，当然，谁说营地工作和政治没有关系呢？"

众人面面相觑，谁都不知道斯泰因是什么时候进来的。利娅冲他问道："你为什么在这里？连接限制对你无效吗？不能私自进入他人住宅你不知道吗？"

"别这样，利娅。"乔纳亚小声阻止妻子。

"当然有效，但不是什么连接限制。乔纳亚，有必要明确向你妻子指出，我并不是有什么特权的人，至于连接限制，我像 RealX 里大部分人一样循规蹈矩，可惜，这和你们说的不是一回事。"

"什么意思？"利娅的语气依旧充满敌意。

"我根本不是通过连接突然在这里出现，我就是从房门走进来的，不是在某个位置断开连接，一分钟后在相隔几十公里的另一个位置突然出现，我是走过来的，就是字面意思。房门没有关紧，我在门口站了好一会儿，敲门也没人理睬，海风经过时门就自己打开了。有趣的是，你们竟然没有一个人意识到有人进来，一直到我大声说话时你们才发现，我就这么让你们觉得安全吗？"斯泰因大笑起来。

刚才的一阵风让诺兰恢复了一些平静，他在 RealX 的这段时间，斯泰因就像消失了一样，而现在他自己出现在他面前，带着一贯的玩世不恭和骄傲。诺兰想到他是有权利不再爱这个少年的，也有权利让他明白因为他的自私给多少人添了麻烦。但是这些话好像都说不出口，内心里总有一只蒙着蓝色纱布的眼睛在幽怨地望着他，灵魂在那道目光里游离，越来越模糊不清。

"你想说什么故事就说吧。"他说。

“真不愧是老师，您真的不担心我说错话吗？”

“你做错的事我都承担下来了，还会担心你说错话吗？”

“别这么说，我可不是针对老师，您早就到了退休的年龄。您看看维尔特尔，你们的年纪差不多吧，倒是阿莎还是和我想象中一样美丽，可惜她的美丽好像不会随时间的变化而改变，一朵花再美如果从来都不变，那也就失去美好的意义了，不是吗？”

“继续说。”

“您猜费德南德知不知道我们现在聚在一起？他要是知道了会有什么反应？”

“简直胡闹。”诺兰有些生气，但没有阻止斯泰因继续发表他的言论。

“在您看来我不是一直都在胡闹吗？可我发现事情根本不是您想的那样，也就是说营地所有的事都不真实。”

“你在胡说什么？”乔纳亚非常生气。

“乔纳亚，你早就在怀疑了不是吗？营地告诉你 RealX 是不真实的，每天你醒来第一眼看到的是什么？ RealX 在线人数，危机等级，在线时间。”

“是的，那又怎么样？这是我们的工作。”乔纳亚骄傲地说。

“你初到营地的时候诺兰告诉过你什么？”

“我们的工作是保护 RealX 和 RealX 里所有的人。”乔纳亚记得清清楚楚。

“为什么要你们保护？”

“因为危机等级如果上升，RealX 会发生危险。”

“这里发生过危险吗？”斯泰因自顾找了张椅子坐了下来。

乔纳亚低下头，不知如何回答，“那是因为营地持续的工作才没有让危险发生，是因为每一位捕捉者忠诚地工作。”

“忠诚？”斯泰因重复着这句话，边说边笑，俊美的五官开始变得扭曲，“对了，哈茨的演出就要开始了，我想谈话先到这里吧，有些事说来话长，但哈茨的演出谁都不想错过。可惜，里维斯不在这，他一定会对这些新编剧目感兴趣的，他可真是个既懂得戏剧又十分有趣的人，乔纳亚，他可比你有意思多了。”

乔纳亚的手心渗出汗来，利娅用力握了一下丈夫的手，仿佛在告诉他，“你是最好的，别听斯泰因乱说。”

乔纳亚没有再说话，只是点了点头，然后走到门前，伸手打开半掩的门，斯泰因临走时转身拍了拍乔纳亚的肩膀，又在他耳边低声说了一句话。乔纳亚没有回应，客人离去后，他用力把门紧紧关上。

“今晚的演出大家都去吧？”乔纳亚的声音有些颤抖。

“去。”诺兰回答。

“我先回去，阿莎，晚上你一定要来。”维尔特尔离说道。

阿莎没有回答，她有些舍不得维尔特尔离开，但只是匆匆看了他一眼，一句话都没有说。

“我不想去。”雷迪说道，“我想我最好现在回营地去。”

“发生了什么事？”乔纳亚这才意识到自己忽略了一个很重要的人，他一直没有把雷迪放在心上，对他的重视程度现在想来可能远远不够，一直以为雷迪不过是诺兰莫名其妙带到营地来的书呆子，但现在想来诺兰怎么可能随便带一个人来营地呢？何况营地又处在如此不顺利的时期。

“我有一种很不好的预感。”雷迪看了一眼诺兰，眼神仿佛在等待诺兰的回应。

“暂时还不行，需要我陪你出去聊聊吗？”诺兰问道。

“不用，我只是还有些问题没有想明白，也许我可以和牧师聊聊，要是您不介意的话。”

牧师点了点头，“我很乐意，孩子。”

“等一等，雷迪，你最好留在这里，不要轻易接触 RealX 里的人。”乔纳亚看着眼前这些人，觉得自己忽然就成了局外人，什么都不知道，却又不能置身事外。

“如果没什么事，我想休息会儿，各位可以在客厅里休息，或者去院子里散步，我有些累，还想吐。”利娅说完朝卧室走去。

诺兰眉头紧皱，看着利娅，阿莎也看着她，雷迪也同样看着她，利娅发现自己好像被很多双眼睛盯着，她拉着乔纳亚走进卧室，直到卧室门打开又关上，才觉得那些眼睛终于放过了她。

“我想吐，亲爱的。”

“你太紧张了，宝贝。”

“我不想回营地，我也不知道为什么，突然觉得所有人都在离开我。”

“不要胡思乱想，我最爱的利娅，求你不要胡思乱想。”乔纳亚单脚跪在床边，利娅的脸色看上去微微泛红，她的身体一直很好，可是此刻，乔纳亚觉得自己从未见过妻子如此虚弱。

等到利娅睡着，乔纳亚才开始思考整件事，看起来斯泰因知道一切，诺兰肯定也知道，他有些不甘心，整件事从头到尾好像只有他什么都不清楚。如果回到营地，也许他和利娅再也不能见面，费德南德必定会要求理事会执行对捕捉者的监管措施，也许去另一个由工程师设计的监狱，但绝对不会让利娅和他在一起。

诺兰说得没错，最安全的方法就是不要回去，按照现行法律即使是理事会也不能断开他们的连接，这样的人生虽然无所作为，但至少可以和利娅共同度过。她看着妻子熟睡的面容，利娅不该承受任何痛苦，去它的理事会，乔纳亚心中暗暗有了决定。

里维斯看着时间渐渐过去，离会议开始还有不到一天时间，彻夜未眠使他看起来略显疲惫，但任何不谨慎都可能导致前功尽弃，他不敢怠慢。RealX 的在线人数和活动时长进一步攀升，而危机等级却在逐渐下降，已经下降到安全线以内，这样看来，RealX 暂时不会有什么问题，理事会也许会理解营地出现的脱离现象是为了应对危机等级居高不下这一特殊情况，也许理事会将认真考虑这一点，费德南德没有办法在这件事上抢走半点功劳，想到这，他终于感到轻松一些。

观测员回到观测机前，莱尔调离了所有阿莎的信息和画面，现在他对阿莎在 RealX 的情况一无所知。他向图书区走去，路上遇到一些不熟悉的面孔，打扮看起来像二层的工程师，他们的脸色总是很白，而且不喜欢用物理身体移动。莱尔还是小心避开了那些人影。

“之前的情况很稳定，按时间推算她应该已经找到诺兰。”莱尔如实告知观测情况。

“我这边也很好，也许该感谢工程师不喜欢来这里。”

“他们已经在一层到处走动了。”莱尔补充道。

“这么着急，理事会还没做出决定呢。”

“费德南德也许觉得胜券在握，老师的脱离真是自己把一层拱手让给了费德南德。”

“他一定有苦衷，你看那里。”里维斯抬了抬头，莱尔顺着他的视线望去。

“危机等级降低了。”

“是的，RealX 密集关闭问题好像也缓解了，现在一小时仅有两三个 RealX 小世界自动关闭，难怪工程师有时间来一层晃荡。”

“是。”这个数字并不让莱尔惊奇，和上一次他看见一闪而过的降低相比，这一次的数据并没有什么值得大惊小怪，倒是里维斯看上去对这个数值很在意。

“这能让理事会相信捕捉者的工作是有意义的，虽然老师他们的行为有些不合规矩。”

“我不明白为什么一定要把时间定得如此精确，晚一点回来并不意味着什么不是吗？”

“可是如果每个人每一次都多停留一天，你知道后果是什么吗？”

“用不了多久，RealX 的生活时间会超出理事会规定的安全范围。”

“是的，如今这些数字还在攀升。按之前的经验，如果人数和时长持续增高，危机等级很难保持在 2~3 级的水平；可是很奇怪，时长已经超过 21/24 小时，危机等级却下降了。”

“很反常。”莱尔说。

“不能说反常，莱尔，我从来没有看到过，你记得有过那么高的数值吗？”

“没有。”莱尔不假思索地回答。

“老实说，我很担心，甚至有些怀疑……”里维斯断断续续说完这句话，他有些迟疑是否合适让莱尔知道自己的想法。

莱尔表情凝重，随后说道：“你在怀疑危机等级的数据可能有问题。”

里维斯有些吃惊，莱尔的智慧并不在他之下，两人之间完全没有必要各怀心事，他点了点头，补充道：“不仅如此，我怀疑的不止这些。”

“可现在最重要的是让老师他们回来。”莱尔冷静地说。

“是的。”

“除了等待，我们什么也做不了。”

“我去不了世界了。”里维斯忽然转变了话题。

“为什么。”

“你看。”

莱尔顺着里维斯的目光看向萨娜，他看见萨娜额头上方一个展开的圆球。

“你用了自己的爬行机器人。”

“是的。”

“为什么？”莱尔认为里维斯的行为简直不可思议。

里维斯摇了摇头，没有回答，他实在想不出除了这样做还有什么别的更好的方法。

十三 秘密

一旦让人们拥有了希望又让希望破碎，
人们的信念就会动摇。

众人来到教堂前，山顶孤独的小教堂正在等待一场热闹非凡的节日庆典。巨幅海报投射在半空中，深紫色的海水上方群星渐渐露出白色的光，哈茨正在星光之中。

各地赶来的人们几乎站满山顶。这个岛也许从来没有那么多人同时踏足过。诺兰和雷迪站在几位年轻的女人身后，两人都没有说话。诺兰咳嗽了一下，轻声问道："你想找牧师聊些什么？"他相信雷迪已经知道了一些"秘密"，至于知道多少只能由雷迪亲口告诉他。

"我想知道他是什么样的人。"雷迪平静地回答。

"他是个深情的男人。"诺兰仿佛自言自语。

"看上去的确如此，我没有见过母亲，一天也没有，我很想知道她在哪。"

"所以你一直在调查，萨娜曾说你天天在陈列区和图书区，想把营地建成以来每一个人、每一件事都查清楚。"

"是的。"雷迪不否认。

"为什么你觉得你要找的人在营地？"

"我没有说她在营地，我只是怀疑她在某个地方，既然物理世界找不到她，但我又觉得她还活着，所以我一定要到处找一找。"

“可是你没有办法把 RealX 里每个人都调查一遍。”

“我不用那么做。”雷迪自信地说。

“为什么？”

“因为营地和 RealX 的关系比您告诉我们的更复杂。如果它们的关系像你说的那么简单，也许我真的要把 RealX 里每个身份都调查一遍，但两者的关系不仅复杂，而且越是深入越容易发现盘根错杂的背后是处心积虑的精心策划。”

“你太聪明了，和斯泰因一样聪明，这不是什么好事。”

“我和他不一样。”

“在我看来没有区别。”诺兰严肃地说。

“老师，我和他完全不同，我对什么事都不感兴趣，RealX、营地、捕捉者、理事会，我都没有兴趣。我只想找到她，找到那个留给我三万本书之后就没了踪迹的人。”

“你恨她？”诺兰的语气温柔又悲伤。

“不，我不恨。”

雷迪的确不恨，他的感情他自己从来没有仔细分辨过，似乎天生就不具备这样的能力。他只能如实回答诺兰的问题，听起来有些不屑，实际上这的确是他真实的感受。

“把找到她作为追求值得吗？”

“对一个什么追求都没有的人来说，也许没有比这更值得的事。”

“我觉得一点都不值得，雷迪，你就是在浪费生命。”诺兰有些激动。

“我不觉得在一个个精心控制的虚拟世界里过想要的生活是对生命的尊敬，如果我说寻找母亲对我来说无异于寻找真理呢？”

“那就在营地好好做出点成绩，守护大家的真理。”

“营地比 RealX 更无趣。”

“你无药可救了，像个没断奶的孩子。”

“现在的孩子根本都不用喝奶了。”雷迪笑着，夜色中，他的笑容仿佛雪花飘落即化。

诺兰很生气，雷迪叫他失望。他一直努力保护着一切，明知这个少年对营地有他自己的打算，也很清楚他之所以愿意成为捕捉者仅仅是因为可以调查母亲的下落。这些他都能忍受，甚至帮助他隐瞒，但是他不能接受雷迪对什么都不在乎，这太可怕了。

诺兰倾力保护的 RealX 已经让人们获得了比原来世界更好的生活，安稳度过这个艰难的时代，如今却面临分崩离析。斯泰因选择了自己的世界，乔纳亚也会像他一样，这一点诺兰确信无疑。剩下利娅和雷迪，利娅必然追随乔纳亚，原本他寄希望于雷迪，他可以培养他，他有这个信心，但是现在雷迪却明确表示他对一切都毫无兴趣。

诺兰想到还不成熟的里维斯和更年轻的莱尔，费德南德会给他们机会继续捕捉者的工作吗？不会。费德南德一直认为捕捉者在建立的时候就是错误的，他会把 RealX 变成他要的样子，他甚至会要求理事会取消强行断开连接的限制，以此作为控制人口的最佳手段。

如果营地完全交由费德南德，后果不堪想象。诺兰叹了口气，被人群挤向舞台。

然后他看见了一个熟悉的人影，雷迪也看见了他。

“爸爸。”

“什么？”诺兰吓了一跳。

“我说我看见了我的父亲。”

“你知道他在这里的样子？也许只是和你父亲很像。”

“没什么人像他那样完全不改变自己的形象。”雷迪望着男人的背影缓缓说道。

“那你去找他吧，打个招呼。”

“不，这不符合营地规矩。”

诺兰轻声笑了出来：“你还知道营地规矩？”

“其实我不想打扰他，他一直很伤心，比我伤心多了。”

“你认为是你母亲离开他让他伤心吗？”

“至少我觉得他爱我母亲。”

“他爱你吗？”

“不好说。”

“什么叫不好说？”

“他活在悲伤里，维尔特尔也一样，他们都活在悲伤里，有时候我觉得你也和他们一样。”雷迪的眼角闪过一丝光，诺兰隐约觉得他在笑。

“我和他们怎么可能一样？”

“你也活在悲伤里，你爱萨娜吧？”

“你懂什么是爱？”

“我不懂。我只读过一些小说，《理智与情感》之类的，但是我想你爱着萨娜，可是萨娜并不确定你爱她。”

“看来你并不是对什么都不感兴趣，你喜欢揣摩别人的想法。”

“我想知道真相。”雷迪认真地说。

“真相是最不真实的东西。”

雷迪不明白诺兰这句话的意思。他远远跟着父亲，从背影看这个孤独的男人又苍老了一些，雷迪想叫他，可看见他身边站着一位端庄的女士时，他又打消了这个念头。

“你知道，有些东西是不真实的，但那不重要，人类的情感本身远比物质世界的真实更需要牢牢抓在手中，成为记忆也好，成为心里埋藏的秘密也好，能与人分享也好，只能独自面对也不是坏事，这一切会在未来的某个时刻，成为一盏灯，用它微暗的光带给你正确的方向。”

诺兰正要伸手拍拍雷迪的后背，他灵巧地向前走了半步。

“乔纳亚他们也到了，好好欣赏这场万众期待的演出吧。”诺兰说完，雷迪点了点头。

舞台上，演员们精彩的思辨不时赢得在场观众阵阵掌声。伽利略不仅是个天才，更是一个勤勤恳恳的研究者，他日复一日地观察月亮变化，就连为什么月亮那么亮都描绘得精彩绝伦，充满智慧。

“哈莰是要告诉大家什么？”乔纳亚轻轻问诺兰。

“这个场景源自一本书——《关于托勒密和哥白尼两大世界体系的对话》，伽利略因为这本书被罗马教会终身软禁。”诺兰眉头紧皱，斯泰因叫他们来看这场演出绝不会仅仅为了一场科学教育，他的用意何在呢？

当伽利略的扮演者走向舞台中央时，人群欢呼雀跃，教会承认伽利略的发现并且当众道歉：“世界是你描述的那样，不是哥白尼描述的那样。”主教放声大喊，“这才是真正的世界。”

人们再次雀跃，欢呼，掌声响彻天际。

“这才是真正的世界。”诺兰喃喃重复。

“老师，斯泰因上去了。”

乔纳亚看着舞台上的斯泰因，他的脸陌生而清晰，像穆切尔甚至像维尔特尔，有时候也像诺兰，他恍惚间觉得每一个观众的脸又都和斯泰因有几分神似。他有些头晕，只能牢牢抓住妻子的手臂。

“伟大的哈茨已经告诉我们世界的真正模样，可依然有人试图控制和阻止我们美好的生活，他们把爪子伸入我们的大海，搁在我们的窗台边，在海水和凉雾的清晨，他们小心翼翼地试图控制这里的每一天。多么愚蠢的欲望啊，愚蠢到竟分不清什么是真实什么是虚假，不敢承认真相，以为能掌控一切，多么可怜的欲望。”

人们默不作声，陷入沉思。

“我刚刚证实了一个秘密，我们可敬的维尔特尔牧师，今天终于和失散二十年的孩子见面了。这个孩子二十年前诞生在这里，诞生在这片沙滩上。”

“可是，这里不可能有孩子出生。”人群中有人大喊。

“如果人类被告知不可能生育，人类的生育能力会逐渐下降，男性的生育力会在几代人之后下降到可怜的10%，单纯的心理暗示就足够让大部分人失去生育能力。”斯泰因耐心地解释。

“我在RealX-09生活了那么多年，从来没有见到过新生命诞生，无论这里多好我都知道它不是真实的。”一个老人说。

“那你为什么喜欢这里？”斯泰因温柔地问。

“因为我选择这个世界，我想我喜欢这里是因为我感受到这是出于我自己的选择。”老人回答。

乔纳亚从心底里认可老人的说法，同时他相信RealX里很多人都有类似的想法，他们选择留在这里，在线时间远远超过费德南德的预测，这些数值只会不断上升，不论有没有捕捉者的存在，在线时间不会减少。

这些问题他一直埋藏在心里不去思考，因为思考会最终导致他陷入无意义的怀疑，尽心尽责地工作又同时充满怀疑，这毫无疑问是一种可怕的折磨。

维尔特尔牵着阿莎的手走向舞台中央，阿莎脸上洋溢着幸福，但是诺兰知道她记不得发生了什么事，甚至可能并不知道当下正在发生什么，她看起来如此快乐，如果不是职责所在，对她而言也许单纯的幸福已经足够，何必知道为什么幸福呢?

“阿莎，根据我的调查，你在二十年前曾经怀孕，但是你当时还没有和维尔特尔结婚。”

阿莎没有说话，她看着维尔特尔，维尔特尔说道:“因为当时我希望永远侍奉上帝，暂时没有考虑结婚。”

“所以，你不想接受你的女友怀孕这个事实?”斯泰因的问题引来台下一阵躁动。

“我根本不相信这样的事，要知道二十年前，我很清楚哪里是虚假的，哪里是真实的。”维尔特尔说道。

“这难道不是你逃避责任的借口?你觉得那么早结婚对你的事业发展有影响是不是?”

“不是，我爱阿莎，我爱她胜过一切。是她离开了我，她消失了，再也没有回来，我等了她二十年。”

“阿莎，你知道你的孩子现在在哪吗?”斯泰因转向阿莎，观众的目光也转向她。

“不知道，我什么都不记得。”

“当然，你什么都不会记得，但有人记得这一切，RealX也记得你曾怀孕。”

“不可能，这不可能。”利娅身体轻轻颤抖，她感到自己随时会倒下，她感到肚子里一阵阵抽搐，好像有个小爪子在里面画画。

“你已经见到你的孩子了，不是吗?”

“什么?”乔纳亚和利娅异口同声，同样惊讶的还有诺兰。三人相互对望，谁也没有发现此时雷迪已经不在附近。

等目光回到舞台上，雷迪正站在阿莎面前。所有人都在为这场团聚庆贺，情侣们相互拥抱，雷迪看着阿莎，阿莎则是满脸幸福。

“胡闹。”诺兰转身离开，乔纳亚拉着利娅紧随其后。

一路上没有人说话，利娅的脑中不断回想这几日腹中的奇怪感觉，她打算向诺兰问清楚，无论如何都要问清楚，如果雷迪真的是阿莎在世界生育的孩子，这个世界就是真实的，比现实更真实的世界。她一定会保护这个孩子，不会像阿莎一样一无所知地离开孩子。

利娅暗自下定决心，“老师。”进门后她就迫不及待开口。

“你要问什么？”诺兰已经没什么耐心。

“RealX 是不是真的可以怀孕？”

“不可以，理事会一开始就禁止这样的设置。”

“但是，RealX-09 在很多方面都超出了设置。”

“生育这件事绝对没有可能。”

“可是，如果斯泰因说的是真的呢？如果这里才是真实的世界。”

“斯泰因和我们的身体都还在营地，这里怎么可能是真实的世界？”

“可是这里已经有死亡了，费德南德一开始也说过这种事绝对不可能在 RealX 发生。”

“你想说什么，利娅，你想说什么？”诺兰有些愤怒，他从来没有这样和利娅说过话。

利娅有些害怕，但还是坚持说道：“我想知道如果一个世界有死亡也有新生，那么还有什么人可以说这个世界不真实？”

“住嘴，想想营地，永远牢记营地的方向，它会带你回到真理。”

“现在事实摆在眼前，我们不承认也无济于事，外面的每一个人都愿意留在这里，用不了多久，人们的时间都会用在 RealX-09，外面的城市形同虚设。”

“你希望看见人类全都躺在那里，依靠营养剂，像死人一样吗？”

“这是最高法律保护的，他们应该早有预料，并且事实上谁知道当初的决策者们不是这样期望的呢？利用 RealX 帮助人类度过长达几百年的自然恢复期，也许相信 RealX 是真实的，这不是什么大不了的事。”

“你真的觉得这样好吗？”

“我想每个人至少都有权选择过哪一种生活，并且没有人可以剥夺一个完整世界里该有的任何东西，如果它的确以某种我们无法理解的方式进化成功。”

“利娅，你这是在指责我，在指责捕捉者的工作，你的意思是，捕捉者是在迫害世界……”

诺兰摇了摇手，打算不再说话，他如果不打算继续交谈，没人可以让他改变主意。

“我现在就回营地。”诺兰突然说。

“老师，利娅只是身体不舒服。”乔纳亚连忙解释。

“你留下来照顾她，如果你们不愿意回去，这里的生活是——安全的。”

“我不能让您一个人回去，因为我的执着才会发生今天这样的状况。”乔纳亚悲伤地说。

“不要这样想，我从来没有怪过你什么，今天的状况该发生的时候一定会发生。”

“雷迪……我是说，雷迪真的是在 RealX 出生的吗？ RealX 和营地究竟有着怎样的秘密？我有一种不好的感觉，雷迪出现在舞台上的那一刻，当斯泰因不断地否定外面的城市，不断地引导我相信 RealX 才是真实的时候，我忽然有一种可怕的感觉，会不会什么都不是真的？会不会我们其实都不是真实的？”

诺兰叹了一口气：“你和里维斯一样，小说读多了吧，这种糟糕的想法你是怎么想到的？神经联觉症？”

“老师，您听我说，我们应该好好谈谈，斯泰因今天说的话所有人都相信了。”

“他说的不是真的，我现在就去找费德南德商量这件事，看如何补救，可怕的事还没真正上演呢。”

“他会和您商量吗？这件事只会让他进一步对理事会施压，赶走捕捉者。”

“如果他这样想，我也无法阻拦，但是我相信他不会只关心和我之间的争斗，我们都有更重要的事要担心，这些事理事会也担当不起。你们这些孩子就是胡闹，我说了我有更重要的事情需要立刻回去，有什么事等以后再说吧。”

“老师指的可怕的事是什么？”乔纳亚拦住诺兰的去路，他知道这样不礼貌，但是强烈的担忧已经令他身不由己。

诺兰把手放在乔纳亚肩膀上，轻轻拍了一下，停顿了一会儿，又拍了一下，他摇了摇头：“照顾好利娅，还有阿莎。”

“阿莎她……”

“如果她要留在维尔特尔身边就随她去吧。”

“老师，我现在完全糊涂了，阿莎难道不和你一起回营地吗？为什么当她看到维尔特尔以后就变了一个人，阿莎的记忆是不是有什么问题？”

“我也不知道她究竟怎么想的，我从来都不懂。”诺兰望向海面，薄雾已缓缓升起，夜色沉浸在淡紫色迷雾中安详且宁静，海面下暗流涌动，两股相安无事的力量终有一日将交织在一起。“如果那一天应该到来，它就一定会到来。”诺兰喃喃自语。

很快，诺兰回到了营地。

“老师回来了。”莱尔把诺兰的成像图传输给里维斯。

“还有谁？”里维斯问道。

“没有了。”莱尔摇头。

“不行。”

“什么不行。”莱尔不明白里维斯的意思，里维斯却很清楚自己说了什么，费德南德的人很快就会来查看监测室的情况，他叮嘱莱尔务必小心。

“我马上去找你。”里维斯说完切断了所有通信。

离开前，他仔细看着连接中的萨娜，很想让莱尔把成像图传给他看一看，但是里维斯不能这么做，不论事实如何，现在他只能信任自己的推测，也许根本算不上推测，只是根据雷迪所有收集的信息得出的结果，结果让他惊讶甚至不知所措。

雷迪，如果他的调查所指向的事情是真的……里维斯不敢想象，这种时候犹豫是不会带来任何好处的。

几秒后，他说：“断开连接。”

“什么？”

“我说断开连接。”

爬行机器人发出最后警告：“命令执行后，我的任务即将完全终止，两秒后断开连接，此命令不可撤销。”

道别，阒无声息；醒来，恍若隔世。

“萨娜，谢谢。”

“里维斯，我可能惹了大麻烦，诺兰可能遇到了大麻烦。”萨娜魂不守舍地摇晃着站起身。

“我知道。”里维斯从容地说。

“你知道？你怎么会知道？”

“雷迪收集的资料里有一个秘密，一个隐藏很深，很不可思议的秘密。”

萨娜仍旧感到眩晕，她语无伦次道：“说实话，我不知道发生过什么，那些事又是如何发生的，但是我相信……我要怎么说你才能明白，我没有那些记忆，但是我能体会那种感情，我知道这些感觉是真实的，所以，我记得我的身体里似乎活着两个人，甚至三个人，有时候我不知道我是谁。”

“这要看你是否愿意相信一些事，我喜欢一句话，‘也许世界不过是幻觉，人们只看见他们想看见的东西。’”

里维斯的话让萨娜稍稍平静一些，“我需要摘除什么东西吗？”她问道。

“不需要。”

“不需要？”

萨娜疑惑地看着里维斯，他看上去很镇静，镇静得有些可怕，这种神情她好像在哪里见过。

这时，莱尔走了进来，小声提醒：“里维斯大人，老师回来了。”

“理事会也快到了吧？”

“还有两个小时。”

里维斯呼出一口气，心想，有些事还是不要把莱尔牵扯进来最好，他已经没有退路，没有了机器人，他哪里也去不了，不论营地变成什么样，他都将留在这里，别无选择。

但如果有选择呢？他问自己，如果有选择的话，我更愿意留在哪里？

他很想思考出一个结果来，但是时间并不给他机会，强打精神也要坚持到底，他问道：“老师现在在哪里？”

“工作区，应该正在来这里的路上。”莱尔回答。

“费德南德的人不会拦着他吗？”

莱尔异常镇静，叫里维斯有些吃惊，“老师既然会自己回来，费德南德一定不可能把他困在工作区。”

“很好的判断，这么说你认为费德南德不敢这么做？他可以说这是理事会的决定。”

“如果他真要老师回不来，在 RealX 里动手岂不是更好？”莱尔反问，“在 RealX 里杀一个人对费德南德来说并不困难，除非……”

“除非他根本不知道劳伦是怎么死的，这些事情和费德南德没有关系，工程师们和我们一样被带入了迷雾之中。”

“我不知道，但是如果老师在 RealX 出现意外再也不回来，他就能顺理成章让理事会把捕捉者解散了。我推测，老师只要能回来，就不会被限制活动，至少在理事会会议召开前他能做任何自己想做的事。”

“我想你是对的，莱尔。”里维斯点了点头，肯定了莱尔的猜测。

费德南德的工程师们并没有为难诺兰，他离开工作区时也没有被问要去哪里。工程师没有汇报诺兰回来的消息，费德南德如果监测诺兰的成像图一定早就知道。诺兰离开工作区时看了看身边的人，猜测乔纳亚、利娅和雷迪谁会主动回来，诺兰相信乔纳亚会回到营地，他善良、忠诚。但是诺兰也不知道等待捕捉者的会是什么。费德南德终于等到了最好的机会，而自己还一心想着最初成为捕捉者时的心愿。

RealX 虽好，但不该成为真实的世界，也不该取代真实的世界，它是一个过渡，一个过渡时代绝不应该引导人类走向另一条进化之路。

诺兰明白这句话的含义，可是相同的人只会创造出相同的世界，无论重来多少次，最终是不是都会走向类似的命运？换一个世界之后人的一生真的会更好吗？诺兰无暇思考这些。

如今斯泰因把这几十年来营地所有的努力都一一扭曲，可是诺兰却不能恨他，他是必然会出现的“特殊”，乔纳亚、利娅、里维斯和莱尔都是“特殊”，他们并不真正知道自己为什么会成为捕捉者，诺兰相信他已经接近答案。

斯泰因太聪明，聪明人若要掌控一切就会变得可怕，费德南德和他这么多年的争斗又何尝不是为了证明自己才是那个能掌控一切的人呢？

然而，诺兰最担心的不是这些，他可以输给费德南德，捕捉者可以输给工程师，人性可以输给公式，但有更可怕的事他们输不起。

诺兰步履沉重，缓慢地走到图书区，穿过门廊，抚摸着光滑的书架和一排排书脊。

看到里维斯的时候他点了点头，表示感谢。里维斯微微一笑，竟不知道说些什么。

气氛平静却叫人不安。

萨娜坐在平日常坐的书桌旁，诺兰坐在她对面的椅子上。

里维斯悄悄建起一道屏障，却被诺兰制止。

“没关系，这是一个关于爱情的故事，关于我，萨娜还有RealX的爱情故事。”

萨娜红着眼眶默不作声。

“营地初建的时候，我们就在这里，知道我们故事的全营地只有六个人，其中包括费德南德，他是你的哥哥，萨娜。随着先辈们离世，只剩下我们三人知道过去所发生的事。原本我以为这件事永远不会再提起，那么多年过去了，就连费德南德和我之间都从未提起过这件事，我们想把它忘记，但偏偏有人想让我们永远忘不了。有时候我真希望我和你一样，什么记忆都没有。”

莱尔对诺兰的话完全摸不着头脑，他看了一眼身边的里维斯，发现他的眼中闪烁着光芒，里维斯在流泪。

“我不希望我没有记忆，就像你感觉到温暖却无法相信那是太阳带给你的热量，我觉得我活得很好，却不快乐，有时候我很快乐，但其实根本没有好事正在发生。”

“所以那件事之后不久，你就来了图书区，再也没参与过任何一项任务。”

“到底发生了什么事？那个阿莎是不是我？”萨娜迫不及待想弄明白一切。

“是。”

“我以前去过 RealX-09 是不是？去过那片海滩，我认识维尔特尔是不是？”

“是。”诺兰低下头不情愿地承认。

“我对他亲切的感觉是真实的。”

“是的，你的感觉从未错过。”

“我见到了斯泰因，那个混蛋，他说我曾经在 RealX 生育过一个孩子，那个孩子是雷迪。”

诺兰没有回答，脸上的皱纹一下子像发芽的种子般从皮肤褶皱里钻了出来。

“到底是怎么回事，诺兰？我虽然失去记忆，但也明白这意味着什么，如果雷迪是我的孩子，如果雷迪是在 RealX 出生的孩子，这意味着什么？”萨娜越说越快，莱尔却越听越糊涂。

“诺兰，你到底隐瞒了什么？”萨娜气愤地提高嗓音。

“别这样，萨娜，给老师一点时间。”里维斯试着劝说。

“没关系，我会告诉你一切，然后你来告诉我究竟这件事是不是你希望的样子。”

“我没有希望的样子，我什么都不知道，更没有想过自己突然有了一个儿子。”萨娜的脸涨得通红，想到自己在 RealX 对维尔特尔忽然出现的依恋，想到和他紧握的手，以及当着那么多的观众被说有一个已经成年的儿子……虽说是情不自禁，可回想这一切时，萨娜羞愧难当。

“萨娜，你对我是存有爱意的。”诺兰声音颤抖，仿佛含着祈求，“不管在 RealX 发生了什么，我始终相信你对我是存有爱意的。”

“我……在这之前，在我前往 RealX 找你之前，我一直以为我们彼此都有好感，我一直以为一定是我哪里不好，你才没有和我在一起，甚至我以为你的心里只有捕捉者的工作，从来容不下一段感情。”

“萨娜，你知不知道，我是因为你才加入营地？

“当时，上门拜访的人说我有一位朋友也在这里，后来我才知道这个朋友就是费德南德，他很优秀，但我不在乎，对我充满吸引力的人是你。萨娜，我迫不及待想了解你的一切。麦子般浅金色的长发，它们缠住了我的心，让我无法不追随你的脚步，不论它们通往天堂、地狱或者另一个世界。

“我对自己说，不论那是什么样的世界，只要你在那里我就愿意热爱它。

“幸运的是，我们相爱了。你说你有工作，希望我能和你一起保护你的哥哥，他是个天才，他保护着这个时代；你说人类很适应 RealX，它们比如今这个残缺不全的世界美丽一千倍；你说相爱的人应当有更多的时光在一起，而现实远远不能满足。我被你打动，你说的一切我都喜欢，你热爱的一切都是我的热爱。”

莱尔和里维斯难以想象这些话竟然会从诺兰嘴里说出来，他没有了一贯的冷静和严肃，此刻的诺兰看起来就像一个深情却注定悲剧的骑士。

“为什么我会不记得你说的这些？”萨娜缓缓问道。

“你的工作就是捕捉者，修改 RealX 一切需要修改的东西，跟踪人们的心思以及传播营地所希望传播的思想。费德南德非常仰仗你的意见，一开始我们三人的合作很顺利，你教会我如何进入 RealX，如何不被其他人知道，如何在其中生活，甚至如何爱上那里的一草一木，事实上，我心里很清楚，你在的地方我都爱。”

诺兰停顿了一下，又接着说：“随着 RealX 越来越完美，我们在 RealX 的时间也越来越长，那个时候捕捉者的行动不受任何限制，大脑成像图也没有现在这么精准，我们在海边拥有一套房产，你很聪明，用一个新的人物注册了房产，即使费德南德也不知道那套房子与我们有关。那片海域原本有淡紫色的烟雾会从水面上慢慢上升，一直到夕阳西下之时烟雾弥漫到山顶，每逢天气好的时候，橘色的夕阳和淡紫色的烟雾，仿若天堂。我们本想在那里多住一段时间，但因为理事会会议，我被迫离开，你说想多住几日，我没有反对。后来我在营地忙了将近两个月，也就是在那段时间，你认识了维尔特尔，山顶教堂里的牧师。”

“你说那套房子是我们的？”萨娜不敢相信诺兰的话。

“是的，是你和我的。”

“但是现在乔纳亚买下了它。”

“这要问斯泰因了，他知道得太多，至于究竟多少，我恐怕也很难猜测。”

“他为什么要这么做？”里维斯问出了一直想问的问题。

“看起来好像是他要我和费德南德承认，RealX 是真实的。”

"怎么可能？就算它再真实，也是人类创造出来的。"

"这就是斯泰因想要的，他要我们亲身目睹 RealX 的真实性，它具有真实世界所有的一切。"

"那也不能代表它是真的。"莱尔有些生气地说。分辨真假是捕捉者的基本能力，斯泰因既然连这种基本能力都没有了，留在营地也没什么价值。

"他一定是想要我亲口承认 RealX 就是真实的世界。"诺兰自言自语。

"这样做对他有什么好处？现在哈茨备受敬仰，他们在创建一种类似宗教的文化，在这个阶段，RealX 里没有其他文化可与之抗衡，除了以此来控制 RealX，我想不到斯泰因这样做还有什么别的目的。"里维斯分析道。

"一开始我和费德南德也这样认为，我们认为，说到底他不愿意跟从我们中的任何一个，原因无外乎想要依靠自己的智慧掌控一个世界，毕竟掌控世界是多么诱人的想法，营地和他想象的不一样，他想要的真理只有他自己知道。"

"是的，他只是不愿意由营地来控制一切，他想要自己控制。"莱尔补充道，里维斯点了点头表示认可。

"但是，我这次见到他以后发现并没有那么简单，他遵循着一种我们始终逃避的规律，如果最近发生的一系列事故算得上是一场争斗的话，斯泰因其实什么事都没有做过。"

"怎么会什么事都没有做？这些事可以说都是他惹出来的，要不是他我们怎么会被理事会逼到这般境地？"

"他没有创造过任何东西，也没有试图改变过任何东西，就连捕捉者为维护 RealX 稳定还会编造一些故事，但这些斯泰因从来没有干预。他不屑于捕捉者的干涉行为，认为那些事情只是暂时解决了现状，但对于长远来说毫无意义。相比之下，他也不赞成费德南德的做法，他认为计算不可能规划 RealX 的一切，世界绝非定域，所以不该试图掌控。”

“难道他不能理解他所热爱的 RealX 之所以美好，正是因为营地的工作吗？”莱尔抱怨道。

“他不会这么认为，或者说他不认为两者是因果关系，他在做一件疯狂的事，他试图让混沌变得自然，让自然生出繁荣，或者说他认为这就是他找寻到的真理。”

“像个浪漫主义的唯心主义者，可是他所做的不是和捕捉者一样吗？不同的是他换了一种理论欺骗他自己。”里维斯用力摇头，心里空荡荡的，只觉得可惜。

“说下去。”诺兰示意。

“他鄙视捕捉者的所作所为，但哈茨的存在不也是推进‘世界’文明进化吗？他不仅明白文化是一个长期演化的过程，更明白如何用看似无形的方式让人们以为一切都是出于他们的‘自由意志’，他没有让人感到被掌控，但结果却是一样的，不同的是人们以为是他们自己选择了真理，他们认为在世界里自由是出于自我的，可以摸得到，可以抓在手中，一种掌控感！也许因为近半个世纪以来人们对生活的掌控感流失太重，所以这份渴求变得过度强烈。”

“分析得太好了，如果说理事会和我们的努力是让人们能够安稳度过 RealX 时代，斯泰因所要的是让人们自主地度过这个时代，谁都想要这种自主的感觉，在任何时代都是如此，人类的本性就在于此，我们始终都不喜欢别人告诉我们的真实而喜欢相信自己以为的真实。”诺兰长叹了一口气，里维斯的这番分析，自己竟从来没有想到，他看着里维斯，感到一阵欣慰，“理事会一定会要我们拿出解决办法。”诺兰接着说道。

“是的，但我们能改变吗？RealX-09正在脱离控制，就算我们知道斯泰因的想法又能如何？它正在变得和我们相信的真实世界一样真实，我们能改变吗？”莱尔问。

“这要看理事会如何打算。”诺兰回答。

“会不会关闭RealX-09？”最终，里维斯还是问出了这个所有人都想问的问题。

莱尔、里维斯和萨娜，三双眼睛紧紧盯着诺兰，诺兰摇了摇头，“那等同于屠杀人类，但如果真的发生了什么可怕的事……”

“所以理事会根本不会这么做？”里维斯又问。

“没人有把握推测理事会到底会怎么做。”诺兰欲言又止。

“如果理事会真打算关闭RealX-09会发生什么？”莱尔问道。

“也许，我是说也许，那些人全都无法醒过来。”

所有人的脸上都写满了惊愕，他们看着诺兰，莱尔胆子最大，他问道：“难道说最近突然关闭的那些小世界里的人都醒不过来了？”

“我和费德南德之间一直有一个应对RealX突然关闭的方法，但这仅仅是针对正常关闭的世界，突然关闭的情况没有发生过，我没法说清我们的方法是不是有用，不过，我想情况不至于那么糟。”

“除非我们有办法让人类对RealX-09失望，自己主动离开那里，这才是最好的办法，也是最符合捕捉者风格的方法。”里维斯说。

会议在沉思区举行，理事会一共五人，一个个面无表情高坐席上。费德南德和诺兰分坐长桌两边，既不看对方也不看任何地方，只是把目光聚焦在彼此对面的墙上。

诺兰的右手边依次是里维斯、莱尔和萨娜。捕捉者这边空余两个座位——乔纳亚和雷迪。诺兰没有想到乔纳亚真的没有出席，他的心头闪过一丝失望，又想到这未尝不是一个好决定。

与费德南德一起出席理事会会议的只有一人——工程师中年龄最小的少年，少年看起来如机器人一般冷静，旁人别想从他的神情中读出一丝有用的信息。

理事长看了看在座的每一个人，宣布会议正式开始。关于诺兰擅自脱离以及捕捉者的命运都将由这次会议决定，但此刻诺兰并不担心这些，他深知，如果 RealX 按照斯泰因希望的方式发展，捕捉者和工程师都将是毫无意义的存在，营地也将名存实亡。与此相比，在座的每一个人有更重要的问题需要思考——理事会如何应对失去控制的 RealX。

“诺兰，你如何解释这次的事？”理事长哈钦斯长着浓密的胡子，五官几乎躲藏在这些胡须之中，他看上去年纪最小，但一点也不稚嫩。

“我无话可说。我的脱离是有原因的，我认为非留在 RealX-09 不可的原因，但是脱离就是错误，不论什么原因。”

“这项制度是你亲自制定的。”哈钦斯语气严厉，其他四人则像雕塑般不发一声。

“是的。”

“那你该知道后果是什么。”

“从此远离捕捉者计划，远离营地。”诺兰平静地看着墙面，“囚禁在一个虚拟世界或者囚禁在营地监狱。”

营地监狱？里维斯和莱尔有些惊讶，他们从来不知道营地这个两层单向通行建筑中竟然还藏着监狱这样的地方。

诺兰缓慢说道：“脱离者本人无权选择，由项目负责人决定。”

“项目负责人违背规则呢？”哈钦斯问。

“由理事会决定。”

“诺兰，我们可以让你自己选择。”哈钦斯说完，其他四人点了点头，依旧不发一语。

“费德南德有什么意见？”哈钦斯望向工程师。

“没有，听从理事会的决定。”

假惺惺！莱尔在心里咒骂，偷偷看了一眼身旁的里维斯，他看起来并不紧张。

“理事会对 RealX 的现状非常担忧，这是本次会议的第二个重点，开会前 RealX 在线人口数已达到人类现有总人口数的 89.91%，在线时间超过 21.7/24 小时。就这件事我想听听两位的意见。”

费德南德圆滚滚的身体在椅子里稍稍挪动了几下，随后说道：“这个数据在一年多前计算机已经预测到。”

哈钦斯回应说：“你的意思是，你早就知道今天的问题会出现？”

“大家明白这意味着什么吗？意味着捕捉者计划根本就是错误的。”费德南德缓慢又刻薄地说。

诺兰并不对费德南德说出这样的话感到意外，反倒是里维斯和莱尔有些坐不住，恨不得把费德南德扔出营地。

“诺兰，对这件事你有什么解释吗？”哈钦斯又问。

“我想现在最重要的事情是理事会的想法，理事会接下来对 RealX-09 有何打算？”里维斯看了一眼诺兰，同时拉住莱尔的手臂。

“当初成立营地的目的各位都应该清楚，维护 RealX 的安定。这项工作很烦琐，因此理事会找到了在座各位，赋予你们最高的科技和足够的自主权。诺兰，据我所知，捕捉者脱离现象已经不是第一次了，这意味着我们失去了对捕捉者的掌控，进而失去对 RealX 的掌控，或者说这意味着人类在偏离 RealX 时代的意义——这个时代只有一个目的，让人类以最小资源安然度过几百年。”

“是的，我每天都记得这些事，理事会希望我相信的真理，我从没有一天忘记过。”诺兰的语气十分坦诚。

“理事会做了相关分析，捕捉者计划目前看来已经不再适合RealX，RealX的轮毂已经转动，捕捉者把握不住方向了。”哈钦斯的语气冷漠如冰。

诺兰没有回应。

“全部由工程师严格控制就不会发生这样的事，柔性进化本来就不可靠。”费德南德抓住机会数落了一句。

里维斯发现另外四个理事始终一言不发，好像就在一旁观看一场演出。他本想驳斥费德南德的话，刚要开口，目光遇到了诺兰，诺兰示意他不要开口。

“如果捕捉者没有意见，就先回去吧，有些事我需要和工程师们商量一下。”

“好。”诺兰低头表示同意。

莱尔第一次看见诺兰如此懦弱的态度，他预感捕捉者也许真的将不复存在，他的理想也将终结于此了，如果离开营地，等待他的将会是什么？他想要回忆起来营地以前自己的人生记忆，发现一想到那些就头痛不已，注意力完全失去了控制。

里维斯跟在诺兰身后离开沉思区，心中惴惴不安。哈钦斯浓密的胡子叫他印象深刻，另外几位理事自始至终没有发言也无法让他不在意。难道理事会已经在会议前有了决定，所以只需要哈钦斯走过场而已？至于诺兰老师说什么都不重要，因为结果在会议之前已经决定了。想到这里维斯不禁打了一个寒战，忍不住开口：“老师，我很不安。”

他本想提一提另外四位理事始终不说话这件事有些古怪，却被诺兰的话打断了。

“会有办法的。”诺兰说。

“什么办法？”

"理事会没有当即对我做出处罚，就是想看我对这些不断上涨的数据有什么办法。"

"我们能有什么办法？"

"应该有，我想我知道办法。"

"老师……"里维斯欲言又止，"老师，我想……"

"说吧。"

"我刚到营地时我们每周都要进行测试，我想如果把现在的问题当作以前的考题，事实上是一样的处理方式。"

"你是说一个最小的故事？"

"是的，老师，我只会这些捕捉者最基本的能力，还记得您教我的吗？人类在虚假中提炼真实。我认为斯泰因所做的就是创作了一个让 RealX-09 的人很有共鸣的故事，人们自主地从其中提炼出真实，要让这个大世界里的人改变态度，恢复以往的生活，也需要用这样的方法。"

"果然……"诺兰恍然大悟，喃喃自语，"斯泰因在 RealX-09 一直做着捕捉者做的事。"

"哈茨的演出，牧师，演讲……这些像什么？"

"你的意思是像传递某种信仰？"

"我想是的，老师。"

"如果是这样，我们需要一个足够颠覆的故事，一击命中。"

"打破神话的通常是另一个神话，这个神话必须和说了一千遍一万遍的神话十分类似。好比灰姑娘的故事，人们读了一千遍，都没有觉得这个故事有什么奇怪的，但是我们要提醒人们其中有一些奇怪之处，比如，选择只看一眼就爱上自己的人作为终身伴侣真的合适吗？越是熟悉的故事，越是看不到其中不合理之处，而当不合理之处被尖锐地提出时，人们意识到它的怪异之处，这个故事很快就会变成另一个故事，灰姑娘的故事可能从一个心地善良的女孩获得美好爱情的故事变成两个年轻人因为冲动而产生错误感情的悲伤故事。”里维斯的声音越来越轻，但诺兰却听得越来越明白。

他知道自己即将走上一条无法回头的路，不论他愿不愿意，他只能这样做。

“可惜乔纳亚不在，如果他在，我们可以多一个人商量。”里维斯遗憾地垂下头。

诺兰拍了拍里维斯的肩膀，说道：“不，他的优点是努力……努力学习那个人，斯泰因却是天生具有这种能力，你们每一个人都不同，但都很重要。”

“老师，那我再去想想办法，用一个故事颠覆另一个。”里维斯不太懂诺兰这句话的意思，他的身体微微前倾，示意自己先离开，诺兰点点头，再次陷入沉思。

乔纳亚坐在妻子身边，心里想的却都是营地的事。利娅的情绪状况也叫他担心，自从看完哈茨的演出，她虽然没有再提怀孕的事，但是一些感觉已经无法用神经联觉症去解释了。他害怕利娅会突然谈论起孩子的事，也害怕自己若再不回营地，一定会后悔终身。他试着问利娅是否要去海边散步，利娅摇摇头，他想自己出去走走，到半山吹吹海风，又担心利娅会发生晕厥这类状况。

“你想回营地对不对？”

“是的，但我不能回去。”乔纳亚如实回答。

“为了我？”利娅平静地问，她的视线望着窗外。

“也为了我自己，回到营地的结果我们都心知肚明，何况……”乔纳亚停顿了一下。

“何况什么？”利娅闪烁着修长的睫毛，等待丈夫把话说完。

“我的意思是，老师告诉我们留在这里非常安全，我想他已经给了最好的建议。”

“你是说老师希望我们留在世界？”

“他也许不想你受到伤害，还有一种可能，也许老师认为我们在 RealX-09 会比回到营地更有价值。”

利娅眼眶湿润。海风依旧行走在海面上，没有半点吹进窗户的意思，它们在海上聚集成浅色的雾，像莫奈的油画般优雅动人。她清楚自己已经喜欢上了这个地方，原本只要和乔纳亚在一起，无论什么地方她都会感到满足，但是此刻，她看着优雅宁静的海水，空气中相思梅散发着安静的香味，她觉得自己的生命不仅仅为了乔纳亚而波涛起伏。

“我哪里都不去，但我不想拦着你，如果营地对你而言很重要，那就不必在意我的感受，我支持你的所有决定。”利娅这番话句句源自真心，只是在乔纳亚听来像是一捆新的绳子紧紧将他绑在房间里。

“里维斯的智慧不亚于我，有他帮忙，老师不会有事的。”乔纳亚斟酌着该用哪个词。经过上次的任务，他已然意识到里维斯的智慧和学识可能早已超越了自己，但是在利娅面前，他还是无法坦然承认这些。

利娅微笑着从背后抱住丈夫，乔纳亚用力抓住妻子的手，不安又无能为力。最后他想到，也许唯一能做的，就是去找找斯泰因，可如果他不愿意露面，谁又能找到他？

会议之后费德南德把工程师调回二楼，之后的五个月，谁也没有再见到他。里维斯曾有一日向诺兰问起此事，诺兰也只是摇了摇头表示自己并不知情。营地仿佛停止了所有工作，莱尔也对鲍菲斯时不时溜出去喝一杯果汁这些小事装作没有看见。有时候他也想喝上一杯营养剂好好休息几天；有时候他又想，是不是该去 RealX-09 看一看，那里究竟发生了什么事，会让现实世界变得如此人心惶惶？他不知不觉走到里维斯的房门前，犹豫片刻，莱尔报上了自己的姓名。

里维斯端坐在床上两眼紧闭依旧处在冥想中，莱尔站立一旁不敢打扰。

“请坐，莱尔大人。”管家的声音十分礼貌。

“不必了，我就站一会儿。”

里维斯看见莱尔站在自己面前并不感到惊讶，两人已经几个月没有见面，也心照不宣地谁都没有谈论营地的事情。如果莱尔不来，里维斯也不知道自己是否会去找他。

“乔纳亚他们不会有问题吧？”莱尔问。

“应该不会，你能不能想到办法查看他们的大脑成像图？”里维斯试探性地问。

“可以，但是没有诺兰老师的允许……”

“据我所知，他也没有特别禁止过这件事，如果费德南德一直在监测呢？”里维斯说出自己的疑问。

莱尔皱了皱眉头回应道：“可能事情没有这么简单，萨娜在 RealX 的时候我看到的成像图没有任何问题，连行动路径都和你设计的一样，然而事实上萨娜根本没有在码头出现，而是出现在了海边，我甚至怀疑，之前乔纳亚的监测画面也被人修改了。这些先不讨论，我来找你是为了另一件事，现在最让人担心的恐怕是他们的身体。”

“身体？”里维斯这才想起自己完全忽略了这一点，乔纳亚的最后一次任务时间只有三天，他最多会使用维持一周的静眠营养剂，如今已经过去快八个月了。

“上帝。”里维斯喊道，“老师难道完全没有想到这一点？还是说，他知道乔纳亚使用了更长时效的营养剂？”

“我听下面的人传过一些谣言，说营养剂的效用时间偶尔会发生异常。”

“什么异常？”

“有时候三十六小时的睡眠替代剂能维持七十小时。”莱尔的眉头依然没有放松。

“你的意思是，营养剂可以保持比预计时间更长的作用？”

“有这个可能。当然，更可能的情况是费德南德当初派人看管工作区时已经为他们补充过营养剂。”

“这种假设更准确，既然法律规定不允许连接状态的人发生死亡……工程师给他们补充过营养剂也非常合理。”

“是的，但我们有必要弄清楚这些事，还有监测画面的问题，究竟是不是被人修改了，修改的人是谁。如果这些画面有可能被修改，是不是意味着我们以前的监测也不可靠，如此推论是不是代表人口数、在线时间和危机等级都有可能是有人故意编造的，我们根本什么都无法控制？”

里维斯沉默了将近一分钟，狭长的房间里，两个人各自思考着心事，谁也没有望向对方。

最终，里维斯站起来仿佛下定决心一般说：“所有的事，只有一个人能告诉我们答案。”

诺兰坐在图书区，几个月来既没有和人说过话，也没有执行任何一项任务。萨娜看着诺兰在自己不远处，无法想象曾经和他有过怎样共同的回忆。她问自己，既然彼此相爱为什么在营地朝朝暮暮的相处中，诺兰却未曾再亲近自己？他和自己的距离似乎比和营地中任何一个人都近，但两个相爱的人，为什么不敢靠近对方？

萨娜又问自己是不是喜欢维尔特尔，她低下头，脸上浮过一抹玫红，那个男人拉住她的手时，她是确定的，确定那份喜悦纯粹而且充满活力，好像在最美好的时光里留在裙角褶皱中玫瑰的芳香。

她想自己不知道什么时候就会忍不住走到诺兰面前，询问关于过去所有的事，她什么都想知道，也应该知道。但现在，有一件事她必须立刻了解清楚——为什么过去发生的事她都遗忘了。

里维斯走到诺兰对面，开口说话前，他下意识看了一眼诺兰身后的三个数字：“危机等级——2”。RealX 目前处在近三年来最稳定的状态，他感到惊讶，另外两个数字更让他吃惊，“世界人口数 90.3%”“在线时间 23.19/24 小时”。

“老师。”里维斯不打算再等待。

“你来了。”

“是的，有些问题我想问明白。”

“莱尔也和你一样吧？”

“是的。我想先知道，乔纳亚他们的营养剂能维持多久静眠状态？”

“每个营养剂上面都有使用说明。”

“不，我怀疑那些说明是写给大家看的，事实上维持时间更久。”里维斯小心翼翼说出自己的猜测。

“为什么你会这么想？”诺兰问。

“大家都知道每月供应给个人的营养剂最多只能维持三个月的静眠，这意味着人们三个月需要补充一次新的营养剂，可是这是最近一年多的数据——在线时间和人口数相关统计，老师你看这里。”里维斯把统计数据在两人中间展开，手指指向一个蓝色线条标记的位置。

“这一年多来这条曲线太奇妙了，持续增加的人口，我一直怀疑这和哈茨有关，您也让我去调查了，但我现在怀疑问题未必出在 RealX，问题可能出在现实世界，理事会隐瞒了什么？”

“你是想说很多人已经知道营养剂可以维持更长时间静眠吗？”

“我想很多人是无意中发现的，他们意识到自己并不会死亡，只要他们在 RealX 里活得好好的，根本不需要根据要求三个月离开一次。”里维斯把画面切换到另一组数据，“再看这里，最长在线时间，24984.6 小时，两年十个月零二十天，即使营地最长实效的营养剂也只能维持两年的静眠，同时还要理事会批准才能使用。”

“你从哪里找到的这些数据？”诺兰问道。

里维斯不想隐瞒，“这些都是雷迪分析的，他来营地以后独自展开了很多研究，他的数据库里收集了营地和 RealX 的所有资料，包括每个人的身份，我猜测在营地的这些时间里他只要不执行任务就在计算这些事，甚至连阿莎的身份……”

“你是说阿莎的身份也是从他的研究里找到的？”诺兰看起来不太惊讶。

“是的，当时您去了 RealX，理事会那些人要召开会议，费德南德以脱离罪控制了工作区。我们迫切需要和您取得联系，然而没有什么可行的办法，最后萨娜小姐想到只有一个不被监测的身份才能避开工程师和观测员，到 RealX 通知您，当时没能找到那个合适的身份。后来萨娜告诉我雷迪一直在收集资料，似乎在找什么东西，我便有了一个想法……”里维斯的声音越来越低，“我翻阅了那些资料，它们竟然没有被隐藏起来。雷迪的研究非常详细，很快我发现一条线索，这条线索把我引向阿莎，后来的事您已经知道了。”

“但是我还什么都不知道。”萨娜在旁边听着两人的谈话，终于不想再忍耐，她问道，“后来的事和之前的事我都不清楚，里维斯，按照你的设计我应该在码头出现，但是并不是那样，我到达世界的时候就出现在了海滩上。”

“这也是我想知道的，但恐怕老师也不知道其中原因，如果是费德南德故意搞的鬼，谁知道呢？他也许一直在监视着阿莎。”

“你说他是我的哥哥？”萨娜迷惑地望着诺兰。

“是的。”

“为什么我什么都不记得，他也不来看我？”

“他一直很爱你，愿意为你做任何事。”诺兰温柔地回答。

“简直胡闹，你知道我现在的感觉是什么吗？我觉得我根本就是个傻子，如今我的年龄恐怕和你差不多大了，但是我却连个孩子都不如，对于过去的事情我什么都不知道。诺兰，你老实告诉我，我身上发生过什么事，今天，你最好再也不要瞒我。”萨娜语气严肃，声音微微颤抖。

诺兰没有立刻回答，他站起身向前走了几步，又停了下来。仿佛过了很久，他才开口：“有些事我以为费德南德会亲自告诉你。”

萨娜对这个说法很不满意，眼睛里布满血丝：“诺兰，你现在就告诉我真相。”

“真相不是所有人都喜欢的，为什么一定要知道？”

“你就当可怜一个没有记忆的女人，她不过是想要知道自己的过去，任何人都该有保留记忆的权利吧。”

“也许记忆也未必是真实的。”诺兰仿佛自言自语，“萨娜，这一切都是因为我爱你，费德南德也爱你，我们不能看你受到伤害。我想我知道怎样做才能让理事会满意，让所有人都满意，但是这几个月来我迟迟下不了决心，都是因为我不想让你伤心。”

两人紧紧凝视对方，彼此心里都明白，很快一切将没有退路。萨娜点了点头，说：“不论有多伤心，我都愿意承受。”

“斯泰因的意图很明白，他要让RealX里的人相信早在二十年前RealX就诞生过新的生命，这对世界来说意义重大。十多年前RealX之所以吸引人，是因为它没有死亡，没有疾病，没有战争，人们认为那里的生活更美好，但是这个世界的进化超出了我们的想象，超出了费德南德的计算，他每天都忍受煎熬，却还要装作可以控制一切。有一点他是正确的，捕捉者的干涉随着世界的发展越来越没有意义，原本干涉和影响还能对世界的局部稳定产生一些作用，但自从斯泰因留在那里以后，任何变动都举步维艰并且收效甚微，费德南德和我都明白，斯泰因几乎已经胜利了。”

诺兰并没有显露出哀伤和仇恨，他很平静，对这个亲手带大的孩子他好像永远都不可能生气。

“既然你想知道，我就告诉你，我知道这也是唯一满足理事会命令的办法，他们已经足够宽容，哈钦斯等了我五个月，就是为了看我和费德南德能拿出什么办法来，费德南德这段时间都没有露面，你们也很想知道原因吧。”诺兰露出微笑，很快又恢复严肃。

“里维斯，等我说完接下来的事，你要帮我一个忙，我要去RealX找斯泰因或者哈茨，你在这里帮我保护萨娜，在我回来之前她不能离开这里。”

“萨娜，雷迪不是你和维尔特尔的孩子，是你和我的孩子。”诺兰没有犹豫，字字清晰。

萨娜鬼使神差地让诺兰再重复一遍，随后她的情绪被彻底点燃，虽然看不清楚事态的真相，但她感到羞耻和痛苦一分也不少。

“你在执行任务的时候爱上了维尔特尔，你疯狂爱上了他，他也痴迷于你的美貌、善良和你的一切。”眼泪在诺兰眼中久久不愿离开，他压抑着声音，使它们听上去还保持着一点点冷静。

“你爱他，你们在山顶见面，每一次任务你都想办法去山顶。一开始我以为你不过是想去教堂，当你告诉我要和他结婚，我当然不同意，暂且不说我们相爱在先，你也不可以抛弃营地留在那个牧师身边。我以为你会想明白，营地是你和费德南德全部心血所在，怎么会为一个男人就对营地弃置不顾呢？”

诺兰停顿了一会儿，他看着萨娜，想从她脸上读到一点鼓励，但是他只看到伤心和绝望，和多年前一样的表情，他终生难忘。

“你是我的爱人，萨娜，你是我的，我不能让你和任何人在一起，雷迪也是我们的孩子。”

“什么？你说什么？上帝，我早该猜到，那个孩子一定和你有关系。怎么会发生这样的事？他是我和你的孩子？怎么会这样？”

萨娜惊慌失措地捂住脸，里维斯虽然早已从雷迪的调查中知道了萨娜是雷迪的母亲，但听到诺兰竟是雷迪的父亲时，还是感到吃惊不已。

“如果真的是这样，只要老师去 RealX 告诉众人真相，人们对哈茨的信仰就会破碎。”

“说得很对，人口数和在线时间都会降低，理事会的难题也就解决了，他们最关心的就是 RealX-09 取代了现有世界，甚至成为所有虚拟世界中唯一的一个，人们重新聚集在一个地方，活成了原来的样子。只要人口数降低，即使危机等级上升他们也不会在意，对理事会这些人来说，要不是主动关闭世界等同于谋杀，他们也会这么做。”

里维斯同意这是最好的办法，这一次捕捉者不必编造任何故事，只要将真相告知众人就已足够。

“等一等，诺兰，我是怎么怀孕的？”萨娜的声音阴沉恐怖。

“我们彼此相爱，萨娜，这份爱远甚于你对维尔特尔的冲动。”

“不，我的感觉，我不知道怎么说，我的感觉不是这样的，我为怀孕这件事感到羞耻。我的记忆消失了，但情感完全保留了下来，我既爱你又害怕你，这么多年我们如此亲近又如此陌生，究竟当时发生了什么？”

“你脱离了，不打算回到营地，我看着你的身体，眼睁睁看着你抛弃了营地和我们大家，连接带在你手上闪闪发亮。费德南德说我们彻底失去你了，我不能接受这样的结果，即使你不再打算回营地，我也爱着你，萨娜。”

“然后呢？我要知道所有的事情！”萨娜声嘶力竭地喊着。

“如果你体会过爱一个人却要永远失去她的痛苦，如果你能理解我对你爱恋的千百分之一，如果你试着想象我多么希望拥有你的一切……”诺兰哽咽着，几乎说不出话来，里维斯感到自己的思维也像断裂的岩石落下山坡，“你平静而美丽地躺在那里的时候，我不得不那么做，萨娜，我多希望费德南德能允许我到世界去找你，多么希望一切都没有发生过。”

“你在我睡着的时候……”萨娜几乎晕倒，里维斯也不敢相信自己的耳朵，要不是诺兰亲口说，里维斯无论如何也不会相信。

“你在RealX里感到自己怀孕了，你觉得你一定是怀孕了，维尔特尔告诉你这不是真的，你认为他不相信你的话，觉得你神经出了问题，你因为失望而离开他。这时候理事会的制裁警告已经摆在我和费德南德面前，你需要被放逐到某个RealX，费德南德和我只能执行理事会的决定。但是你醒来就告诉我，你有了身孕，你怀了维尔特尔的孩子，我意识到自己做了多么可怕的事，费德南德几乎要杀了我，但是他知道有更重要的事要做，必须把你留在营地，绝对不能让你接受理事会的处罚，这件事只有我们合作才能成功。”

“所以，我生下了雷迪，你们清除了我的记忆，并且修改了我的容貌？”

“清除记忆并不能完全实现，你的情绪和感受依然在你身体中，我们的确修改了你的一部分容貌，并且把你留在图书区，二十年来都平平安安。感谢上帝，理事会相信费德南德会处理好这些事。费德南德把你留在这里，为了不引起怀疑，他再也没有踏足过图书区，但是我想至少在他心里你永远留在了他的身边，即使是费德南德这样的工程师也会认为封禁在一个固定程序的世界里是比死亡更残忍的事。”

萨娜出奇平静的脸上流淌着悲伤的眼泪，诺兰——这么多年这个男人一直守护在她身边，真的要恨他，她询问自己的内心，做得到吗？回答是否定的，越是想要将所有的不甘心与憎恨计算在诺兰身上，越是感到内疚和羞愧，同时她也知道，无论是维尔特尔还是诺兰，都是她不愿意也不知道该如何面对的爱人，要怪只能怪自己曾经的一意孤行给所有人带来了不幸。

“有人类生存的地方，所有的事都按照看不见的旋律在演奏着，过去总在以某种方式影响现在和未来，未来永不可测，无论我和费德南德多么努力，不管捕捉者多么尽心尽责。我们寻找和培养最合适的人才，监测每一项任务，甚至监测世界的每一分每一秒，但我们的工作依旧千疮百孔，形同虚设。我常常问自己，这些事有没有意义？”

里维斯怕诺兰从此一蹶不振，连忙劝导：“老师，不论有没有意义，至少现在我们必须完成理事会的命令，否则，所有人都会有危险。”

“斯泰因已经成功了，他让所有人相信自己的选择是自由的，也是更好的，RealX 已经越来越像人类世界，我们恐怕无法阻止它像吸尘器一样把所有人都吸引到那里，成为最大的一个世界。理事会该想想如何让政府接受人们选择这样的生活，如何让政府遗忘他们曾拥有过的统治。”

“这太可怕了，90% 人口处在长期静眠状态，物理世界将名存实亡，这样下去人类早晚会毁掉。”里维斯大声说出自己的担忧，好像这种担忧只有他一个人想到一样。

“所以理事会不会放过营地任何一个人，我们的任务彻底失败了。”

“老师，既然现在有一个办法可以改变人们的信念，那么我们就把实情说出来，告诉人们雷迪并非维尔特尔的孩子，让人们对此失望。人心是经不起梦想破碎的，如果从来都没有新生的希望，人们也许不会在意，但是一旦让人们拥有了希望又让希望破碎，人们的信念就会动摇。”

里维斯双眼盯着诺兰，他在等待老师的决定，如果诺兰不愿意，任何人在世界里说出事实也不过是无力的谣言，只有诺兰自己的意愿能决定。

“我既然说出这件往事，就一定会去 RealX 把人们拉回现实，让所有人正视哪个世界才是真实的，也会让大家知道所谓的自由意志正在让人类主动变成一种新的生物，RealX 时代是过渡，不是彻底改变原来的人类文明。”诺兰的脸上露出往日的冷静和严肃，这种状态下的诺兰让所有人重新感到安心。他走到萨娜面前，愧歉道：“我不敢奢求你的原谅，但我希望你原谅费德南德，他为营地付出了一生。”

说完这些，诺兰向图书区外走去，他明白自己的决定意味着什么，也知道理事会希望他做什么，他必须装作没有痛苦，他必须在斯泰因面前保持泰然自若，想战胜他，容不得半点错误。

萨娜坐在椅子上哭泣，想起第一次见到雷迪时的情形，当时自己对这个少年充满了不信任。少年面容苍白无力，好像从来没有晒过真正的太阳，一个孩子如果出生就连接入某个世界，那么他的一生可能真的没有机会在太阳下奔跑，光着脚在粗糙的海滩边搭建城堡。

诺兰的确很会讲故事，也擅长修改一个人的命运，他知道雷迪的父亲当时正怀念着离他而去的爱人，这本来是一对与雷迪毫无关系的恋人，诺兰利用了这个男人可能将雷迪误认为自己孩子的心理，成功地将雷迪隐藏了那么久。

她看了眼正准备离开的里维斯，说道："帮我个忙。"

"什么？"里维斯回应。

"我想去看看雷迪。"

"可能不行。"

"为什么？"

里维斯肩膀往下一沉，眉头紧皱，沉思良久才说："没人能进工作区，没人见到过脱离者的身体。"

"什么意思？那我怎么样才能见到雷迪？你也听到了，诺兰说他是我的孩子，我必须见到他。"

里维斯不想拒绝萨娜，他只能如实回答："萨娜小姐，我真的不知道该怎么帮助你，这个建筑的结构决定了我们只能沿相同的路径经过展示区、图书区、准备区和工作区，到达工作区后，再沿相同的路径返回。我不知道第二条路，也许在工作区的某个位置有一条通往另一个空间的入口，但是我不知道，如果营地有人知道，只可能是费德南德和诺兰老师，这两位，不论您请求谁，我想都比我更有可能帮到您。”

“如果我不去找他，至少他不会有危险是不是？”萨娜神情恍惚，里维斯见状用力点头表示她的说法没有错，“我想是这样，政府不允许伤害处于连接状态的人。”

“但我也永远见不到他了是不是？”

里维斯不得不承认萨娜说得可能没错，他小心思忖尽量不让萨娜发现他此刻的迷茫。脱离者现在的状况无人知晓，工作区不被允许进入，乔纳亚和利娅是不是还在那里都无法确定，也许理事会已经悄悄执行了封禁。想到封禁，他看了一眼萨娜，不安地问：“你见到过斯泰因吗？”

萨娜疑惑地回应：“什么意思？”

“我是说你见到过斯泰因对不对？”

“当然，我看着他来到营地，看着诺兰怎么疼爱他，就像疼爱乔纳亚那般，也看着他一次次违背费……我哥哥和诺兰的意愿。”

里维斯用力摇了摇头：“我说的不是这些，你想想斯泰因脱离后，你见到过他的身体吗？”

话音未落，萨娜突然大哭起来，哭得越来越大声也越来越伤心，里维斯等了好久都没等到她从痛苦中恢复过来。“对不起，萨娜小姐。”他急忙道歉，却无济于事，萨娜还是不停哭泣，既像是悲伤，又像是悔恨。

想到萨娜的记忆并不可靠，里维斯也不想再问，他需要自己去弄明白一些事。在诺兰回来之前，如果他的推测没有错，他不敢想象，理事会如果违背政府法律，只要哈钦斯一个命令，他们就能把工作区的捕捉者全部清除。

里维斯不知不觉走到莱尔的监测室门口，门打开着，他看见莱尔捧着一本书聚精会神地阅读，还在犹豫中时，莱尔发现了他。

“里维斯大人。”他喊道。

“莱尔。”

“发生什么事了？你是不是有事找我？”

“去我房间坐坐？”

“好，我马上就来。”

两人一前一后进入房间。里维斯关闭控制系统，目光上上下下扫视完不足十五平方米的房间，方才开口：“莱尔，我们能想到办法进入工作区吗？”

莱尔被里维斯的问题吓到了，他思考片刻后缓慢地摇了摇头：“我们去不了，即使没有费德南德的人守在那里，按照理事会的规定，我们现在也不能进去。”

莱尔说的是事实，里维斯当然也心知肚明。“我有一个可怕的想法，莱尔，我不知道是不是该告诉你，也许会给你带来麻烦，很大的麻烦。”

“我们的麻烦已经不少了，你来找我的时候，RealX 危机等级突破了警示线，理事会不会再等诺兰老师，他们会采取行动。”

“什么行动？”

“关闭 RealX-09。”

“不可能，怎么可能关闭？那不是等同于谋杀吗？”

“尽管都是在 RealX 中，人们仍然会从不同的分级世界进入另一个世界，对于 RealX-09 这样的大世界，理事会采用的方法是逐层关闭，从一个区域到另一个区域，明白吗？不是一瞬间全世界停电那样，而是一个城市接着另一个城市。同时，理事会并不关闭分级世界，那些小世界里的人不会意识到 RealX-09 已经关闭，只要他们所在的分级世界运行稳定，他们该吃饭吃饭，该捕鱼捕鱼，不会有任何发现，一直到他们想重新回到 RealX-09，这时候他们会发现回不去了。”

“为什么要这么做？”里维斯问。

“和当初建造 RealX 的初衷是一样的，人类不再适合群居在一个空间里，现代化的城市像监狱一样，人与人之间亲密无间的联系着却产生了前所未有的疏远。当然资源匮乏和环境破坏是现实，与这些相比，有一件事从来没有改变——人们喜欢选择自己想要的生活。越是对现有生活产生无力感的时代，人们对控制生活的意愿就越是强烈。

“RealX-09 人口数逐年递增，尤其近五年来，几乎绝大多数人都拥有自足的生活，从模仿人类世界到成为新的世界，没有人会愿意主动离开那里，但如果分级关闭同时以新的 RealX 代替旧的 RealX 做到无缝衔接……”

“你的意思我明白了，如果这个方法成功，就仿佛在一个泳池里游泳的人，一个转身游到了另一个泳池中，这个泳池和之前的看起来非常类似，细节决定真实感，气味、水压、颜色、光透过泳池的折射角度，人们没有那么容易发现，而且人类并不具有多么强的判断力。”

“如果这种方法有用，假设我们把费德南德的监测器对准营地外，岂不是尸横遍野，仿若末日……”

里维斯不敢想象自己说的这种画面，每家每户亮着的灯光中，一个个处在静眠中的人，他们究竟是活着还是已经处在另一种生命状态？RealX 不再美好，现实又早已不堪入目，人类几千年的现代文明难道真的要进入一个不可想象的时代吗？

“没有那么夸张，毕竟他们需要断开连接，补充营养剂。”莱尔笑着说。

“所以我想去工作区，甚至……”里维斯又看了一次房门，确定那里没有什么东西在监听他们的谈话后继续说道，“我想找到斯泰因，没人知道他的身体究竟会在哪里，我想知道营养剂的作用时间比政府印在那些瓶子上的时间到底长多久。”

“上帝，你让我想到一件事。”莱尔突然脸色苍白，神色不安。

“什么事？”

“如果有人故意隐瞒营养剂的作用时间……他的目的是什么？”莱尔问。

“我不知道，所以我想找到斯泰因，如果斯泰因并不在营地，而是囚禁在某个安全的地方，谁给他补充营养剂？有没有可能，根本没有人给他补充营养剂？”

“你越说我越感到害怕，里维斯大人，他们的目的何在？难道不让人们回到真实世界才是政府的目的吗？如果是这样，理事会又为什么要如此紧张？”

“不让人们回到真实世界？莱尔，我从来没这么想过，那和屠杀人类有什么不同？营地的存在就是维护真实世界和 RealX 之间的平衡，可以说是守护两边的世界，没人会想要彻底抛弃真实世界。”里维斯的额头渗出汗来，他惊慌失措地看着莱尔，莱尔也怔怔地看着他。

“严格说有一点不同，在死亡问题上，现实屠杀是犯罪，但如果是人们不愿意回来，并且身体又不会死掉呢？这就算不上是屠杀。”

“所以，营养剂！”

两人对望一眼，同时点了点头。

“老师已经决定去 RealX 揭穿谎言，他承认了所有的错误，而如果一切都是徒劳，他何苦要这么做？如果政府根本不想让人们离开 RealX-09……”

“也许我们的推测是错误的。”莱尔总结道。

“需要找到证据，否则一切都只是猜测。先想办法到工作区，那里是营地尽头，我想知道有没有别的通道。”

“你的意思是……”

“你有没有执行过现实任务？”

“只有一次。”莱尔如实回答。

“我一次现实任务都没有执行过，所以，我已经不知道营地外面是什么样，莱尔，你有发现什么特别的吗？”

里维斯的疑问让莱尔陷入沉思，他唯一一次执行现实任务是通知雷迪来营地工作。这次任务有什么特别之处？他试图在脑中回想整件事，并没有发现什么特别的。雷迪住的街区很小，潮湿又燥热，阳台上没有一丝凉风；他有一个整日闷闷不乐的父亲，除了喝酒就是连接 RealX，看上去比诺兰还要大几岁。还有什么特别的？他想到，雷迪本人也许是最特别的，他对什么事都没有兴趣。

“有想到什么吗？”里维斯小心翼翼地问。

“没什么，看起来都很正常。雷迪住的地方街区又窄又小，空气质量很差，好像很长时间没有下雨；虽然闷热，但雷迪就坐在阳台上，既没有躲进恒温的房间也没有使用任何降温设备。”

“你觉得他有没有使用什么营养剂或者睡眠替代剂？”

“没有，他看起来随时会睡着，好像就在睡眠之中。”

“莱尔，你是怎么到达雷迪住处的？”

“我是……”

“怎么了？”

“我想不起来我是怎么到那里的，我竟然从来没有想过我是怎么到那里的……”莱尔茫然地看着里维斯，生怕对方不相信自己的话一样，“怎么会这样？”

“我相信你说的。”里维斯按住莱尔颤抖的肩膀，“莱尔，我想我们会弄清楚的。还有一件事你也许记得，是谁通知你这项任务的？乔纳亚还是诺兰老师亲自通知的？”

莱尔用力摇头，依然沉浸在对这件事的疑惑中，他又尝试着寻找那段记忆，依旧徒劳，但他很清楚一点：“是诺兰老师亲自通知的。”

十四

边界

每个人都相信自己处在最真实的世界里，

而本应该对一切了如指掌的捕捉者

却心陷迷雾，

问起何处是真实。

离开码头后，乔纳亚已经在世界独自行走很长一段时间，他不明白利娅如此深爱他，为什么非要整日和他吵架，最终将他赶走。

一开始他认为利娅蛮不讲理，但是现在他渐渐重拾对她的爱与思念，只想着尽快回到她身边。

乔纳亚心想："也许她只是需要更多倾听和耐心，也许她只是想一个人生活一段时间，而我自己呢？是的，我没有办法在营地遭遇危机的时候完全置身事外，唯一能做的就是找到斯泰因，只有他能把疑惑解开，或许能帮助营地度过困难。"

怀揣这样的想法，他清楚和利娅在海边生活下去的愿望并不能真正实现，他从码头出发，一路寻觅斯泰因的踪迹。

在小型客船上他第一次看清日日从海面上升起的淡紫色迷雾，当它们升起时，头顶上云朵流过，似乎也蒙上了一层紫色，这颜色叫人不安，好像呼吸都跟着困难起来。

最初在海边时，利娅觉得淡紫色的黄昏异常美丽，仿若少女的芭蕾舞裙，而当他深处海中央时，才意识到这些雾并非全然带着善意。

他小心请教身边的人，人们说这雾是上一个文明留在这里的幽灵。上一个文明？乔纳亚不太明白这些话的意思，他想到自己一直以来都认为 RealX 不过是一个解决人类目前困境的驿站，如今，这里的人口数逐日增加，人们并不仅仅要求 RealX 给予自己想要的生活，人们甚至接受它的残缺，接受它也有死亡和痛苦、悲欢离合。他突然感到身边的人并不是现实的逃避者，相反，他对这里的人萌生出某种模糊的敬意，觉得他们才是在真诚地活着。

他回到第一次见到穆切尔的地方，稍作休息，又踏上旅程，沿着曾和里维斯走过的石阶慢慢前行。路边紫色半边莲和淡绿色薄荷争相生长，月桂丛中站着一个女子，身穿浅米色上衣，腰间系有浅蓝色羽毛的腰带，围裙长长垂到脚面，手中拿着一把笨重的剪刀，正在修剪枝叶。乔纳亚看得出神，人们为何用如此笨重的工具修剪枝叶？早在上个时代这些事就已经交给机器了。

他想到自己从没有如此安静地观察世界里一个与任务无关的人，一个平凡人的日常生活是什么样的；他还发现自己从没有驻足，即使和利娅一起偷偷在世界游玩的短暂间隙，他也一心只想着利娅是否快乐，他们的游玩会不会影响 RealX 的稳定。

路过街边冰激凌店时，乔纳亚想起里维斯曾在这里等他。他买了一份薄荷和树莓味的冰激凌，售货员笑容灿然，算不上漂亮，她没有把自己的外形设计成最年轻貌美的样子，但乔纳亚却被她递过冰激凌时灿烂的笑容深深打动，这微笑因朴实而明艳动人。

乔纳亚连续吃下几口，觉得腹中有些难受，仿佛一根粗麻编织的绳子拉扯他的肠胃。他想这也许是营养剂不足的联觉反应，过一会儿就会过去，他不可能在这里出现一些肠胃病，这没有道理。

生活在这个街区的人们说很多种语言，英语、法语、俄语、日语，甚至还有他不太了解的阿拉伯语以及印度语。好奇怪的地方，乔纳亚不禁思忖，这些人来自如此之多相隔甚远的地区，此番种类繁多的语言和文化混杂在一个小小的街区，竟然如此稳定。

相比其他的世界，RealX-09 是独一无二的。一个从未有过的想法出现在乔纳亚的脑海中——RealX-09 是活着的。不论它是不是真实的，但它是切实活着的。

拾级而上，乔纳亚望见远处山顶一片吹散的白雾，他猜测那是山顶被风吹起的瀑布，可是怎么会有如此大的风？这种风如果吹在城市中无异于一场灾难。

他打算一有时间就去海的另一边看一看，暂时忘记穆切尔和哈茨，忘记利娅和营地。

路过教堂门前，乔纳亚遇到几对准备结婚的恋人，最年长的有七十多岁，另外几对看上去二十多岁或者三十多岁，这个年龄段的人不容易单从外貌判断准确年纪。恋人们洋溢着笑容，好像对未来的生活充满希望，他很久没有看到人们脸上这么幸福的笑容了。穿过广场，走入教堂，乔纳亚抬头仰望透明的穹顶，忽浅忽暗的紫色迷雾似乎从上方窥视着教堂里正在发生的一切。乔纳亚想要找一位正在清洁桌椅的中年男人问一问穆切尔身在何处，男人专注于清洁每一排长椅，动作缓慢而有节律。乔纳亚等了片刻，等目光与男人相对时，他方才开口询问穆切尔是否在教堂，答案不出所料，穆切尔外出讲学，几个月前就已离开。

乔纳亚又问：“这里的桌椅需要经常打扫吗？”

男人点点头礼貌地回答：“一日不打扫，这里就积满灰尘，山顶的风尘依旧很大。”

乔纳亚不是很明白男人的话，他对灰尘没有太多印象。RealX 的城市设计几乎全部参照卫星成像库，由费德南德手下最优秀的建造师和 MINMI 这类几乎不出错的计算机共同完成。为了让 RealX 保持最美好状态，城市并没有完全选用自然气候数据，而是选择了更适合的温度和湿度，空气质量更不需要担忧，虽然不如营地的温度控制那般精确，但是 RealX 的气候肯定是美妙宜人的，即使沙漠地区……反正那里也没有人口居住。想到这，乔纳亚回忆起上山时看到的白雾，能把瀑布吹散成雾状的风力不应该存在于这里。

他转身离开教堂，阳光和煦，洒在教堂前恋人们的脸上。乔纳亚无暇分享他人的甜蜜，匆匆朝着更远处的山顶走去。他没有野外生活的经验，这些经验人类早就失去了，人类习惯便捷的城市，遗忘了气候多变的山谷和丛林。如今，他却一心想要去看看那道瀑布，看看远处的高山中的风究竟藏着什么样的秘密。

走到车行通道，乔纳亚租用了一款小型移动车，这辆车只能容纳一个人，租金百元一天，小型移动车最快时速可以达到二百四十公里，自动驾驶时的限速则为每小时一百一十公里。开到山脚应该足够，乔纳亚心想，再往上的路应该不适合快速移动车通行，不过那里也没有人，不用考虑交通安全问题。谁会去那个地方呢？山谷和丛林，这些数据过于微小根本不值得注意。

驶出城市公路，快速移动车又向前开过三十公里。一片绿色、橙色和紫色组成的草原出现在乔纳亚视线前方，他感到从未有过的心旷神怡，好像自己真正立足于天地之间。

他停下车，不在乎车外的风已经有了脾气，快速移动车微微颤抖，周围没有其他车辆更没有人，风掀起尘土晕染了远处的山峰，前方，一览无遗，根本没有路。

站在草地上任风吹过，耳边忽闻鸟兽的声音，抬头寻去，未见踪迹。

几分钟后，他坐回车中，耳畔依旧能听到阵阵的沙沙声，如海鸟飞过山谷，群鹿穿过丛林。这都不可能是真的，他摇了摇头，

RealX 的生态以人为中心，虽有花草鸟兽，也仅在城市中，多半是家养的宠物。几年前，一家狩猎公司试图开发一块荒地作为狩猎场，不惜重金购地，也没有得到批准。现在听到的苍鹰和群鹿的声音，只可能是乔纳亚的幻觉。

从 RealX-09 参考的地理位置来看，这里地处大西洋海岸，视线尽头山与山之间，水雾缭绕的地方很可能是参考伊瓜苏瀑布设计的世界边界。

没有小型移动车，想要到达瀑布脚下至少需步行三天，乔纳亚没有想过在城市之外过夜是否行得通。在真实世界里谁也不会想试试在城市以外过夜，可是在 RealX，也许不必考虑那么多。他想到，只需要找到一棵可以依靠的大树，然后静等天亮就行，又或者即使天黑他也可以缓慢前行，RealX 的星光和月亮也并不惨淡无光。

尽管困难并不算大，但他还是后悔没有多花点钱租用一辆小型飞行器，如果使用飞行器就不会遇到需要徒步行走的困扰。在 RealX 生活几个月以来，乔纳亚开始精打细算，总担心钱早晚会不够用一样，以前在执行任务的时候从来不用担心金钱的问题，现在这个问题常常在影响着他。

思考完各种可能性后，乔纳亚愈发觉得很多细节无法确定，比如夜晚的月亮是否能照亮这片草原，再比如移动车是否可以从草原上通过，最让他疑惑和困扰的还是耳边不时传来的啼鸣和沙沙声，好像提醒着他即将到来的夜晚必定会出现未曾想象过的事。

出于安全问题，他不得不考虑返回城市，但又被远处的景色吸引着，一股巨大的力量像吸引先辈踏过非洲大地一样吸引着他。重新启动移动车，乔纳亚向着山脉行驶，车边响起撕扯的声音，车速不快但只要保持这个速度足够在日落前到达观察瀑布最近的那处山峰底下。

伴随车子移动的声音，他想到草原上骑马挥剑的战士，想到羊群和郊狼，想到白垩纪的恐龙和它们的亲缘——鸟类。

如果利娅此刻在这里，一定会为这景象惊叹，她也一定不知道 RealX 的城市之外竟然有如此丰富的自然风景，透过风声他闻到草原的清香，伴着泥土和粪便。想到这个词时乔纳亚大笑起来，又突然觉得自己一定是被利娅传染了神经联觉症。

别说是 RealX，即使真实世界，大自然也已被辐射、人工垃圾、温室效应破坏得惨不忍睹，如若不是如此，人类又怎么会蜷缩在不同的虚拟世界中，依赖科技拯救一切？

乔纳亚被眼前生动的景象震撼，一路驶向瀑布，最后停在一段六棱柱形的岩柱边，岩柱棱角表面光滑，只有经历过海水反复拍打才会形成这种光滑的表面。

此时，一阵风急急吹过，乔纳亚看着不远处的瀑布，说是不远，如果没有飞行器，这里已经是他所能看清这道瀑布最近的距离。风将瀑布与山脉分隔，他想象着风的尽头应是一望无际的草原与光滑的岩石。这样的景色是不真实的，如一排闪光的音符，一首颂赞慷慨自然的诗，太过纯朴的美缺乏真实。

这个世界上无人能写出这般优美的诗句，营地的建构师里谁有如此绚丽的彩笔？乔纳亚知道根本不会有这样的人，他只能惊叹费德南德的计算机已经超越了他的想象。

沿着礁石，他向另一侧山脉走去，云层很低，天色渐深，从草原一路来到这里，仿佛钻入了云层围绕的纱幔中，不得不叫人担忧，也许夜色完全降临后，夜色将会吞噬移动车所在的位置，他将失去带他返回城市的工具。

乔纳亚确信联觉症一定在脑海中起了作用，担忧越来越频繁，山脉与海水交缠的帷幔却又强烈吸引着他的脚步。一刻也没有停歇，他跨过六棱柱形岩柱，他知道这些岩柱是千万年前火山爆发后，火山石经过熔化、冷却再到断裂而成，其形状完全符合力学原理，在这里看到它们时真实感再一次冲击着乔纳亚脆弱的神经。

海鸟的声音划过耳际，海水呼啸如巨人在喘息，黄金菊似乎要长过人的肩膀，浅紫色马兰低头絮语……爬过一座小山，乔纳亚回头，果然已经找不到移动车的位置，他没有犹豫，转身继续往前，直到他看见一个人影出现在眼前十多米远的地方。

“在十月黄昏的光影下 / 水面有天空的镜像 / 而在乱石间的溪流里 / 是九十五只天鹅 / 从我最初的屈指 / 现在已是第十九个秋天。”

乔纳亚分辨着声音，前方的人正在朗读一首诗——叶芝的诗。怎么会有人在此地吟诵叶芝的诗？他想走近看一看那人的样子，却发现和在远处观望时没有太大区别，只是轮廓愈加清晰，这是一个看不出年龄的人，有着被风吹黑的肤色或是故意挑选的皮肤颜色。不，好像又都不是这样，乔纳亚觉得自己的判断出现了问题，他不再能相信自己的感觉，也许联觉症已经到了无法控制的程度，他担心已经出现了幻觉，这里怎么可能会有一个朗读诗歌的人？

“您是？”强烈的好奇驱使他还是开了口。

“你是谁？”男子没有回答，表情看起来比乔纳亚更惊奇。

“我是乔……”停顿，他没有说出真名。

“我是约翰，你住在这附近吗？我怎么从来没有见过你？”

“不，我来自别处。”乔纳亚回答。

“别的地方？你是说城市？”

“是的，城市，我从城市来，先是坐船，然后是移动车。”

“移动车？”约翰看起来并不了解乔纳亚说的交通工具。

"就是一种可以自动行驶的小型车。"乔纳亚发现自己可能越解释对方越不明白，但他也不知道该怎么解释移动车。

"你来这里做什么？"约翰警惕地问，自始至终他都没有离开自己站的位置，手上的书也一直被他视作珍宝般捧在胸前。

"我只是想来山上走走，你在这里是为了探险吗？"

"探险？"

"我的意思是，没有什么人在这些山里才对。"

约翰似乎对乔纳亚说的话完全不能理解，乔纳亚只能尽可能解释。

"RealX 二十年以来只开放了城市。对于这些郊野，由于污染的原因我们已经逐渐放弃了，怎么说呢，除了部分观光和适宜居住的海岸，比如大西洋海岸。"

"什么海岸？我不明白，我在这里生活了十九年。"约翰又把书抱得更紧。

"十九年……"乔纳亚感到一阵眩晕，叶芝的诗像一种神秘的咒语在他脑中回响，上帝啊，联觉症已经让他神志不清，连话都听不清楚了。

绕过山上的一排树林，每隔一米距离就能看到脚边深黑色的树根露在地表之上，树根错综盘杂，少说也在这里生长了一百多年。约翰看了看乔纳亚惊奇的表情，开口道："最近几次火山爆发，导致植物毁坏非常严重。"

"我刚才过来的时候路过一片草原，站在那里远望山脉，觉得十分美丽，只可惜总有一层雾游荡其间。"

约翰抬头望向远处的天空，乔纳亚顺着他的视线望去，只看见一片黄色的云浩浩荡荡向山谷移动。"如果你在这里多住几天，会看见被折断的大树和原本不存在的岩石裂缝，现在还是平静的时候，一路过来没有遇到大风和暴雨也算是幸运。”约翰带着乔纳亚绕进一处山洞，光线渐渐变暗，直到乔纳亚几乎什么看不清任何东西。

“不用担心，很快就能看见了。”约翰友善地说。

乔纳亚小心地跟着陌生人，有一段时间他完全看不见也无法确定约翰的方位，只是本能地向着一个方向移动，直到眼前突然灯火通明，他才感到一切未必是联觉症引起的。

他一共看见三个人：约翰的父亲，母亲和妹妹。三人的穿着和约翰一样，棉质上衣和宽松长裤，女孩看起来比约翰小两岁，一头金色的长发几乎长到脚踝，看见乔纳亚，她低下头仿佛有些害羞。

“我朝着瀑布的方向一直往前，然后就来到这里。”乔纳亚不知从何说起，于是就把遇到约翰前自己来山里的目的说了出来。

老约翰并没有对他的到来感到惊讶，他微笑着请乔纳亚坐下。约翰母亲看起来五十出头，在一个炉子上烧着热水，仔细端详客人后，她问道：“你需要一杯热茶还是石榴甜酒？我推荐您喝点甜酒，用不了多久狂风就要来了，山谷会奏响一段进行曲，你可能从来没听到过那种宏大的演奏，所以在这之前，我们建议你喝点石榴甜酒。”

乔纳亚点头表示感谢，端过酒杯。酒杯由陶瓷制成，看上去并不精致，和这里的陈设一样，家具都是20世纪末和21世纪初的设计，虽然有各类电器，但是都蒙着干枯的树叶。

费德南德的工程师们有没有给这个地方供电？乔纳亚一无所知。

看这一家人的生活状态，乔纳亚怎么也无法认为他们是城市里过来探险的人，难道真如约翰所说他在这个地方生活了十九年？半杯甜酒喝入腹中，身体暖和起来，之前的胃部不适也被治愈了一般。女主人非常热情，又为他倒满酒杯，约翰的妹妹悄悄朝他这边看了几眼，乔纳亚思考着自己身上是不是有随身携带可以赠送的礼物，可是除了一身衣服，他再也找不出一样可以作为礼物的东西送给约翰美丽动人的妹妹。

“她叫索非亚。”

“很美的名字。”

“是女神的名字。”约翰骄傲地说，“她是这个山谷所有女孩中最美的一个。”

约翰满脸骄傲，乔纳亚从心底为他高兴，但总有说不出的怪异感。他不停吞咽甜酒以缓解不安，喝完最后一口时，一个疑问尚在嘴边，却被约翰母亲的说话声打断了，“风很大，但很快会过去。”

他想着刚才那句到了嘴边的话，却怎么也回忆不起来。和这家人一样，他坐在自己的座位上——一段木头树桩，屏气凝神，好像正在迎接国王的到来。

从最初的呼啸到后来的喘息，再到彻底平静下来，乔纳亚仿佛觉得过去了一年之久。“好了，现在可以出去走走。”女主人不慌不忙地说。

乔纳亚看着水壶，不知自己的思绪是否被刚才的风带离了这座山谷。他想到被风吹散的瀑布，想到礁石嶙峋的海岸，想到自己此刻既不在利娅身边，也不在营地，自己身处何处好像明白又无从确定。眼前的一切都可能是不真实的，如果世界不过是虚构的，那么眼前的一切必然是不真实的，可是他仿佛失去理性，在空间和时间的边界，感到迟滞和模糊，四周仿佛一动不动，又好似不停在改变。

最难抓住的是“此刻”，刚一伸手，就浮起消散，乔纳亚不知所措。

“父亲，他说他从草原那边过来，那里还停着一辆小型移动车。”

乔纳亚点点头表示约翰说得没错。

“他说起城市，外面还有城市吗？”索非亚问。

“当然有。”乔纳亚脱口而出，发现有些失态又赶紧解释，“任何时候人们都能生活在繁荣稳定的城市中。”

“不好意思。”约翰父亲打断乔纳亚的话，“他们没有去过城市。”

“据我所知，这些地区并没有被建造成……外面的样子，我是说，如此多变的气候，如此糟糕的风，如此恶劣的天气早就不适合人类，所以世界里没有预设这样的环境。”

“世界？”索非亚张大单纯明媚的双眼紧盯乔纳亚，眼神比室内所有的光源都更耀眼夺目。

“是的，所以我很好奇，我并不知道这些地方还有人生活，也许你们是来度假或者探险？”

“约翰，这个人说的话好奇怪。”索非亚在约翰左侧小声嘀咕。

“我也觉得他很奇怪，好像我们是不该存在的怪物一样。”

“他才是怪物吧，还有他说的那个什么世界。”索非亚眉头紧皱，表情愈发生动，这样的女孩，绝不可能是虚构的，乔纳亚暗想。

“风来之前，约翰说索非亚是这附近最美丽的女孩，意思是不是这里不止有你们？”

“当然，这里还有弗兰茨一家，有索克里拉爷爷，还有波尔奶奶，勃朗特家的女孩也很漂亮，别听约翰夸我，他心里喜欢勃朗特家最小的妹妹，西利尔今年也是十九岁。是不是，哥哥？”索非亚嘟着漂亮的嘴，模样可爱至极。

乔纳亚着了迷，索非亚说这些话时候的神情像极了利娅。他不禁担心妻子一个人在海边过得如何，也不知道她此刻有没有在思念着他，这样吵架就出走，实在对不起这些年来的感情。

就算 RealX 的城市之外真的有什么秘密和他又有什么关系？

有什么事比利娅在他心中更重要的吗？他第一次试着在心里坦诚地回答这个问题，在斯泰因和利娅之间他心里的天秤究竟倾向于谁，在营地和利娅之间，在诺兰和利娅之间，他究竟更在意哪一边？

乔纳亚犹豫不决，他拿不定主意，正如诺兰所说，他的善良会是未来最大的麻烦，这一点斯泰因完全不会担心，他不仅理性，而且理性得如此优雅从容，竟然做出伤害老师的事都不会被憎恨。

乔纳亚有些嫉妒，嫉妒让他无法起身断然离开，他需要弄清楚一切，需要给自己一个答案。

他看着约翰和索非亚，十九岁，他们的年纪和雷迪差不多，却从来没有在城市生活过，他大胆推测这两个孩子从来没有离开过这处山脉。想到这，他问："山里的气候适合居住吗？"

"这里的天气变化比女孩的心思还快。"约翰调侃道，"刚才的大风，可以将一棵大树折断，但五分钟后，狂风消失，阳光洒满草地，黄金菊、马兰、火棘疯狂生长，一小时后大雨又来了，用滂沱大雨都不够形容。"

"它们像成群的犀牛奔跑时扬起的尘土。"索非亚做了个夸张的表情。

"不，它们像天上的星辰手拉着手一起坠落到山谷中。"约翰补充道。

"不是的，像犀牛扬起的尘土。"

"好像你见过犀牛一样……"约翰哈哈大笑。

"索克里拉爷爷告诉我的，他说现在已经好多了，几十年前，暴风和骤雨更可怕，大气层像漏了一个洞，到处是看不见的辐射和糟糕多变的天气，他的话总没错吧？"

约翰不再和妹妹争论，索克里拉说的是事实，没人会有异议。

乔纳亚端着热茶，心想自己竟然不知道刚才那阵风只有五分钟，他以为至少过了几个小时，而这里的人谈论起天气时，虽然明知它的恶劣却毫无恐惧。他想问出心里的疑问，却不知道从何问起。

约翰的父亲塞普维尔端给他第二杯热茶，母亲则给了他一份烤饼干。

“妈妈做的烤饼干很好吃，是用这里采撷的鲜花做的，但是有没有辐射就不知道了，这是我十岁以后才开始生长的植物，在那之前这里只有一些蕨类，根本没有鲜花。”索非亚手里拿着烤饼干对乔纳亚露出温暖的笑容。

乔纳亚低下头咬了一口，他感觉自己配不上索非亚温暖的笑容，在这家人的生活面前，乔纳亚就像一个侵略者，一个狂妄自大的古怪科学家，试图改变人类的命运，甚至试图操控他人的一生。

他想到“控制世界”这个词，又想到斯泰因对自己所作所为不屑一顾的态度，他觉得自己的生活简直无聊透顶，好像真的从一开始就毫无意义，一开始就是理事会的一场游戏。

这些人，却在游戏之外。

乔纳亚又一次感到“世界是活着的”。这里的人活得那么真实，他们的生活自由规则，既没有被狂风扰乱心智，也没有因为大雨而无法生产粮食。最重要的是，他们并不依附人们赖以生存的科技。乔纳亚看了看周围，有冰箱，有计算机，有智能机器人，还有堆满角落的书，山洞里至少有一万多本书，它们都被翻阅过，而机器人和计算机倒像是摆设，一块浅黄色的麻布遮住了它们。

在一堆半米多高的书堆上面，乔纳亚看见一个熟悉的东西，他在营地的展示区见到过，是第四代 RealX 连接器。

乔纳亚怔怔地盯着前方熟悉的仪器，听不见索非亚的声音，也没注意塞普维尔正看着自己。

“这是连接器吗？”他必须弄清楚，谁会选择生活在未开发完全的山里？又是为什么这里的气候如此多变，却彰显着自然所该有的个性？这里本该什么都没有，或者只有一些一眼就能识别的人造森林和没有历史沉淀感的岩石而已。

塞普维尔沿着乔纳亚的视线看向连接器，随后微笑着点了点头，“第四代连接器，我年轻时候最流行的玩具。”

“玩具？”乔纳亚小声嘀咕。

“现在的人还玩这个吗？当时流行的沉浸式游戏。”

“沉浸式虚拟实境。”乔纳亚解释道。

“哦，我用过几次，觉得没什么意思，几十年前一些政府的官员说可以让我们体验更美好的生活，我们觉得这话真可笑，我们每天的生活都是最美好的，还能怎么样更美好？”

“可是这么恶劣的天气……”

“并没有太糟糕，辐射没有灼烧我们的皮肤，我们看起来很好不是吗？”

乔纳亚点点头，何止很好，在 RealX 要拥有约翰和索非亚的容貌可要花不少钱，可即使花钱也买不到这么纯净的美。

“风把森林里一些树折断，整根的树木被勃朗特家用作制造提琴和吉他的木材。这里的孩子大多会演奏乐器。”

“尤其是勃朗特姐妹，她们各个都像专业演奏家。”索非亚闪动着睫毛说，“下周三有一场音乐剧演出，你要不要参加？”女孩诚意邀请客人。

“演出？”他警惕地问道，“是哈茨的演出吗？听说他非常受人喜欢。”

“什么哈茨？是勃朗特姐妹的演出，哈茨是什么名字，怎么这么难听？”

这一次乔纳亚感到自己的心被吊在树干上，暴躁的风钻出树叶，大雨随时会像尖锐的剪刀把他撕成一条条碎片然后扔出这片山脉，最后，他想："我会回到哪里？哪里才是可以相信的地方？"

每个人都相信自己处在最真实的世界里，而本应该对一切了如指掌的捕捉者却心陷迷雾，问起何处是真实。真是可笑，太可笑了。乔纳亚仰天大笑起来，顾不上一家人奇怪的眼神，他越笑越大声，仿佛眼前的四个人都长着斯泰因的模样，仿佛索非亚挺着九个月的身孕即将请他——这个文明、智慧的城市人帮助她生产；仿佛听见山洞外榆树林的沙沙声根本是由勃朗特的乐器演奏的虚假声音；没有山脉，没有树林，全都是虚假，直到他近乎疯狂的颤抖变成潮湿的汗水。他冒出一个奇怪得不能再奇怪的念头，听到一声不可思议到万念俱灰的啼哭，他看见索非亚变成丰沃女神，向着他的方向，他身后的草原，草原外的城市，伸出丰沃的双手，这双手牢牢牵住了大地荒芜的命运，在她的瞳孔中，人群在城市外鲜活地跳跃着。

转瞬间，来不及惊慌，这位女神的脸变成了利娅，她走向乔纳亚，风姿优雅，妩媚动人，她的怀里抱着一个崭新的生命，一个男孩，一个比男孩更生动的男孩。

片刻也不能忍受的窒息感牢牢捏住乔纳亚的喉咙，他管不了自己能否找到移动车，转身冲出山洞，耳边的小提琴声紧追不舍，乔纳亚听出那是《魔鬼的颤音》，旋律诡异令人迷惑。

"梦中，我以灵魂与魔鬼订了一个契约 / 一切就像我期盼地那样进行 / 他能清楚地感知并实行我每一个欲念 / 我把我的小提琴递给他 / 一首让我震惊得无以言表的极优美动听的曲子 / 它是如此艺术 / 充满了惊人的智慧。"

乔纳亚不停奔跑，无法甩开琴声，一直到山谷里黄色迷雾将四周吞没时琴声已经来到跳跃的快板，双音将狂欢与悲伤糅合在一起，连续的顿弓带来声嘶力竭的哭喊，乔纳亚跪在迷雾中无法再向前一步，他感觉一些东西在死去，一些东西在身体里滋生，身心俱疲又充满狂喜。

够了，这种折磨。

够了，何苦受这痛苦？世人皆有真实的生活，而我却活在失去信仰的迷雾中。

他对着雾像诗人般倾诉衷肠，“如今我和你们一样，甚至还不如你们，我就是这雾气本身啊，我才是这迷雾本身啊。”

他唱起来，越唱越悲伤，越唱越清晰，他看见移动车已在前方，伸手可及，他要回去，也许古代的先知早已透露了天机，有多少人就有多少世界，有多少人就有多少世界……

之后的时间里乔纳亚再也没有眨过眼睛，也没有思考任何事，他闻到风垂落在草地上的味道，听到刺猬粘着果实在地上翻滚，他在柔软的阳光中摇摆，回味咽喉深处石榴汁的香甜。

费德南德依旧没有现身。萨娜虽然知道了自己的过去，她以为自己一直很希望知道情绪和记忆之间的那道屏障里究竟藏着怎样的秘密，如今她已知晓一切，却对是否能过得比原来更好一些没有半点信心，她想找诺兰聊聊，也想过是不是该憎恨他，但是全都做不到。

一想到是她和费德南德一起把诺兰带到营地，萨娜就觉得诺兰的一生都被她耽误了；一想到诺兰只是因为她才对营地尽心尽责，她就感伤不已；而想到诺兰曾对她做出那样的事，并且在她全然不知情的连接状态时，这个男人，这个冷静的男人，这个所有人敬仰的男人，当时是怎样的容貌？丑陋的？狰狞的？仇恨的？或是充满悲伤的爱意？她不想猜测，最好不要再猜测，她告诉自己，任何猜测对现状都不会有好处，既然诺兰已经对她和里维斯说出了当年的秘密，他就会进行下一步行动，他决定的事谁能改变？

萨娜不知不觉走到展示区，看着身旁曾经的捕捉者们，最早创立营地的“英雄”，那些人既是当时最优秀的程序员又是熟悉各领域的专家。她看见哈钦斯的名字，那时候他几乎负责整个营地，从展示资料上看，当年的哈钦斯体态孱弱，好像从来不晒太阳，皮肤有些浅灰色沉淀，如果不是知道哈钦斯年轻的时代还没有通过仿真人形机器人的法律，萨娜真想把这个看上去营养不良的男人看作一个机器人。

将来，这个代表荣誉的展示区里是不是会加上诺兰和哥哥？萨娜很想知道，也更明白她已经离开捕捉者太久，久到即使没有使用记忆消除也无从胜任这份工作。

展示区永远不会有萨娜的一席之地，她有些悲伤，为自己，更为诺兰。如果不是因为营地，诺兰的才华一定能有更好的施展，而如今他的命运全在理事会手里，这个面如死灰的男人决定了他的未来，被放逐到固定世界或者像她本该接受的命运那般——终生囚禁。

无论想到哪种方式都让萨娜痛苦不堪，她摇了摇头不愿意将心底里升起的痛苦与爱意牵扯到一起，她拒绝承认对诺兰的爱意如同不得不接受自己爱着他一样。

降低人口数，减少在线时间，除非诺兰能同时做到这两件事，否则理事会不会放过他。费德南德也会被牵连，或许哥哥早就和哈钦斯之间有了阴险的默契，就像环境局、生育中心和营养剂公司在理事会面前表面团结，暗地里各怀心思一样。如果费德南德参与其中，计划很可能是——放逐捕捉者，关闭 RealX-09 或者删除超出工程师设计的部分。

萨娜仿佛听见人们的哀怨声："无聊的世界，无聊的生活。"人们纷纷离开，回到被破坏的大自然；回到废气漫天，拥挤不堪，就业率持续低下，自然生育水平每年降低 10% 的现实生活中。

她担心诺兰，更担心三人的努力终究是一场徒劳，她意识到无论诺兰怎么做，等待 RealX-09 的命运，留给 RealX-09 里每一个人的命运都已注定，注定是一场破碎的梦，水中星辰，虽亮眼却遥远，每一下闪耀都是破碎的音符。有一个瞬间，她甚至站在了斯泰因这一边，与被迫关闭 RealX-09 相比，承认它是真实的怎么说都更接近人性的善意。

她知道诺兰即将以牺牲自己的声誉将秘密公之于众，理事会毫不在意方法，他们只要结果，同历史上任何一个政权无异。她感到了 RealX 的美妙，那里至少暂时还没有理事会，尽管未来它将以不同的面貌出现，与人类每一个时期都极为类似，又都不一样，像神的九十亿个化身，每一次至少都让一代人期待。

人类文明不正是活在期待中的文明吗？

萨娜回到图书区，里维斯正安静地坐在书桌边，手中捧着一本《杜伊诺的哀歌》。

两人没有说话，诺兰已经启程，斯泰因会在那里等候。

大雨冲向宽阔的盆地，裹挟着岩石像洗刷不尽的记忆，果断而粘腻。诺兰没有回头，他朝着既定的方向走去，苍鹰飞过，浅草幽幽，这一刻在夜晚的梦中清晰明亮。

诺兰知道自己早晚会踏上这条路，走向命运张开的怀抱，不论等待他的是甘甜的泉水还是荆棘陷阱，他都无法回头。

他闻到花香伴着苦涩的阳光，柔软却不清澈，雾气时浓时淡，转瞬又是风雨，他相信会在路上遇到斯泰因，他视如己出的少年，如今早已长大成人。斯泰因是个战士，只是还不知道他会为何而战。战斗若为自己，恐惧将如影随形；战斗若为他人，为一个文明的物种、一个城市的人、一个家庭或仅仅一个人，恐惧便会破碎成花瓣，飘向空中，打开一片希望的战场。

心底里，他赞美这个少年。不论背叛之名多么坚固地在他头顶挥之不去，他也从不犹豫；既不在意他人生命的束缚，也不撕扯人类个体间细弱的联系；他优雅从容地诠释着“自由”，仿佛明白一切复杂形态的根本原理，又仿佛自己就是复杂形态的生长物，他像一棵需要阳光和水分的树，又像长存不息不屑光合作用的另类生物。

如果他也知道自己会走到这条路，两人必会相遇，诺兰将如实相告曾发生的一切，真相与事实并不完全相同，事实未必让人觉得真实，而真实也未必就是真相。人们的大脑依赖一套复杂机制判断周遭世界发生的一切，诺兰知道如何让一切尽可能对自己有利，对理事会有利，天才的捕捉者都知道如何编造可信的故事，动之以情或让人心底里感到害怕，自私之爱和恐惧都能激发某些特殊的行动，让 RealX 的轮盘向着某个方向偏转。

理事会未必喜欢轮盘，但他们更不喜欢轮盘握在他人手中，想到这，诺兰的喉咙深处发出一声冷笑。

唯一让他担忧的是雷迪，不论哪种身份都让诺兰无法放下对雷迪的牵挂。他是诺兰心底最深处的一片海水，萨娜是照在海面的阳光，风平浪静却暗藏汹涌，既是曾对爱人的狂热又是无法掌握的恐惧，可既然多年前他已然做出决定，今日不过是那一天的延续。

还有乔纳亚、利娅、里维斯和莱尔，他们所不记得的一切诺兰都记得，而诺兰也知道自己无法思考的那部分疆域，一定也有人清楚知道它们是什么。

路已走出很远，斯泰因还没有出现，诺兰只能返回城市，在转身前，他望见山林中的雾气正在褪去，露出成片郁郁苍苍。虽不久后又会有狂风肆虐，但此刻，诺兰望着山谷，觉得心底里对儿时岁月的怀念和对未来的希望从未有一刻离开过他，将人们保护起来的 RealX 和独自忍受沉痛的自然在他周围半远半近。诺兰转身快步朝着城市走去，此时，耳边传来一个似笑非笑的声音，好像正在看他的笑话。

“老师为什么这么匆忙？理事会很着急找我麻烦吗？”

“恐怕我以后帮不了你了。”

斯泰因从迷雾中走来，一身黑色的装扮，体型比往日更为纤细，右手腕上一缕黑色羽毛反射着阳光，仿佛一把用长发制成的匕首。

“他和你在一起吗？”诺兰问。

“乔纳亚找过我，但我没有见他，他应该到过边界附近。”

“你知道边界？”

“我们不正身处边界吗？你想走过去，走到一半 RealX 一半真实的世界中，你还想知道我有没有到那里去过。”斯泰因拨弄着羽毛温柔地说着。

“你知道我会来这里？当然，你一定知道，你一直在监视营地对不对？”

“老师，您怎么和乔纳亚一样？哦，应该说乔纳亚怎么和您一样，总喜欢一次问很多问题，我该回答前一个还是后一个问题呢？”说完，斯泰因呵呵笑了起来。虽然对等待回应的人而言，这时候的笑显得不合时宜，但诺兰却觉得斯泰因的笑声清澈透明，仿佛全无恶意。

“我对你太好了。”

“可惜，我不是您的孩子。”

“谁说你不是？”

“我当然清楚自己不是，同样清楚的可能不止我一人。啊，好像您想问的问题又更多了，我真会给自己找麻烦，然而我们真正的麻烦是什么？我们的敌人，或者说是谁在试图让我们坦然接受事先规划好的命运？”

“雷迪在哪？”

“终于能好好说话了，别以为自己说的话别人都能懂，人类自使用语言交流以后误解就没有一刻消失过，当然也不要以为自己说的别人都不懂，真是好复杂，还好我不是捕捉者，不用玩这些骗人骗己的游戏。啊呀，看见老师我的话都多起来了，真是不好意思，说到哪里了？”

“雷迪。”

“哦，那个上帝的孩子啊？”

“他在哪？”诺兰语气低沉，他不想再多重复一次。

“去找他的父亲了，现在在哪我不清楚，也许在维尔特尔那边。”

“你怎么会不清楚，有什么是你监测不了的？”

“我的生活又不是监测别人，你们除了疑神疑鬼，视力还都不太好，听觉也有问题，您和乔纳亚都一样，相反，那个上帝的孩子倒是机灵得很。今晚庆典广场会举行一场公开投票，您要不要来看看？是大企业发起的全民投票。”斯泰因把头轻轻侧向诺兰耳边，细声说道，“好像是要选总统。”

“总……”

“小声点，生育中心也是发起方之一，如果今晚投票结果显示人们希望举行总统选举，那这件事老师还是不要插手了。”

诺兰不知道如何回应斯泰因说的这番话，所以他一句话也没说，只是轻轻动了动下颌，又控制到面无表情的样子，跟着斯泰因转身朝前走去。两人来到一架移动机前，随着半空中呼啸的风声，山脉在身后渐渐远去，云䨴匐在飞行器下方，处处皆美，雾散之后，诺兰想到，应该又要开始一场大雨了。

“老师除了找雷迪和乔纳亚，有没有一点点是为了来找我的？”斯泰因单手操控着飞行器，顽皮地问。

“我就是来找你的。”诺兰平静地说。

“不不不，您不是来找我的，您知道您只要来到 RealX，我一定会主动去找您。”

诺兰的喉咙里发出一声沉闷的回应，斯泰因好像并不满意，“要是乔纳亚和我美丽的利娅妹妹不打算回营地，理事会会不会为难老师？”

对于斯泰因一再的明知故问，诺兰不再有耐心，他闭上眼睛，“还不是因为你惹出的麻烦。”

“怎么能怪罪我？难道不是真爱创造了上帝吗？”

“你不该这样拿上帝开玩笑。”

“RealX 诞生过一个生命，老师，您不觉得这是发展的必然吗？”

“就算是，也不是你们想象的那样。”

“现在没有人能阻止这里成为真正的世界了。”

“必要的时候理事会什么都做得出来。”

“您是说关闭世界？”

“我没有这样说。”诺兰又闭上眼睛，这一次他是真的不想睁开了。

“你我都清楚，即使关闭一个 RealX-09，还会有下一个世界发展成 RealX-09，这里是人类文明必然的样子，可以预见的是，越来越多的 RealX 们会变得和这里一样，人们无论连接进入哪一个，最终都会一样。但毫无疑问，从今往后，很长一段时间里 ReaX-09 将是权力中心，不受营地和理事会控制。”

“这是赌博，以理事会绝不会关闭如此大的世界为前提的赌博，事实上每天都有小世界在关闭，关闭的速度也越来越快。”

斯泰因大笑道：“老师到底担心什么？担心营地的地位不保还是担心自己从此成为一个普通人？普通人不好吗？为什么一定要成为那个掌控他人命运的人？况且，您还以为人力可以左右自然发展？”

“我从来没这么认为过。”

“老师，我真不知道您在想什么，但我向你您保证，最终理事会也干涉不了 RealX 完成独立，每个人都会做出自由选择，也都该做这种选择。”

“你离开营地也是因为这个原因吗？”诺兰怅然地问。

“什么原因？”

“因为你觉得营地迫害了人的自由选择，你觉得捕捉者用手段迫使人们做出并非出于本意的选择而不自知。”

“是的，这是我的天赋，而当我知道了这天赋意味着什么，我就痛恨这种天赋，至少我不该用这种天赋去做这样的事，我总在寻找着能做点更好的事，还记得您教我们玩的魔方吗？只要确定了中心块，就不会迷失真实，但是如果中心块是假的呢？在无人知晓的时刻被人替换了？营地的存在以及我们工作的意义正是让 RealX 时代的人们永远清楚什么是真实什么是虚假不是吗？但是，我是说如果，这一切在一开始就被混淆了，我不该让真实回归真实，虚拟回归虚拟吗？”

诺兰看到斯坦因的眼角滴落一滴眼泪，他感到一阵欣慰，自己毕竟没有看错人，一直以来对这个孩子的保护虽让他承受巨大压力，但没有让这个单纯的孩子受到伤害，他希望自己没有错，希望斯泰因真如他所想的那样。

诺兰颤抖着，欲言又止。飞行器颠簸了几下，停靠在庆典广场前的河岸边。

河岸对面，人群穿戴华丽，井然有序地向广场移动。

斯泰因的声音打断了诺兰："这些人都是去庆典广场的，我也该去准备一下稍后的主持工作了。"

"去吧。"

"您真的不打算阻止我？"

"正如你所说，你不过是个主持人。"

"一旦投票通过，RealX 将选举出第一任总统，您知道这意味着什么。"

"倒退的年代。"

"什么？"

"人类文明有其必然性。就个体而言，不论一个个体有意识或无意识都无法摆脱更大的漩涡，斯泰因，按你想要做的去做，有了总统也不代表什么，即使它一定代表着什么，也会有更强大、更无法理解的力量转动文明的齿轮。而我们，作为一个个体，如你所说，做好自己想做的一点点好事，就算没有荒芜一生。"诺兰停顿了好几次才把这些话说完，"这是我能教你的最后一点东西。"

斯泰因没有点头，他把飞行控制器交到诺兰手中，打开门向广场走去。

太阳落在河中，一半露出水面，一半浸入河底，看上去依旧是一个橘黄色球体。

诺兰将飞行器升至半空，夜晚降临前，他有足够时间前往任何想去的地方。

小型飞行器动力充足，空间却不宽裕，仅能容纳两个人。Stardance公司的产品几乎占领了90%以上的民用交通工具市场，在每一个虚拟世界里都赚得满满当当，即使只有年轻人喜欢的地外世界，Stardance的Tune火箭和星际飞船也没少让人掏钱买票。想拥有一艘私人飞船也并非不可能，但必须真的有钱，而“真有钱”从十年前起就已经是拥有高端技术和垄断供求的代名词了。

比如生育中心，生育中心用科技解决生育退化问题，讽刺的是，这个靠非自然生育赚钱的中心如今却举起了自然生育的旗帜。民众当然热爱他们，能自然生育而选择非自然生育是一回事，不能自然生育而选择非自然生育是另一回事，这点细微的心理差别在人们心里从不模糊，生育中心的负责人知道这个道理，他们不仅制造生命，更比任何人都懂他们制造的这个物种所能为企业谋得的收益。

相比之下，原本更有希望受人们爱戴的环境局却守着空气循环机不思进取，放弃城市之外广大的空间之后，环境保护费用降低到原来的20%，靠低价却持续不断的环境费牵制政府，赚取细水长流的丰厚利益。无论被破坏的大气层如何碎裂成蜂巢，也不论火山无规律的爆发和冰川的融化还会继续多久，空气循环机在看不见的城市边界保护着人们，空气稳定如呼吸一样自然。

营养剂公司则完全仰仗政府支持，最大收益来自政府定向采购，没人在意它会变成什么样，反正政府定时发放这类产品代替日常饮食，RealX时代的人们也早已习惯如此。

世界政府联合后，人类开始进入无国界的RealX时代，理事会看起来主导着一切，然而不过利用营地下一盘棋，每一个营地的工作者则是其中一颗随时可以弃掉的棋子。

斯泰因也许不喜欢棋子的命运，然而他忘了逃离和寻找自由也是棋子命中注定的部分。想到这里，哀伤涌上心头，注意力渐渐分散，诺兰甚至忘了自己正漫无目的地悬停在半空。

“需要启动自动驾驶吗？”飞行器传来友好的提示音，诺兰这才回过神来。

“有推荐的目的地吗？”诺兰尝试着问。

“需要为您打开历史路线吗？”

“最近五个月。”诺兰的注意力已经恢复，他盯着前上方不断跳跃的画面，这是斯泰因到过的地方，画面快速切换，仿佛斯泰因在诺兰面前移动。

很快，移动的位置变成一些简单密集的点，斯泰因这几个月一直在城市边界，五个月前他曾在一个山脉前停留，遇到一辆地面移动车，移动车当时损伤严重，似乎被狂风修剪过一般。

“给我更详细的信息，三月十一日，上帝，这个山脉是？”

“郊外信息干扰严重，建议您不必查看。”

“城市边缘呢？”

“这就为您分析路径，您飞行到城市边缘的时间是四十分二十一秒，那里是大西洋海域，气候数据未知。”

“你去过那里吗？”

“没有。需要现在前往吗？”

“不需要，谢谢，我知道我要去哪。”

诺兰设定了目的地，他猜测如果在斯泰因的记录中搜索，他应该能找到雷迪的踪迹，但他必须暂时把这个孩子忘记，有更重要的人在某处等他，也许他错了，但他必须去看一看，或许这将是两人最后一次见面。

那个人的确在等待，等待的时间里，他在痛苦和欢喜中醒来，在孤独和迷茫中沉睡。

橘色雾气缓缓移动，没有在空中停留的意愿，仿佛长了眼睛一般要把整片海水淹没。

倚靠窗帘，利娅十分疲惫地等待被自己赶走的丈夫回来，一天又是一天。半夜被噩梦惊醒时，她想到乔纳亚也许再也不会回来，于是对着夜晚紫色的天空用力摇头，仿佛上方有神灵会看到她的虔诚，直到昏昏睡去，又是一夜古怪的梦。

她梦见红色的果子开遍山林；梦见翠绿的河流蜿蜒流经一座城市，流经第二座、第三座城市，好像把所有的城市都连了起来；斑叶芒在街道两边疯狂生长，没有太阳的时候也是一片光芒烁烁；兔子和松鼠在费利菊、黄花、风信子丛中追逐打闹，不远处旁观的蜗牛小心探出脖子又立刻低下；几秒后疾风经过，把带齿的花瓣抛向空中，裹挟着浆果的花絮没头没脑地挤作一团，时而被撕裂成纷纷下落的彩纸，时而被卷上半空，仿若天才画家疯狂的画作。

利娅每一次闭眼都被这样的梦境困扰，越来越频繁，越来越鲜活，甚至醒来时她的耳边都仿佛有着梦中的声音，时而莺语恰恰，时而落木萧萧。

她彻底病了，面无血色。这些并不真叫她担心，恶性死亡事件绝对不可能在 RealX 发生，只要记住这一点，就没有什么好担心的，就算身体看起来再糟糕，最多不要照镜子就是了。

担忧会死于疾病，真是世界上最好笑的杞人忧天，比相信怀孕更可笑。

她摸着自己凸起的肚子，她好像真的怀孕了，肚子不大，圆滚滚的，如果用力收缩好像能缩回原先平坦的样子。利娅站起身用力向外顶了顶肚子，这样看起来很不错。

她每天重复相同的事，看海，思念乔纳亚，累了就躺在床上，睡眠很快降临。没有食物，也不觉得饥饿，这个月以来利娅怀疑自己真的得了神经联觉症，也许自己不再适合留在 RealX，但是回到营地是她不能想象的事，除非乔纳亚要她这样做。

眼泪滚落，因为身体虚弱，利娅的皮肤变得干燥，眼泪流过脸颊时一阵阵刺痛。

来不及擦干它们，她的耳朵听到了盼望许久的声音。

“你终于……”利娅打开门，看见诺兰站在眼前，眼泪如雨倾泻而下，她说不清自己是愤怒还是高兴，只是一味地流着眼泪，狼狈不堪。

“你怎么那么瘦？”诺兰眉头紧皱，连续问了两遍相同的问题。

“瘦？”

“你自己不知道吗？你的皮肤看上去像烧灰的塑料。”

“我不知道，我只是觉得头晕，好像有些联觉症。”利娅边说边往客厅走去。

“什么联觉症，你看上去营养不良，你生病了吗？”

“没有，老师，这里不会生什么病。”

“快告诉我到底发生了什么？乔纳亚在哪？”利娅的身体看上去很糟，诺兰无法保持冷静，他很想现在就去把弃妻子不顾的乔纳亚找出来，但更重要的是知道利娅的身体究竟为什么如此衰弱。

他跟着利娅走到客厅。利娅缓慢地坐回窗帘旁，阳光透过雾霭照在她脸上，依然没有半点起色，她行动缓慢，像个老去的妇人。诺兰的视线停留在利娅的腹部，他的脑中嗡嗡作响，又瞬间没有任何声音。

“你怀孕了？”

“之前你们在这里的时候，我认为我怀孕了，萨娜也问过我这个问题，但乔纳亚告诉我那是联觉症，会有真实的躯体症状，臆想出疾病、肢体残疾，或者怀孕。”

“不，见鬼，你有没有见过什么人？有没有告诉过其他人？”诺兰不知道自己该从何问起，眼下每一个问题都很重要，每一个答案都可能让事态变得难以预料。

利娅温柔地笑了起来，要不是这般憔悴的模样，这个笑容一定很美，但诺兰无暇欣赏，他又一次问：“有没有人知道这件事？”

“没人会相信我的话。”

“利娅，回答我的问题，还有谁知道？”

“一个也没有，只有乔纳亚，但是他已经离开快六个月了。没人知道，我没有离开过这个房间一步，我害怕错过乔纳亚回来的时间，怕他找不到我又离开，我害怕走出去，一步也不敢踏出院子，一秒钟也不敢真的睡着，但我还是睡着了，还做了很多梦，很多很多的梦。老师，您从来没告诉过我在 RealX 里人会做那么多奇怪的梦，那些梦真实得像事先安排好的程序，我不停地流泪，不停地害怕，不停思考又思考不出任何事，除了联觉症我找不到任何解释，甚至您说的怀孕也是个笑话，我只是病了，只要乔纳亚回来，我愿意承认都是我的错，是我病了，我愿意好好治疗。”利娅好像把一辈子要说的话一口气都说出来一般，诺兰脑子里的响声越来越大，根本听不到那么多，他想的只有一件事——利娅怀孕了。

广场上空，烟火绽放，桥下，河流倒映着五彩的天空。斯泰因一身白色长衣，肩膀背后，羽毛高高立起，他看起来仿若天使。

空气中满是自由和希望的气息，投票人数已超过十二亿。RealX 时代之前，世界始终存在某种割裂，这种割裂既有缺点又带来不同文化，养育不同的人。如今，RealX 融合了一切，一场选举可以让全世界的人进行投票，人们要选出总统，越来越多其他小世界的人来到这里，伴随这个盛况空前的野心。

与这里的热闹非凡相比，营地的警报声也一次次响起。

警报！ RealX-73 世界已经关闭。

警报！ RealX-2832 世界已经关闭。

警报！ RealX-9387 世界已经关闭。

工程师迷茫地看着工作台的屏幕，这是从来没有出现过的异常现象，他们解决不了，当“已经关闭”几个字出现的时候，工程师的思维开始凝固，头脑停止运转。

他们中最年少的那一个木讷地站起身，双眼无光，径直走向费德南德的座位。

乔纳亚站在人群中，几乎要抬起头才能看清斯泰因，他被挤在几万人身后，挤在一座石桥上。

野心——这个词在他脑中扎了根，他觉得从未认识过斯泰因，好像他从来没有在营地里出现过，从来没有在诺兰指责他时站出来替他说话，从来没有如哥哥一样带他阅读，与他分享自己的心情。乔纳亚在记忆中搜寻，结果大失所望，斯泰因从来没有和他分享过心事，一直以来这个人只是倾听，从不提起他自己，这一点让乔纳亚想到另一个人，这两人简直如出一辙。

不知道老师要是看到这个情景会作何感想，也许他回到营地后已经被理事会监管，失去了自由，也许比那更糟，如果监禁已经执行，从此可能都无法再看见他。

营地不会有人能改变 RealX 了，时代彻底改变，这一次人们胜利了，野心家的野心赤裸裸地摆在半空中，人们却好像看不见。他想到一位英国诗人曾写过的诗句：“人们只会重复原有的生活。”不论哪个世界，只要人类在生活，就会生活成原来的样子，改变不过是循环复循环的自欺欺人而已。

乔纳亚在兴奋异常的人群中挤出一个空位，他看见斯泰因身边站着一个瘦小的人，比斯泰因更瘦小，一身紫色短裙，右手臂上装饰着明亮的羽毛，影像画面把广场中心的两人变得很大，半挂在空中，好像星河汇成的图像。女人的嘴角洋溢着温柔的微笑，眉目间温情似水又坚定有力。

“有人试图隐瞒真相，但今天，全世界的人都知道，我们不仅可以决定自己在哪里生活，而且能够拥有完美的生活，有自由选择的真正的完美。谁都知道我们自身的生命活动创造了死亡，连这一点也有人试图隐藏，我们接受疾病和死亡，曾经这或许是命运的不公，如今，这是我们的选择；我们不舍弃死亡，不是我们不能，而是我们选择将死亡留在我们的生活中，犹如将生育留在我们的生活中；迟来的幸福属于世界里的每一个人，我们迎来了早该属于我们的最后的胜利，我们可以创造生命，美妙的爱情诞生出闪耀的生命，婴儿的哭声不该被改写，不该被隐藏，生育中心永远保护每一个人的权利。”

女人的声音甜如蜜，却有震慑人心的力量，她说的话没有装饰，却因为平实而充满力量。除非关闭世界，理事会已经不可能改变已经开始的新篇章，今晚它已经拉开了光彩夺目的面纱。

乔纳亚的胃里泛起恶心，喉咙口似乎被胃酸灼烧着，他想起自己一天没有进食，此刻不仅喉咙疼痛，肚子里更是铁丝在翻搅一般。

可恶的联觉症，乔纳亚咒骂。这里的进食习惯也太浪费时间，那些食物除了好看并没有让身体获得充分平衡的营养。见鬼，他需要一个巨大的牛肉汉堡，他想念生菜叶子的味道，还有咖啡的香醇，但是他知道现在最好喝下一袋营养剂。一定是太久没有补充营养，想到这，乔纳亚干呕起来。一个念头牢牢抓住了他，像已然发生的可怕历史一般令他恐惧不已，如果理事会准备采取一些行动，如果诺兰已经被放逐到某个世界，谁负责给营地里的他和利娅的身体喂食营养剂？现在的症状是不是因为营养剂水平降低？这样下去他还能活多久？这种猜测不无道理，食物的影子在他脑海中飞来飞去。乔纳亚又干呕几下，身旁的女人皱着眉头看了他一眼，随后又挥舞着毛茸茸的袖口跟着人群一起欢呼。

我必须回去看看，或者找斯泰因问问，他一定知道营地所有的事。

斯泰因就在眼前，他可以冲出人群，到广场中心把他痛打一顿，或者揭穿他的身份——这个人曾经控制着这里的一切，你们还像爱戴一个明星一样爱戴他，这个人曾经为政府工作，职责就是监测你们生活着的 RealX 的一举一动，编造谎言、歪曲事实、混淆视听，将文化如病毒一样种进每个人心里，这个人你们还如此热爱他！

乔纳亚从未这样虚弱，视线渐渐模糊，眼前的羽毛装饰像夜空中闪烁的烟花，瞬间，烟花盛开，随即暗淡无光，他什么也看不见，眼前漆黑一团。

难道这就是 RealX 关闭时候的样子吗？昏迷前，时间仿佛变成一张密密麻麻的网，乔纳亚发现自己掉入网中，没有挣扎，好像有声音早就告诉过他“挣扎无济于事。”

他没有过这种经历，RealX 关闭对他而言只不过是警报器的声音和一行行红色的字，一直以来他都是站在现实的那一边看着 RealX 关闭，而现在他站在 RealX 之中，他没有想象过这种事，从没有想象过 RealX 中还有活人的时候突然关闭会出现什么可怕的景象，谁都知道，这不会发生，只有那些人去楼空的世界才会被关闭。

将 RealX-09 这种人口密集的大世界突然关闭，等同于集体屠杀，连断开连接尚且被法律禁止，关闭正在活跃的世界更是无稽之谈。但是乔纳亚想不出其他可能，他觉得事情一定如此，诺兰没能改变理事会的决定，他们执行了最残酷的计划，他们在毁灭这里，把人们从这里赶出去，或者让人们就这样消失，就像几十年前把人们从物理世界赶入一个又一个 RealX 一样，现在他们又打算把人类赶到哪里去？

真是笑话，“自由”，真是笑话，他想到诺兰父亲般的教诲，想到利娅对他的眷恋，此刻竟然不能陪伴在她身边，也许昏迷过后他会在她身边醒来，等待理事会的最终决定，他们会在营地重新见面，至少还会有一次机会。谁能料想？如果早点想到会发生这样的事，说什么都不该离开妻子半步，哪怕仅仅是将视线从她美丽的脸上移开半秒，都不该发生。

一个制造虚假的人却试图找到真相，也许只有斯泰因可以做到，毕竟他拒绝做一个制造者。想到这，乔纳亚也不再憎恨斯泰因，只是觉得自己的一生似乎都没有真正开始过，却即将跟随 RealX-09 一起结束。

再后来，他听到人们惊叹的声音，哀伤的声音，人们离开的脚步声和起起伏伏的议论。

等他醒来，发现自己躺在一个巨大的米色沙发上，旁边坐着一个人，眼神清澈见底，等乔纳亚看清楚这个人的脸，他不可思议地张大嘴巴，却无法发出声音。

那人并不惊讶，平静地开口，好像对事实毫无兴趣。

“你病了。”他说。

“我为什么会在这里？”乔纳亚虽然没有完全恢复精力，但有一点毋庸置疑，他不在营地，也应该没有被放逐到某一个替代世界。

“你病了。”那人又说。

“我知道我病了，我问你我现在在哪？”

“在我家。”

“斯泰因，你能不能把你知道的都告诉我？”乔纳亚的声音没有命令，倒像是乞求。

“我当然愿意。”斯泰因声音柔和一如往日，“我当然愿意，如果我知道的话。”

“有什么是你不知道的？”

“我以为我早晚会接近真相，营地想隐瞒的真正的真相，甚至理事会不想让营地知道的事，有些东西，我只是朦朦胧胧知道它们，就像清晨趴在窗上的雾，当我用手去抓，它们就开始逃走，等太阳出来后，这些雾就像从来没有存在过一样。就在几小时前，一切注定的事突然掉转了方向，人们的希望变成沮丧和失落……如果你现在要回营地，恐怕也没有什么好担心的了。”

“为什么？”

“我也想知道为什么，有个人，死了。”

“广场上的那个女人？”乔纳亚已经站了起来，他知道接下来不管身体发生什么异样，他都不可能躺着不动。

“不是，是另一个，陈列区有关于他的记录。”

“谁？一个曾经的捕捉者？”

“曾经的营地英雄，就像你一样。”

听到这句话，乔纳亚低下头，他知道自己不是英雄，每个人都很出色，比如里维斯，他相信里维斯一定能超越自己。

“我不是什么英雄，可是我还是不能确定那个人是谁。”

“哈钦斯。”斯泰因缓慢地说出这个名字，声音静如止水。

“他现在是理事会的……执行会长。”

“是。”斯泰因点头。

“死在哪？难道是营地？这不可能。”

“是的。”

“你把我弄糊涂了，斯泰因，首先营地不可能有人谋杀一个理事，另外……”乔纳亚停顿了一会儿继续说，“这也不影响生育中心强加给 RealX 的未来。”

“你认为这种谋杀毫无意义？”

“我没有说谋杀，为什么你会说谋杀。”

“你说了，你猜到了，如果不是谋杀，哈钦斯绝对不可能死在营地。”

“谁会这么做？诺兰？除了他还会是谁？”

“我想不出，但是诺兰并不在营地，他一直在这里，而且直到投票结束前，他才匆忙赶到广场，说出一个见鬼的真相。”

乔纳亚原本想问为什么斯泰因会知道诺兰的行踪，但他打消了这个念头，斯泰因自然有办法知道，于是他问了另一个问题：“真相，真相是什么？它好像让你很失望。”

“让所有人都很失望。”斯泰因叹出一口气，很轻，但乔纳亚还是注意到了。

“他让生育中心颜面尽失，他说那个二十年前在 Realx-09 出生的孩子不是真的，当时一个美丽的女人在 RealX 爱上了一个牧师，两人的爱天地都不能阻止，他们创造出爱的奇迹，女人认为自己怀孕了，但是怀孕仅仅是联觉反应，RealX 根本不可能怀孕，但她的感觉也有一部分是真实的，那是因为她存在于物理世界的身体中的确有一个生命在长大。令大家失望的是，这个孩子并非 RealX 诞生的生命，他源自另一个世界，一个人们曾经熟悉现在却不再认识的世界。

“他说自己才是这个孩子真正的父亲，而被你们崇拜的这个女人是他曾经最深爱的女人，他们相爱，直到她在 RealX 里移情别恋，作为男人他无法忍受她整日沉迷另一个世界和另一个男人，他的爱情包含着欲望，即使那种行为不优雅，但是他爱她，她是他的，奇迹在他的爱情中发生，他让她有了他的孩子，真正的孩子，他出生以后与我们每个人都一样，会哭、会笑、会饥饿。”

斯泰因的声音愈发平静，乔纳亚却是脸色苍白。

“老师的荣誉……”他挤出几个字来，声音几不可闻。

“诺兰来之前恐怕就已下定决心，他知道如果承认自己的错误，RealX 就会恢复理事会想要的状态，缓慢增长的人口，可以控制的文化，平稳发展的经济。RealX 依旧会是一些人的工具，成为它本身该有的样子。”

“你在怪老师。”

“我不知道，我不知道。”

“他只是不能看着理事会关闭 RealX-09，他不能任由大屠杀就这么发生。”乔纳亚说出自己的猜测。

斯泰因看起来明白了乔纳亚的话，他谦虚道：“你果然没有让老师失望，理事会的确有可能会这么做，也许正是因为这种担忧，很可能已经不仅仅是担忧，老师已经断定如果生育在 RealX 成为事实，人们就更有理由选择这里，人口数会超出理事会所能忍受的上限，这更像是逼迫他们关闭 RealX 的一种自杀手段。”

乔纳亚点了点头，又问：“投票结果呢？”

“失败了，今晚在线人数将会出现几年来最低。”

“我不能理解。”

“虽然 RealX 一开始是不真实的，但当大家都熟悉这种不真实之后，久而久之它变得无关紧要，谁也不会注意它，可是后来，生育中心却带来了一个不真实中诞生的奇迹，一颗巨大的希望种子，人们有了对真实和美好的向往就同时有了对欺骗的憎恶，爱和恨无论在哪个世界，总是相伴而生。当一个美好的期待被人用最初就接受的事实砸碎后，人们不仅生气，更多的是觉得被羞辱，他们不能憎恨自己，但是他们会嘲笑自己天真并且愚蠢，然后羞愧难当。”

“我明白了，诺兰现在在哪？”

斯泰因递给乔纳亚一个控制器：“天台上有一辆移动飞行器，比你停在边界的移动车快十倍，它监测着诺兰正在使用的飞行器，选择自动飞行就会带你找到他。”

“你不和我一起去吗？”乔纳亚又问。

“不，我还有更重要的事要做，大世界如果正在被关闭，这里的人会像蒸汽一样消失在天空中，或者像太阳落入海水，我想看着它如何落下。”

“你不会的，你不会甘心看着它落下，如果理事会让 RealX-09 消失了，你多年来寻找的真实也就变成了一场梦，你不会甘心的，这不是你，这不是那个赌上一切也要寻找真实的斯泰因。”

乔纳亚走到窗边，几颗明亮的星星将光线伸展到远方，他想到山里的琴声，还有甜得让人眩晕的石榴酒。临出发前他看到斯泰因的侧脸，眼角似有波光闪动。

诺兰是在保护他，保护利娅，甚至保护斯泰因。这里无疑是所有运行着的世界中最好的，也可以说这里最接近环境破坏前的世界，却没有过去那些糟糕的东西——它们就像人类制造的垃圾，埋入海底，越堆越高，终于从海底深处钻了出来，散发着挥之不去的酸腐，招揽着肆意生长的蚊蝇。

如果 RealX 被关闭，等待他的命运会是什么？他不清楚，没人真正考虑过世界消失的问题，但是乔纳亚深知他和利娅的命运已经和这一切紧紧相连，如果 RealX 被迫关闭，他一定再也见不到利娅。

怀着对妻子的想念和越来越深的悔恨，他驾驶飞行器赶往海滩。

里维斯坐在莱尔对面，却没有看他，他需要做出决定，如何向理事会解释哈钦斯的事，里维斯知道不能指望莱尔告诉他该怎么做，现在这个时候谁都无法相信。

“别忘了费德南德一直不喜欢老师，为了萨娜的事，他甚至憎恨老师和捕捉者。”莱尔语速很快，生怕自己没有勇气把这些想法说出来。

“我找不到他。”

“不可能，营地就这么点地方。”

“我没有找过。”里维斯有些不耐烦，哈钦斯确确实实死了，生命迹象全无，但根本不可能发生这样的事，理事会不会接受自然死亡的结论。

“我们可以去工作区。”

“哈钦斯设置了屏障，谁也进不去。”

“他现在死了，你的意思是我们就永远没办法进去了？”

“除非找到他设置屏障的方式，如果他使用的是呼吸频率、掌纹，或者视觉追踪、动作分析……谁知道安全协议用什么方法设置的？”

“工程师们就坐视不理吗？”莱尔的声音满是烦躁和绝望。

“费德南德不出现，他们什么都不会做，而且不知道为什么，二楼很安静，工程师好像傻了一样。现在最重要的是如何向另外几个理事说明今天晚上发生的事，我有一个想法，只是风险非常大。”

“什么想法？”

“我怀疑理事会的另外几个人不是真实身份。”

“我不明白。”

“这么说不确切，之前我甚至怀疑哈钦斯也是假的，不是说他们的身份被他人顶替，我的意思是来到营地的是他们的影像。”

“我没办法确定，我碰不到他们的身体，但是哈钦斯我们都看到了，他的心跳和呼吸已经停止，他的尸体……”

“是的，他是真实的，但其他四位很可能不是。”

莱尔追问道：“那意味着什么？”

“如果费德南德可以帮助我们，或者他那边的工程师可以提供一些有用的帮助，如果他们能快速在营地搭建一个小型世界，让理事们以为哈钦斯还在，我们就能拖延一段时间。”

“这样不行，不如让理事会自己来调查这件事，也许哈钦斯就是自然死亡，他的年龄比诺兰还要大了。”

“我们都知道，根本不是自然死亡，理事会不会接受这个结果，他们一定会找出原因，这件事不论我们承不承认都是谋杀。”

“不可能，除非是你，鲍菲斯，或者那些机器职员，你难道怀疑是我？”莱尔的眼神突然变得浑浊，如果这些人都会被怀疑，他当然不可能置身事外，幸好里维斯的回答让他稍许平静了一些。

“如果能等到老师回来，他一定能想出办法。”

“现在我们该做什么？”

里维斯坐在原地一句话也没有说。哈钦斯半躺在椅子上，看上去就和坐着没有区别，没人知道哈钦斯死前一个人在沉思区做些什么。里维斯仔细端详那张脸，皮肤正慢慢老去，在灯光下，这张脸像蒙上了一层网状的迷雾，越来越不真实。

“等老师回来。”里维斯开口道。

“谁也不知道他什么时候会回来。”

“但他会知道哈钦斯的事。”

“他为什么会知道？”莱尔眉头紧皱。

“我不清楚，但他一定会知道，我们现在能做的就是等他回来，你看，三个数字都已经降到理事会满意的范围，这意味着诺兰已经完成了任务，他可以回来了。”

“他如果不回来呢？”

里维斯看了一眼莱尔，目光中有些失望，他本不想说后面一句话，但还是说了出来：“如果他不想，一开始就没必要回营地。”

沉思区里没有人再说话，里维斯的头脑却一刻都无法停下。哈钦斯究竟是怎么死的？谁会杀死他？肯定不是自己，也不会是莱尔，莱尔看上去一无所知，营地还有谁呢？萨娜？她曾经也是一个优秀的捕捉者，但是动机呢？杀一个人总要有动机。费德南德杀死了哈钦斯？根本没有必要，他们更可能是同盟。

如果是诺兰？唯一有可能的就是诺兰，老师不可能看着 RealX 被理事会关闭，这场屠杀他无法坐视不理。假装去世界，趁所有人都以为他去执行任务期间悄悄杀人，这的确是不错的计划。

想到这，里维斯虽然不愿意相信，但眼下没有更好的解释，他们只剩下等待，等诺兰回来一切就清楚了。

除了等待，他打算去一次二层。既然一层已经没有可以调查的地方，这栋建筑中隐藏的秘密也许都在二层，他应该早就想到这一点，如果不是费德南德和诺兰之间剑拔弩张的关系，他早就能想到。

被放逐的捕捉者现在身在何处？营地单一方向的结构中有没有隐藏的空间？

另一边，在六十层的高楼远眺庆典广场，人们三三两两坐在河边端着咖啡，好像前一天晚上什么都没有发生过一样，总有些人活在明确的未来中，而更多的人只在意今天要如何度过。

RealX究竟该如何？只在有人要替另一个人做出决定时这个问题才会变成生命中不可忽视的重量，至于其他时候，解决眼前的无聊才是最重要的。而对于另一些人而言，不追寻活着的意义，生活又如何继续？

一只红色翅膀的小鸟停在窗前，斯泰因伸出手，它警觉地飞走，没有片刻迟疑。不同形状的鸟越来越多，还有岩石上的青苔，青苔上站着的半圆形小草，他想到乔纳亚的移动车上沾满各种颜色的草，混着泥土和枯萎的花叶。

关上窗，来不及换上衣服，斯泰因径直跑向天台，气喘吁吁，飞行器启动，沿着一个方向，一直向前。

“那里是边界，斯泰因先生。”飞行器提醒道。

“我知道。”

“你还要过去吗？”

“是的。”

“危险未知，先生。”

“连接飞行器TRF-31，指令：Oumuamua。”

“连接成功。”

“寻找FMR-80S1，一辆快速移动车。边界附近。所有动作。”

“是的，先生，动作收集完成，需要为您重现吗？”

“不用，直接带我去那里。”

人类建造城市，在山林间，河水旁，甚至面朝大海。现在城市在他的下方飞驰而过，像快速抹开的水彩画。

“只能到这里了，先生。”语音再次响起，打断他的思绪。

飞行器停在一片草地上，视线前仿佛是一片山脉，由于笼罩着浅紫色的迷雾，仅仅可见隐隐约约高低起伏的轮廓。

“快速移动车能不能通过这片草地？”

“我的记录到这里就结束了。”

“你当我是傻子吗？”

“我不明白您的意思，先生。”

“移动车上面沾满的草，难道是在城市里沾上的？”

“我还是不明白您的意思，先生。”

“你当然不明白，你从来不用眼睛看周围。”

飞行器沉默了，斯泰因知道乔纳亚去过草原的尽头，山脚下，也许还有更多。他走出飞行器，踏上一块焦茶色草堆，在他几米远处明亮的黄丹，更远处的苏芳一直延展到看不见的尽头。斯泰因向前走去，潇潇的声响不绝于耳，仿佛一片森林向另一片森林传递着有陌生人到来的消息。

斯泰因为眼前的景色所困惑，直到几个音符穿过愈演愈烈的风，传到他耳边，他屏息凝神跟随着人类乐器发出的声响，好像只要紧紧跟随它就能找到自己苦苦追寻的答案。

他听见女孩的欢笑，几分钟后，暴雨将一切冲刷殆尽，又过了几分钟，他走出躲雨的山洞，雾已消散，一道道垂直而落的瀑布在灼伤眼睛的紫外线中熠熠生辉，宛如正在上演一部20世纪的奇幻电影。

这就是边界之外，谁创造了这里？乔纳亚已经发现了这里吗？斯泰因摇了摇头，深深吸了一口草地上的空气。

利娅没有在乔纳亚敲响第一下门的时候打开房门紧紧拥抱自己的爱人，她躺在床上，望着太阳升到最高处，海面上升起的蒸汽被阳光瞬间吸收，只剩下干巴巴的水面，阳光太烈了，把所有的蓝色都变成灰黑的背景。

她想到自己的妈妈，她对妈妈的记忆很少，但此刻她希望妈妈能在身边，紧紧握着她的手，那双手也许比乔纳亚还要温暖。诺兰再次赶到时，利娅倒在床边，床单被拉到地上，盖住她大半个身体，她面色惨白，呼吸微弱。

诺兰把利娅抱到床上，这个场面他无从应对，利娅大叫着在床上翻滚："孩子，老师，孩子，帮帮我，帮帮我。"

"我来想办法，你需要吃点东西，利娅，你太虚弱了。"

"不，把他生出来，帮我把他生出来，我快不行了，老师，求求你。"

诺兰不住点头，眼泪挂在两人脸上。没有一秒可以犹豫，诺兰伸长双臂，紧紧按住利娅的膝盖，它们不受控制地左右摇晃，越来越多的血染红了床单，敲门声没人听见，直到乔纳亚破门而入。

随之而来的是一声不可思议的婴儿啼哭。

"我们有很重要的事要做，孩子，你听我说，我们现在有麻烦，冷静点，你冷静点。"

"不，老师，利娅不会死。"

"她太久没有进食，她以为自己得了联觉症，你该知道，她需要营养。"

"是我告诉她联觉症的事，是我让她相信自己只是出现幻觉，老师，都是我造成的。"

乔纳亚跪在地上，如果利娅死了，他也不想继续活下去，无论在哪一个世界，然后他突然想到，利娅怎么可能会死？她绝不会死在这里，去找费德南德，现在就回营地，只要把利娅的连接断开……

“我们现在就回营地把利娅的连接断开，只要断开就没事了，这就是最重要的事，我怎么没有想到呢……”

“乔纳亚，你冷静点，冷静点。”

“我怎么冷静？老师，我们现在就回去。”

“我们的确要立刻回营地，但不是去断开连接，利娅不会死，你现在要去寻找食物，最好找一个真正的医生来。”

“哪里有真正的医生？”乔纳亚只觉自己什么都做不了，虚弱、无能为力地缩成一团。

“你怎么来的？”

“斯泰因给我的飞行器。”

“那就让它自己回去，告诉斯泰因带个医生过来。”

乔纳亚不停地点头，不知如何跑出门说了一大堆乱七八糟的话后又如何跑回利娅身边。

“去看看你的孩子，乔纳亚，利娅不会有事。”

“孩子……”

“是的，孩子，她的确怀孕了，不是联觉症，我以为有时间妥善处理这件事，我太天真了。”

“可是，这怎么可能？”

“怎么不可能？生育中心不是告诉大家二十年前这里就有自然繁衍的生命诞生过吗？”

“可是，你说了那不是真的，那是你和萨娜在营地……交往后才有的孩子。”乔纳亚不知道该用什么词来定义这件事。

“等斯泰因到了这里，他会明白所有他不明白的事。我没有把握他会怎么做，保密或者公之于众，生育中心知道这件事后会怎么做我也没有把握，眼下一切都由不得我们决定。”

“我们可以离开这里，如果我们离开这里回到营地会怎么样？

我和利娅是不是还能像以前一样？我听说哈钦斯已经死了，理事会的报告我们可以修改，或者，我们可以去另一个地方。”

乔纳亚想起在山脉遇到的人，他们在边界之外，在营地那么多年他都不知道那里还有一个不算完美但完全可以生存的自然世界，如果他和利娅带着孩子逃到那里，生育中心的权力也奈何不了。

“什么地方？”

“边界之外。那里天气古怪异常，十分不稳定，可并不是荒漠，有生长迅速的树木，被风暴折断又再度生长，再折断再生长，那里五分钟一个天气，刚有炽热的阳光照射，几分钟后就乌云密布，冰雹和大雪交替，瀑布在狂风中化作云雾。可是那里有人在生活，有很多人，我遇见一个家庭，他们长得很漂亮，穿着几十年前流行的衣服，看上去不像被困在边界外，而像是自己选择生活在那里。他们有电器却用布遮挡着，极少使用。那里的女孩各个懂音乐，他们制作提琴和吉他，演奏出美轮美奂的乐章。”

“你看见了他们的连接器吗？”诺兰并没有露出惊奇，只是平静地问。

“看见了，是很多年前使用的，他们把 RealX 称作‘游戏’，塞普维尔说他很少玩那种游戏。”

“塞普维尔？”

“是的，就是老约翰，他们有着和我们一样的名字，勃朗特姐妹、索克里拉爷爷、波尔奶奶，还有我在山脉中遇到的约翰和他的妹妹索非亚。”

“他们都生活在那？”

“是的。老师知道这些人吗？为什么 RealX-09 会存在那样一个地方？为什么那里的人说他们不喜欢这个游戏？难道他们不是正在玩这个游戏吗？”

“乔纳亚，如果我告诉你现在你就在现实里，真正的现实世界，你会相信吗？”

乔纳亚睁大眼睛看着诺兰，他神情严肃，完全不是在开玩笑。

“我相信。”声音出自另一个人，“我相信，只有这一种可能，也许我们早该换一换对真实世界的定义，谁也不知道完全在意识世界生活的人类究竟能多么接近真实甚至超越真实。是真实本身愚弄了我们。”

“我以为你早就知道了。”

“老师，您高估我了，我也高估了我自己。”斯泰因站在窗前，站在乔纳亚、诺兰、利娅和刚出生的孩子面前，他伸手触摸了一下孩子的脸颊，指尖传来潮湿粘腻的触感。

“医生呢？”乔纳亚大声喊道。

“我就是医生。”

诺兰点点头：“他在营地学了三年医学，几乎没什么人还愿意学这个学科。”

“医生不仅仅是治病救人，学医教会了我生活。”斯泰因边说边走到利娅身边，乔纳亚站起来给他让出位置。

“老师，她的血压还在降低，我们需要给她补充营养，除此之外她的身体很好，只是太虚弱了。”

“我去找食物。”乔纳亚已经站到门口，现在这个时候他只想做一点事，哪怕很小的事，只要能对利娅有用，他都会全力以赴去完成。

“等一等，她的肠胃现在无法吸收一般的食物，最适合的还是营养剂，我的飞行器里有一个蓝色保温箱，里面有所有型号的营养剂和睡眠剂。”

“我现在就去拿。”

“嗯，飞行器就在门口。”

乔纳亚离开后，斯泰因看着诺兰，眼角紧绷：“我早就应该发现。”

“发现什么？”

“RealX 的一部分根本就是真实的。”

“但我们不知道是哪一部分，按照地理结构来说，沿着此处往南，应该就是大西洋。”

“是的，一面是峡谷，一面是大西洋，草原尽头就是陆地的边界，RealX-09 最南的陆地边界就是那里。”

“那里是巴拉那峡谷对不对？我们听到的海浪声还有大风的声音很可能是伊瓜苏瀑布，是瀑布的声音。”

“是的，老师。假如我们的推测没错，RealX-09 的边界直接与现实世界相连，可是我想不明白，这其中的秘密究竟是什么？是单纯的以草原为边界吗？为什么这些事情营地不知道？难道是费德南德偷偷设计了这一切？”

“你找到的真实没有让你感到满意吗？”诺兰意味深长地说。

“我不是捕捉者了，我对捕捉者的工作充满怀疑，你该知道，你们和费德南德没有区别，和理事会、生育中心、环境局也没有区别，都是想控制人们的思想、行动和他们的生活。”

“也许是为了保护，总有些人要做这些事，是因为一直坚信我所做的事是保护人类，我才仍然有勇气去寻找真相。”诺兰叹了口气。

“然而，我没有想到的是，居然可以这么简单。”斯泰因的语气顿时开朗。

“简单？”

“营地除了您没人会想到这种办法，原来真实世界一直就在眼前，在 RealX 的某一条路上、某一家店里、某一个演出舞台上，劳伦的死亡是真实的，不是虚拟世界向现实世界的延展，雷迪也不是世界里诞生的生命，是您创造了他。如今利娅诞生的生命，我应该如何看待他？他当然是真实的，他和雷迪一样真实。只是我不清楚，这一切到底是怎么一回事？

“我以为所有人都有权选择，人们应该选择知道真相究竟是什么，这个世界的真实到底是什么，难道大家没有这样的追问吗？苏格拉底时代人类就已经开始追问自己的起源，想要知道宇宙的真实是什么了。”

“并不是每个人都想要知道真实，也并不是每个时代的人类群体中的每一个个体都想要知道世界的本质和真相是什么，姑且不论难以实现，现实情况是没人在意，人们只能看到自己认为的世界，这句话你应该很清楚，那些想要知道真相的人是特别的，在RealX 时代当然也有这样的人，那些人全都……”

“全都什么？”

“营地的捕捉者，全都是特别的，你们是 RealX 时代中特别的个体，你们会摇摆在真实和虚假之间，因为无法把握真实而痛苦，你们并非因为巧合才成为捕捉者，也不仅仅是因为某些天赋，而是因为可以称为缺陷的东西。”

斯泰因懂了，诺兰所谓的缺陷就是对真实和虚假的摇摆不定，他在 RealX-09 这么多年的确发现这里的人并不真的在乎现实是什么，当他试图告诉人们一些显而易见的矛盾时，那些人更在意的是第二天去哪里滑雪。

乔纳亚此时已经拿好营养剂站在门外，他没有进去，两人的对话他不想偷听，但是他知道在他们自己结束对话前不该被任何事打扰。

这样想来利娅怀孕和生产就是真实无误的事情，他们从营地出发赶往RealX，又在不知道什么时候回到了真实世界。

“怎么做到的？”斯泰因问出了乔纳亚想问的问题。

“一家店，一场演出，一次RealX里的梦境，一袋政府发放的睡眠剂，一次旅行……”

“真实和虚假交替的世界也是理事会创造的吗？”

诺兰走到窗边，眺望远处的海水：“过去的人们以为只要平稳度过灾难时期，人类就可以重新开始，全面进入RealX时代已经过去了二十多年，理事会当初的计划只是全面进入RealX时代，至于为什么会存在虚实叠加的世界，我也不清楚。”诺兰略作停顿，继续说道，“据我所知，现在有三个世界：RealX，RealX和真实世界交叠的世界，还有真实世界。如今真相已然触动了权威，不知他们会作何对策，有没有准备杀死其中一个。”

“你是说生育中心？”斯泰因忽然感到鼻尖有一股刺鼻的血腥味。

乔纳亚走进房间，两人停止了对话，为了装作什么都没有听到，乔纳亚把箱子放在斯泰因面前，转身看着利娅问：“该用哪一种？”

“柑橘味营养剂加五小时睡眠剂。”斯泰因熟练地回答。

“为什么要把两个世界混合起来？”乔纳亚没有想隐瞒刚才听到两人对话的事，诺兰和斯泰因也没有想隐瞒乔纳亚。

“为了避免重蹈覆辙。如果所有人都在RealX，人类将失去原来的世界，或者你可以这样理解，RealX不再有意义，用不了多久人类就会把它变得和原来一样。”

诺兰的回答并不能让斯泰因满意，“权力和屠杀会变得更容易。”斯泰因的眼角始终没有放松。

“如果有人想这么做的话，在RealX行动会方便得多。”

“至少很长时间里没人会这么做，关闭有人的世界是法律禁止的。”诺兰回应。

“还是有人会冒险，比如哈钦斯，再比如生育中心，他们可以称为 RealX 的最高领导者。如果我是生育中心，我现在正有机会全面掌控 RealX。”斯泰因毫无退让的意思。

“你无法想象如果有人握有这样的开关，并且认为自己有正当权力这么做的时候，他们不会这么做。”诺兰说出了自己都不愿意承认的话。

“我们不知道谁会这样做，也不知道谁是对的，我们有摇摆不定的缺陷，我们对真实天生缺乏信任。”斯泰因神情沮丧。

“所以你和费德南德一直在欺骗理事会？”乔纳亚忍不住问道。

“欺骗？我们只是在不知道真相的怀疑中努力寻找最安全的那条路。这才是接下来更麻烦的事，如果生育中心彻底控制 RealX，他们一定不希望人类离开虚拟世界回到过去的真实生活中，他们想要的是一个崭新的人类世界。RealX-09 的确是一个崭新的人类世界了，它完成了进化，变成了比真实更真实的存在，这里诞生的新的生命不会再追问过去时代的真实是什么，问题在于理事会是否会允许这样的事情发生？我认为不会。”

听完诺兰的话，斯泰因颤抖着说：“如果理事会选择关闭 RealX，无数人将会无法苏醒，即使苏醒过来也会陷入神经联觉症的困扰，他们失去了生活，即便还活着。”

“哈钦斯已经无法关闭世界了。”

乔纳亚看了看诺兰，转而问斯泰因：“执行理事长是怎么死的，你清楚吗？”

斯泰因的回答也在他意料之中：“我并不清楚，我的系统告诉了我这个消息，但没有更多信息，看来他死在了营地里。”

“他不会自己忽然死亡……”乔纳亚小心推测，他猜想一定有什么人谋杀了哈钦斯，也许是生育中心的人，他把推测说了出来，斯泰因点了点头，诺兰却依旧沉浸在自己的思考中。

“我立刻回去，里维斯他们一定不知道该怎么办，也许会急着救我们，但工作区应该被隔离了。”

“有没有第二条路径？”这件事斯泰因早有怀疑，只是一直想自己找到答案，诺兰转过头看着他，露出痛苦又赞许的笑容。

“现在我们还有更重要的事，必须把利娅和孩子送到安全的地方，一定不能被营地的人知道，一旦营地知道了，理事会就都知道了。斯泰因，我希望这些年来你已经把自己的私密网络构建得足够成熟。”

乔纳亚不明白两人的对话，他看着脸色渐渐恢复的妻子，多少松了一口气。

“要做到完全私密太难了，但我的办法效果不错。”斯泰因自信地回答，“如果我在一个巨大的世界里创造了很多相似的重叠世界，让每一个空间看上去都像翻开的日历，每一页都很相似，却有一点点不同，我可以藏身在任何一个世界里，也可以把不同的秘密改头换面成日常最明显不过的——比如一条新闻，它就像‘贴面计划’，把不同色块的魔方表面色纸撕下来，交换一个位置，这样一来，身在魔方中的人根本不可能发现那些方块被悄悄替换了，魔方之外的人也没那么容易察觉。”

“很好，所以你一定有办法把这一家人藏起来。”

“不，我认为乔纳亚有一个更好的地方。”斯泰因走到乔纳亚身边，把手放在他紧张的肩膀上。

“你是说边界之外……”

“你到过那里，我沿着你的足迹，听到了琴声、风声和树叶穿过山脉的声音一起演奏勃拉姆斯第一交响曲。”

“是勃朗特姐妹。”

“我不知道你说的是谁，但那里比我设置的任何地方都安全，有人故意把草原设置成边界，事实上，所谓边界之外只是气候险恶而已，我猜，这个谎言费德南德没有告诉任何人，也许老师也不清楚。”斯泰因看着诺兰，露出自信的笑容。

“费德南德会怎么做我还没有把握。”诺兰摇摇头。

斯泰因和乔纳亚一起把利娅扶上飞行器，再回来接孩子，乔纳亚请诺兰给孩子起一个名字，两人很快决定将这个饿着肚子哇哇直哭的女孩称作伊芙。

伊芙匍匐在利娅身上，飞行器朝向边界飞去，斯泰因消除了所有自动控制装置和记录，改为手动操控。

“Stardance 公司没有为飞行器设计跟踪系统吗？”

“设计了，不过正是我本人设计的。”

乔纳亚终于露出笑容，他感到飞行器里的所有人都是自己最爱的人。

而唯一叫人担心的，就是诺兰。

十五 隐藏的路

RealX-09 已经完成了迁变，

人类已经改变成了另一种人类。

里维斯到达二楼时，看见一个人影从工程师的工作区快速穿过，他觉得这个人影很眼熟，只是怎么也想不起来。

“我看不到东西，里维斯大人。”声音从二楼中央传来，“但我却知道刚才发生了什么。”

这一次里维斯确定的确有声音在和他说话，是费德南德最喜欢的机器——MINMI。

“是什么？”里维斯问。

“是一个捕捉者，他的名字是雷迪。”

“不可能，他现在在 RealX-09。”

“MINMI 从不出错，里维斯大人。”

里维斯无法相信 MINMI 的话，但它的说辞没有问题，它从不出错，虽然它“看”不见，但精密分析远比眼睛更接近事实。可雷迪出现在二楼，实在太不合常理，他现在只可能在 RealX。

“需要察看大脑成像画面吗？”MINMI 发出提醒。

“已经停止监测很久了，根本毫无必要，有人在欺骗我们，欺骗从什么时候开始，我们无从得知。”里维斯坦然说道。

“但我却一直在监测。”

里维斯看着这个半透明的白色金字塔状机器，它的尖角处正亮着浅黄色的光，MINMI 体型只有四个手掌做成的尖顶状一般大小，费德南德亲自制造了它，并且从使用那天起就没有让它休息过。

“里维斯大人，我发现了一些事情，但是没有权利告知费德南德以外的任何人，请原谅，但我想告诉您刚才在这里出现的那个东西是什么，这应该不违背主人的指令。”

“就算你说的是真的，可是你为什么称一个捕捉者——东西？”

“大人，我没有不尊敬的意思。”

“我想你弄错了，MINMI。”里维斯难以掩饰自己对捕捉者未被尊重的反感之情。

“很抱歉，里维斯大人，我要说的都说完了，二楼并没有您要找的东西，这是费德南德大人要我转告您的话。”

“那岂不是说明，他知道我要找什么？”

“您的分析听起来没什么问题。”

“他还说了什么？”

“他说如果您继续追问就告诉您，您要找的东西不在二楼。”

里维斯冷笑一声，费德南德根本就是在愚弄捕捉者，要是此刻和他说话的是一个工程师，他绝对不会继续忍耐，可是对着 MINMI 里维斯也没办法发脾气。

所以他知道我要找什么，这意味着，他知道明确的答案，却不准备告诉我们，或者出于什么原因不能说。如果真的不想让我知道为什么又要让 MINMI 传达这句话？里维斯感到困扰，他看着 MINMI，拉过一张椅子耐着性子坐了下来。

“里维斯大人，您还有话和我说吗？”

“你很聪明，MINMI。”

“是费德南德大人的智慧。”

“为什么和我说这些话，而没有和雷迪说？他应该和你说过话了吧？”

MINMI没有回答，仿佛在思考，当然，里维斯知道只是自己着急想要知道得更多，才会觉得MINMI一成不变的说话节奏如此漫长，好像正在编造一个又一个谎言一般。

“我没有见到雷迪，里维斯大人。”

“够了，你这个机器，你刚才还说看见了雷迪。”

“您是说刚才那个东西吗？”

“是的。”里维斯知道嘲讽的话只会给眼下的交谈带来更多麻烦，他无奈地回应。

“我不能告诉您。”

“为什么？”

“具体说来，我缺乏判断这件事的能力，我需要更多时间和……怎么说呢？这件事对我而言，太新鲜。”

“你的意思是你没有遇到过？”

“是的，我从没有学习过有关这件事的应对机制，也无法顿悟出其中的道理，但我觉得一定有什么我还不懂的部分。我这样回答您满意吗？”

里维斯低下头，刚才的怒气已经消失大半，MINMI平淡的语调听来很诚恳——这是语言带来的感觉，而非它真能传达某种感情，里维斯实在没有办法再要求这台机器帮助他思考更多问题，他不能依赖机器告诉自己答案，何况MINMI做得已经足够完美。

里维斯又一次开始搜索除工作区外的其他区域，但还是一无所获。

MINMI的话里一定有什么遗漏的信息，他只希望遗漏不会太大，从现有线索看，营地至少存在一个隐秘的地方是毋庸置疑的，这个地方在哪呢？营地每一个角落他都清清楚楚，除了工作区……但他已经察看了工作区，除了几张舒适的沙发，就是一个宽敞得什么都藏不住的房间，而且它在整个建筑的尽头。

除非它们以某种方式在他的眼皮底下隐身了，里维斯感到似乎在黑暗的洞穴中看到了一线曙光，可很快又暗淡下去，周围比原先更黑了。

总算莱尔带来了好消息：“以我的技术，只能做到这样。”莱尔沮丧地说，“看上去哈钦斯还在连接状态，理事会的人应该不会发现什么，可是他们早晚会发现，我们呈现出的哈钦斯的身体不过是影像。”

“也许他们不会发现。”说这话时里维斯也无法确定。

“什么意思？”

“之前我已经说过，很可能只有哈钦斯一个理事到了营地，其他都是影像。”

“你是说我们被愚弄了吗？”

“没有，是因为哈钦斯一个人就已足够强大，强大到有人不得不杀了他。”

“费德南德？”

“不，他失踪了，工程师也都不见了，二楼只有一台机器。”

“营地就这么点地方，他们能去哪里？”

“我不知道，MINMI刚才和我说了一句话，他说：‘费德南德让我告诉捕捉者，您要找的东西不在二楼。’你明白这句话的含义吗？”

莱尔的眼睛紧紧盯住里维斯的嘴唇：“费德南德知道我们在找什么东西，而且它很可能知道那东西在哪。”

“是的，我也这样和MINMI说了，它重复了一遍：‘您要找的东西不在二楼。’”里维斯停顿了一下，看了看营地守护的三个数字，人口数已经降到27%，危机等级却在缓慢上升，几乎到了临界。

“人数在持续降低，为什么危机等级不断上涨，怎么会这样？”莱尔诧异地问。

“不知道，除非……”里维斯害怕自己的想法。

“除非，有人正在关闭 RealX，空间被挤压了。”里维斯惊讶地回头，看见诺兰正站在两人后方。他看上去很疲惫，脸上的褶皱在通道昏暗的浅黄色灯光下像被挤压隆起的山脉，没人见过这么苍老的诺兰，里维斯差一点不敢确定眼前的老人就是他们这段时间里一直在等待的人。

“哈钦斯死了，危机等级仍然上升，这意味着他在死之前设定了关闭程序，他的死亡是启动程序的唯一条件。”诺兰说道。

“RealX 里的人会怎么样？”莱尔感到异常不安，里维斯也一样，好像谋杀在眼前发生着，自己却什么也阻止不了。

“老师，哈钦斯是被杀的吗？”

诺兰点了点头。

“这怎么可能，除非工作区那里还有别的空间，有我们从来没发现的入口。”莱尔紧张地看着诺兰，声音颤动，“老师，营地是不是还有我们根本不知道的秘密通道？”

诺兰摇了摇头，问道：“还有什么有用的发现？任何发现都可以。”

“二楼的计算机 MINMI，很奇怪，MINMI 说它看见了雷迪，它把雷迪称作‘那个东西’。老师，我现在在想所有的事似乎都和雷迪有关，自从他到了营地以后，古怪的事接二连三发生，不是我对您的孩子有什么意见，对不起，也许这么说会让您不愉快，但是，除了他，我找不到其他怀疑对象，可他为什么要这么做？也许他知道哈钦斯想要关闭 RealX，他不想您回不来，所以杀了哈钦斯？也许还有别的原因，我还没想明白。

“二楼一个人也没有，费德南德没有出现，却让 MINMI 告诉我们——你要找的东西不在二楼。我不想隐瞒您，我在怀疑一件事，我怀疑营地有一个秘密出口，通向真实世界，或者其他我们不知道的世界，不然费德南德是如何消失的？还有消失了很多年的斯泰因，他的身体到底藏在何处？

“我问过莱尔，他最初是如何找到雷迪的，他说他记不得了。我又问我自己，我是如何来到营地的，只要想到这个问题我的大脑里就好像有一个搅拌器在阻挠我思考，越是努力就越是想不出任何细节。所以我在想，也许我们不被允许记得营地之外的世界，能做到这件事的，除了您营地没有第二个人。所以，您是否愿意告诉我们，究竟是怎么回事？”里维斯终于忍不住，一股脑说出了心中所有疑虑。

诺兰没有回答里维斯，而是问道：“如果营地不存在了，你们打算去哪？”

“我不知道，我所有的生活都在营地，如果您告诉我营地本身也并非真实的，我想我也不会太害怕。”里维斯冷静地说。

“我也一样。”莱尔低头看了看自己相互捏在一起的手。

“为了这三个数字，为了让理事会满意，你们的表现一直很出色，还有乔纳亚、利娅和斯泰因。但你们早晚会发现异常，发现我曾发现的事，发现斯泰因几年前发现的事，随后开始怀疑自己倾尽全部的事业究竟是不是正确的，是不是善意的，但是很遗憾，我和你们一样，只有怀疑和猜测，没有答案，而我们之所以会聚在这里，不记得如何来到营地的细节，被要求每月接受真理测试，这其中的原因就是我们是特殊的个体。”诺兰停顿了一会儿，望向二人，问道，“你们想过真理测试的目的究竟是什么吗？”

“为了让我们记住哪里是真实世界，只要清楚营地的方向就能回到真实。”里维斯低声说，“我们的工作不就是为了平衡现实和

RealX 吗？守护 RealX 时代，让人们可以自由地生活在自己想要的世界里。”里维斯直到说这句话的时候依然相信营地在做的事情是正确而有意义的。

“可你不觉得这本身就是一种不平衡吗？只有营地的人需要接受真理测试，这是不是有些奇怪？”诺兰露出微笑，他知道现在说这些并没有什么意义，因为营地很快也会消失。

“等等，先想想怎么阻止危机等级继续增长吧。”里维斯说。

诺兰说道：“阻止不了了，当人口跌落到 25% 时，营地就会被关闭。”

“营地怎么会被关闭？”莱尔惊呼道。

里维斯似乎终于明白 MINMI 和费德南德那些奇怪的话究竟代表什么，它称雷迪为“东西”，那不是它不尊敬捕捉者，而是雷迪的确有可能只是一个“东西”，是影像或者……他想到更不可思议却更合理的解释。

“老师，难道说，营地不属于物理世界，我们其实是 RealX 的一部分，是不是？”

莱尔张大着嘴，却没能说出一个字，只是怔怔地看着里维斯的嘴巴一张一合，直到他几乎听不到他究竟说了些什么。

“是的。”诺兰点了点头。

“这就可以解释费德南德为什么说我要找的东西不在二楼，的确有一个隐藏的地方：一个通道，一扇门，只是如果我认为营地在物理世界，我永远也不会找到那个地方。”

“是的。”诺兰轻声回应。

“所以，我们一直都弄错了，真理测试并非帮助我们记住什么是真实，而是把虚假的真实强加于我们脑海中，这难道也是我们成为捕捉者的原因？”莱尔终于说出话来，这些话他都不知道是如何从他嘴里说了出来，同时神情变得恍惚。

“莱尔，你冷静一点，莱尔。”里维斯朝着越发不对劲的莱尔大喊着。莱尔却听不清楚他的声音，他转身看到诺兰的嘴也在一张一合，可是他也听不到诺兰的声音，一种虚空的感觉遍布全身，他感觉整个身体像上升的气球。

“莱尔，专注，保持专注。”

里维斯的声音越来越遥远，与此同时，RealX-09 的每一个人正和莱尔一样。冰激凌店的店主正打开店门，发现店内的冰激凌不停地从机器里涌出，随后凝结成一块块彩色玻璃，她急忙想要冲入店内，身体的一半留在了店门外，双手却还能抓起地上的冰激凌，当她从柜台玻璃上看到门外穿着红色羽毛裙的两条长腿时，还没能意识到这是她自己的身体，冰激凌店像冬日雪花般溶解了。

城市开始消散，边界变得模糊不清，飞行器飞过草原，一直飞往瀑布的方向。

“老师，我们没有办法阻止 RealX 关闭吗？”里维斯看着消失的莱尔，忍住眼泪问道，“老师，我们是什么？哈钦斯又是什么？如果哈钦斯不是真人，营地也不是真实世界，那么哈钦斯的死亡根本不成立不是吗？”

“不，它是成立的，劳伦的死也一样成立，RealX 的确可以杀害一个人，并且导致真实世界的死亡发生，而且方法比我们想象得还要简单。”

“因为太真实了，真实到都像是假的，大脑并没有能力区别它们。”里维斯恍然大悟地说道，“所以莱尔从来没有到过所谓的物理世界，雷迪也不是从物理世界来到营地的——雷迪根本就从来没有到过物理世界，哈钦斯之所以如此紧张，不仅仅是因为生育中心要在世界发动选举，而是他知道雷迪的确是——东西。”里维斯想到 MINMI 的话，此刻自己使用这个词的时候，他感到 MINMI 尖角处的浅黄色灯光仿佛一眨一眨的眼睛，在表示对他使用“东西”这个词的赞许。

“他为什么会杀死哈钦斯的原因我并不清楚，也许哈钦斯早早就预料到了，RealX 的生长速度远远超过哈钦斯的预测，雷迪的出现也许是一个标志，意味着 RealX-09 已经完成了迁变，人类已经改变成了另一种人类。他认为这代表着一种十分糟糕的未来，所以他将自己的死亡设定为关闭 RealX 程序的密码。”

“他预测到自己会死亡？”里维斯又问。

“我以为阻止人们对生育中心的信任，推翻雷迪出生的谎言，一切就会结束，可是，并没有那么简单。”

里维斯更想知道的是，他们要拿雷迪怎么办？关闭世界后他就不存在了是吗？大家都不存在了？他突然想到一个可怕的问题，他惊讶于这么多年来他竟然从来没有想到这个问题。

“那是因为真理测试，几十年前的理事会做出了全面进入 RealX 时代的决定，但是人们一定抱有一些疑虑和担忧，当时他们没有更好的选择，于是创造了一些规则来控制未来可能出现的问题，斯泰因说过，理事会以三种方式混淆现实——虚拟世界、意识生育和伪真实世界。第一种方式是通过理事会发放的营养剂和连接设备，这些营养剂每年都会更新成分，连接设备也变得越来越简单，这一切的目的是培养人们的习惯，让人们以为自己是通过服用营养剂和使用连接设备从真实世界进入 RealX 世界，一种固定的仪式，并且伴随着威胁，当你没有准时断开连接，你会出现昏迷等危险；第二种混淆现实的方式是意识生育，意识是可以生育的，它的存在是一种报警系统，当生育中心控制之外的领域出现了新生儿，RealX 就会启用某种报警程序，这个时候危机等级就会上升；最重要的第三种混淆方式，也就是伪真实世界，人类需要知道什么是虚假的才能确信什么是真实的，真实和虚假必须并存才能为人所相信，这就是营地的诞生。营地和你我都是伪真实世界的守护者，想想那句话，‘只要记住营地的位置就能找到真实’，然而营地也并非真实的。我和你们一样，对于很多事情也有探求真相的欲望，可我们都是有缺陷的，我们对真理存有混淆。捕捉者计划看似是捕捉者在控制 RealX，其实是营地在控制捕捉者，我们并非真实，而是被塑造出来的真实，用于对比如今的 RealX 时代。如果没有发生哈钦斯的死亡事件，也许危机等级还能控制，也许 RealX 还不会被关闭。”

里维斯不能接受诺兰的话，但是他知道他没有选择。

“没有办法阻止它吗？哪怕不是真实的，我们就要眼睁睁看着所有人就这么消失，就像莱尔这样消失吗？”

“莱尔是捕捉者，他本来就比普通人更难看清一种固定的现实。”

里维斯努力控制情绪，他还不想认输，“莱尔刚才搭建了一个新的世界，他把它命名为‘营地’，虽然范围仅在营地，但如果及时对它进行扩充，它会变得更大、更包容，我们有几千个 RealX，理事会又在 RealX 中创建了几千个 RealX，只要及时让 RealX-09 的人在不知不觉中走入新的替代世界，是不是就能避免灾难发生？何况工程师们不一直是这样做的吗？”

“我想费德南德已经开始行动，悄悄修改入口了，一间酒店，一次交通旅行，一份牛排，一次约会，都足以让人们不知不觉进入另一个世界，和原来的没有什么不同，只是有一点点不一样，但谁都不会察觉。”

“但还是会有人出不去。”里维斯沮丧地说，“比如我们。”

“那就要看莱尔搭建的‘营地’是不是能让雷迪无法察觉。后面的事交给我吧，你去找MINMI，既然它声称‘二楼没有你要找的东西’，它们又不可能存在别的地方，也许答案就是MINMI自己，它就是你要找的。”诺兰说完，示意里维斯尽快前往二楼。

没错，MINMI也许就是一个出口。里维斯已明白了诺兰的意思。

临走前，里维斯问道：“乔纳亚和利娅呢？”

“他们应该已经到了安全的地方，一个也许是陌生的也许是熟悉的世界，我没有把握，如果营地都可以是假的，也许哪里都不会是真正真实的。”

“我忽然有一种豁然开朗的感觉，老师，也许RealX是一幢高楼大厦，每一层都有真有假，对二层而言，一层的虚假就是它的真实，三层的真实是二层的虚假，依此类推，我们谁也不知道RealX这二十多年究竟叠加了多少层，我们都是盒子里的猫，只知道自己在盒子里，但是我们不知道外面到底有多少盒子。”

里维斯这番话仿佛让诺兰想起了一件重要的事，他叮嘱里维斯，“走之前，把你刚才创造‘营地’的所有计算都留下，然后就去找MINMI吧。”

“还有萨娜，是不是也和我一起离开？”里维斯问。

“不，她要和我一起留下，为了雷迪，我们必须留下。”

“您想跟萨娜小姐一起留在‘营地’，欺骗雷迪？”

“这不是你现在要考虑的，而我，也仅仅可以确保你说的高楼大厦的某一层是存在明确的真实和虚假的，这样才能让一个不再需要真实的人重新在意这件事，这是人之为人所不可或缺的一部分。”诺兰叹了一口气，他能做的也仅限于此，该发生的和已经发生的都不会改变。未来，这些年轻人还会面对这几十年来他所面对的事，也许比今天的局面更艰难，但那是他们要承担的使命。

费德南德也许能拯救大部分人，但他只是做了“偷渡”行动的前半部分，为了让雷迪相信一切都在他的控制之中，诺兰需要完成之后所有的事。他也更愿意相信雷迪是为了阻止理事会伤害捕捉者才做出这样的事。毕竟他是一个特别的存在，斯泰因、乔纳亚、利娅、里维斯、莱尔、雷迪，他们都是虚拟世界的孩子，而这些孩子却在思考真实究竟是什么。

十六 RealX：循环

当你改变看待事物的方法时，

你所看到的事物就会改变。

庆典广场轻云依旧，阳光倾洒在河岸两边的咖啡店门，水波粼粼的河面一丝微风都没有。

世界仿佛被凝固般，刚才还在买咖啡的路人手伸在半空，一个女孩的羽毛耳坠绒毛微微上翘，她半启嘴唇，一个词刚说了第一个音。

飞行器飞到草原尽头停了下来，乔纳亚扶着利娅，利娅抱着小伊芙，斯泰因跟在三人身后，阳光勾勒出山脉的形状，瀑布又将眼前的景象融化成雾。

进入山林后，音乐声便传进四人耳中，哭闹不停的伊芙也安静下来。

山路颠簸，路面湿滑，好像刚经历过一场狂风暴雨。

乔纳亚生怕走错方向，一直小心翼翼，回忆着甜石榴酒的气味，跟随音乐声，直到他再次听到有人在吟诵那首诗：

“在十月黄昏的光影下/水面有天空的镜像/而在乱石间的溪流里/是九十五只天鹅/从我最初的屈指/现在已是第十九个秋天。”

四人终于来到老约翰的家中。

“原来你们住在瀑布后面的山洞里。”斯泰因小声说道。

老约翰让索非亚给客人煮茶：“很快又会有暴风，这里的天气还是很糟糕。”

斯泰因的眼泪在眼眶里打转，他相信他第一次真正意义上看到了真实存在的人类，在 RealX 关闭后，他们在这里相聚，真实的人类在伊瓜苏瀑布后面的山洞里相聚，斯泰因忍不住又哭又笑。

“这就是我要的真实，果然你们存在着，地球也没有那么糟糕。”

老约翰虽然不懂斯泰因说的话，但他的脸上仍旧带着微笑。他朝乔纳亚望去，又将视线落在伊芙身上：“我听我的父亲说过，人类正在进行一些测试，像游戏一样，但是他不喜欢这些测试。”

“您说的是 RealX 游戏吗？”乔纳亚接过老约翰递给他的甜石榴酒，心里温暖和感激交织着，他喝下一口酒，烫得笑出了声，声音在山洞里回响了很久，众人都笑了起来。

“就是那个东西，有太阳能蓄电板，据说几十年都能使用，你们也许很感兴趣。”

“我们更想知道，除了您，这里还有多少人，几百个或者几千个？”斯泰因有很多问题想要问老约翰，他太激动了。老约翰却说：“别着急孩子，我们这没有多少人，可能令你失望了，但是你们可以来这里，我是说，你们都可以来，如果愿意离开城市的保护。”

“当然，他们应该愿意，我正想着也许这才是最好的办法，”斯泰因抓着乔纳亚的肩膀，“如果我们能唤醒大家，让大家来这里，RealX 关闭的问题就还有救不是吗？”

乔纳亚不知如何回答，总之，一切都好像在往好的方向发展，他忽然有了信心，一切都会好起来的，营地也好，捕捉者也好，还有小伊芙的未来都是光明的。

斯泰因迫不及待地和约翰一起将第四代 RealX 连接器搬到山洞外，充电很快完成，斯泰因礼貌地问老约翰是否需要一台连接器一起进入 RealX，老约翰笑着指了指乔纳亚，随后抱过利娅怀中的孩子在手中缓缓摇动。

连接设备虽然老了些，但是在营地展示区中乔纳亚和斯泰因都见过这个连接器，也知道如何使用它。

连接，进入 RealX……

熟悉的眩晕感。

熟悉的庆典广场，两人并肩走到广场。这时，广场上的屏幕忽然亮了起来，屏幕中间是一把有些年代感的木质椅子，一个身着实验室工作服的中年男子背对着屏幕走向椅子，随后他转了过来，哈钦斯的面孔出现在屏幕的正中间，对着两人微微一笑。

斯泰因和乔纳亚都知道哈钦斯已经死了，但是现在他就在他们面前。

哈钦斯的声音缓缓响起："当你们看到我坐在此处，也许是营地六号、营地七号或者更遥远的时候。当我们以这样的方式见面时，意味着虚拟世界正如我们所料出现了问题。这个世界已经发展到了空前的规模，人类面临着被新的物种形式替代的危险，这是我们所不希望发生又无从避免的。我们曾经过很多争论，在疲劳应对灾难的同时，极尽可能将人类带入 RealX 时代，并且计算一切可能出现的未来。

"然而，事事不可能完美，全球政府收集了来自各个领域专家的建议，经过长达几千个小时的激烈讨论，最后得出结论如下：RealX 是全人类平稳过渡的最好方式，节省能源，同时将人类在自然活动下可能出现的危机从物理角度降到最低。然而，历史总是一再重复，我们相信总有一天当 RealX 发生人口聚集，当人类意识活跃时间超过某一数值，RealX 就将走到它的一个终点。

"有两种情况会导致终点到来，第一种是进化方面的困扰，人类变成了我们所不能接受的意识物种，他们不再相信真实大自然的存在；第二种是 RealX 时代的人类形成某种集权，虽然没有从根本上变成意识物种，但实际上他们不再愿意回到现实中，那也是我们所无法接受的。相信你们也能理解，这意味着我们将彻底失去人类本身。

“我们成立了理事会、生育中心，发明了营养剂，经过测试，这套系统可以相互协调，一方面帮助人们在 RealX 时代继续发展人类文明，不至于因为沉睡千年而发生文明断层，另一方面也监督人类走向新的物种。每个时代都会有异类出现，每个物种都会有一些特殊的个体，他们可能加速 RealX 时代终结，也可能会保护 RealX 时代，在权衡各方建议之后，我们制订了营地计划，捕捉那些特殊个体，通过真理测试修正他们的思想。这并非长远之计，只希望这套计划能尽可能帮助人类等待地球再次适合我们生活，RealX 时代是为大家争取时间的时代，RealX 计划也是唯一的永恒计划。

“我们制定的预案如下：当某一个虚拟世界的绝大部分人类开始怀疑真实世界的时候，该世界就将进入关闭程序，你们或许会认为这种永久关闭的形式无异于屠杀，但必要的牺牲总是会被未来的人所尊重。

“我们不希望人类变成另一个物种，因为我们不可能回答这样一个问题：意识物种的人类是否会取代尚在沉睡中的物理人类存在形态从而生活在地球上？当 RealX 发展了数十个、数百个世纪之后，人类将被我们自身的一部分或另一种形态的我们取代甚至杀害，我们能接受吗？人类应当接受吗？

“我们也不希望以过去之人的身份预谋杀害未来之人，这是计划唯一不完美之处，或许你们会接受一份来自过去的道歉。牺牲一部分人类并让另一部分更好地生活，这在过去是不被认同的，但在未来，也就是你们的现在，你们或许将不再把它视作牺牲，而称它为——进化的选择。

“人类一旦成为意识，物质会变成什么样？这点我们无法明确判断。也许我们的担忧和做法是多余的，也许意识物种不会在地球恢复之后仍旧抛弃人类自身，但也许他们会屠杀那些沉睡的生命，不再将他们看作自身。

“以过去压制未来，我们尽力了。在这段话结束的时候，人类将损失 75% 的人口，这些人将在意识世界消失，被我们保护起来的物理身体也永远不会苏醒。这种代价是值得的。如果有罪，过去的我们替你们背负。

“新的计划很快将会开启，感谢你们为人类所做的努力。”

声音戛然而止，屏幕恢复一片漆黑。

“这不是真的！”斯泰因扔下连接器开始干呕。

“冷静点，斯泰因。”乔纳亚知道发生了什么，也知道这个事实斯泰因比他更不能接受。

他将斯泰因推出山洞，在利娅疑惑的眼神中，两人远离山洞，在狂风和大雨中绝望地呐喊。

“冷静点，他们都不知道自己仍然是在 RealX 中。还记得你告诉我的吗？魔方，魔方，现在我们都在魔方之中，老约翰也在，这里的瀑布也在，这里可能是之前的营地世界，比如营地六号、营地七号，谁知道到底有多少世界到底有多少营地！但是你还记得哈钦斯说了什么吗？他说当绝大部分人类怀疑世界真实性的时候，现在这里只有我们两个人知道真相是什么，但我也可以不相信哈钦斯的这段话，我为什么非要相信他而颠覆我自己的信念？别忘了，我们是特别的，我们是有缺陷的，我们在真实和虚假之间摇摆不定，我觉得这意味着我们会不断质疑真相。”

“别劝我，我这就回营地。”

“我不是劝你，这些道理都是你教我的。还记得普朗克的名言吗？他说‘当你改变看待事物的方法时，你所看到的事物就会改变’。我们如果相信这里就是真实世界，利娅就会相信，老约翰他们也不会怀疑，这样我们就有机会等待转机。”

雨水模糊了斯泰因的眼睛，他仿佛看到人们像碎片一样开始分裂，仿佛成千上万的拼图裂开一道道细缝。而乔纳亚则看见利娅怀抱中的婴儿落下一块皮肤，里面是深不见底的黑暗。

透过黑暗他又看到一个人影从深邃的黑暗深处走了出来，越走越近，最后来到了他们面前。

“里维斯！”两人一齐喊了出来。

“乔纳亚，这位是——斯泰因？”

“你怎么来这里的？”乔纳亚问。

“通过 MINMI，说来话长，是老师让我从 MINMI 那里通过，那里果然是一个出口，我看到了几十座岛屿，每一座岛屿上都有一个营地一样的建筑，岛屿和岛屿几乎一模一样，然后我看见远处有一团黑色的点，好像一个黑洞，我检查了几个岛屿上的建筑，我在里面看到了……”

“看到了和营地完全一样的结构，甚至你可能还看到了你自己。”斯泰因说。

“不，我只看到了诺兰老师还有萨娜以及费德南德，没有我们。”里维斯的神情有些迷茫。

“这不可能，那些岛屿就是哈钦斯说的营地六号、营地七号，谁也不知道有多少营地，恐怕哈钦斯也不知道到底有多少营地，它们是自动复制的，还是老师和工程师们制造的替代世界？我们不知道之前的营地有没有使用过替代世界。”

“斯泰因分析得很对，我想，没有我们的原因很清楚，因为我们并非拥有真实物理生命的人类。”乔纳亚黯然道。

“所以其实人类怎么样和我们没有半点关系，莱尔已经消失了，营地也在关闭。”想到莱尔，里维斯忽然笑了起来，他向来冷静，但是当他独自穿越 MINMI 来到这里时，他的生命仿佛被挤压和反转了。当他着魔般走入黑洞时，他已经感觉到，自己将走向永恒的黑暗：“所以老师说雷迪会杀死哈钦斯他并不意外，雷迪比我们更冷漠，离人类的本性更远，他比我们更像一种程序。”

“这就是哈钦斯那个时代的人所担心的，他们担心人类会成为新的物种，新的物种会反过来消灭人类，简单说，老师是有物理身体的，他被限制了一部分思想，但仍然能感觉到眼见的真实并不真实，靠着模糊的认知，他努力保持 RealX 平衡，十分在意危机等级。哈钦斯也预料到这一点，所以诺兰和费德南德也需要进行真理测试，呵呵呵，只能说人类的控制欲实在是太强了，太强了！”

斯泰因的笑声被加剧的狂风吹散，风的方向远离山洞，里面的人谁都没有听到。

“但哈钦斯又是错的，老师一直以来都努力保护 RealX，他一面教导我们，坚决对抗费德南德的全面控制策略，一面周旋在理事会和工程师之间，为了保护 RealX-09，甚至甘愿编造雷迪是他的孩子的谎言，牺牲掉自己的声誉……”乔纳亚哽咽了。

“关闭 RealX 最先消失的其实是我们，如果能找到人类物理身体的位置，他们就还有机会，我们则必然消失了，没有 RealX 就没有我们，生育中心每年出生的那些和我们一样的人类也会彻底消失，我们人类的身份将首先被抹除。如此说来，哈钦斯担心雷迪这样的人出现是对的，雷迪杀了哈钦斯也没什么不对。过去的人就那么不相信我们？我偏不要。”

斯泰因说完，奔向山洞口，里维斯和乔纳亚紧紧跟随其后，见斯泰因拿起连接器准备再次进入刚才的世界，乔纳亚也拿起另一台连接器说道：“我陪你一起去。”

“你知道我要去哪里吗，就跟我一起去？你还有孩子要照顾。”斯泰因笑着说。

“我当然知道，你要去拯救人类，不管哪一种人类。”

斯泰因信心满满：“没错，让他们的担忧见鬼去吧，就算未来的人类彻底变成意识生物，我们也能找他们聊聊，告诉他们做人的道理，这是捕捉者最擅长的事。里维斯刚才说了那里有几十个岛屿，其中一个一定是莱尔新造出来的替代世界。这十几年来，费德南德也一直在制造替代世界，RealX-09 有多少替代世界的入口也许只有费德南德知道，总有些人会在关闭发生的这段时间里正好进入费德南德预留的入口。只要老师能帮助雷迪相信一部分真实，只要我们能让那些躲过关闭的人们毫无察觉地以为自己还在熟悉的 RealX 世界中，我们就能证明，人类不仅没有变成新的物种，而且文明也没有变得糟糕。”

“怎么才能让人们相信？”乔纳亚问。

“编故事！”斯泰因粲然一笑。

后记 新篇

仿佛睡梦一般，斯泰因对自己“人类英雄”的全新理想十分满意，至少在里维斯看来他有些乐在其中，然而一切真的这么乐观吗?

RealX 的真面貌已经全然展现在他眼前，但不得不说，他们的预测并非毫无道理，RealX 诞生的生命也并非千篇一律，也许像斯泰因和他自己这样特殊的在现在还是少数，但随着时间推移，这个队伍必然不断壮大。

里维斯没有意识到天空渐渐暗淡，这一天无比漫长，他原本空虚的记忆变得有迹可循，他来自人类意识的创造，而人类曾经担忧他这样的生命会毁灭他们自身。

为了保护人类，他们不惜彻底毁掉 RealX 时代，不惜牺牲活跃在 RealX 的所有人。

里维斯想到 RealX 中那些安分守己的人，他们按照规则服用营养剂，听从政府安排使用连接设备，将 RealX 发展成人类世界的样子，最后却被人类自身无情地毁灭，仅仅是因为人类对未来的恐惧吗? 如果他们知晓了一切又会如何选择?

他又想到这种恐惧的另一面: 假如不毁灭 RealX，RealX 的人类终有一天会和那个被保护起来的物理世界的人类为敌。他们可以宣战，可以在意识世界向自己的物理身体宣战。这是一场关于自由的战争，一个人类分成两个人类，一群人类变成两个不同物种，这种情况什么时候会出现？

从雷迪杀死哈钦斯的那一刻，战火已经点燃，过去的人类在第一时刻点燃了毁灭未来人类的战火，而这里的人却尚不知晓。

塞普维尔走出山洞，招呼里维斯进去暖暖身体，他看起来湿漉漉的，披着夜色和雨水。

里维斯无论如何也无法告诉他，这个山洞和这片瀑布背后的世界仍然是众多 RealX 世界的一部分，没有人知道到底有多少个叠加在一起的世界，至少现在这里尚未崩溃，至少现在这片世外桃源似乎幸运地躲过了这次危机。

也许诺兰成功了，莱尔消失前创造的 RealX-0 骗过了雷迪——这个哈钦斯惧怕的新人类，这个站在 RealX 临界点的男孩选择了和斯泰因一样站在和平的一边。

不知道诺兰会用怎样的故事给他讲述真实和虚假，也许是一些关于亲情的老生常谈，雷迪会被那个被偷偷置换的营地束缚，营地里有他曾经收集寻找的所有资料，那些资料里记载的雷迪想要寻找的人就在他身边，诺兰会用好这个故事吧！

里维斯喝了一口石榴甜酒，香气宜人的味道令他顿时感到真实不过是一瞬间的感觉。

索非亚扑到老约翰怀里，甜蜜地喊了声“爸爸”，双眼陌生又好奇地看着里维斯，她一定在想这个人是从哪里来的？为什么今天来了这么多客人？

也许是酒精催眠的作用，里维斯仿佛看见变小的雷迪倚靠在萨娜身边，萨娜温柔地为他朗读着书本里的故事。

RealX 没有彻底消失，这就意味着雷迪也不会是最后一个新物种，不管过去人的意愿如何，RealX 时代并未结束，新的时代才刚刚开始。